Max von der Grün · Die Lawine

MAX VON DER GRÜN

Die Lawine

ROMAN

Lizenzausgabe für die Büchergilde Gutenberg,
Frankfurt am Main, Wien,
mit freundlicher Genehmigung Hermann Luchterhand Verlag GmbH,
Darmstadt und Neuwied

Umschlaggestaltung: Wolfgang Rudelius, Bubenheim
Druck und Bindung: Bercker, Kevelaer
ISBN 3-7632-3532-9

Es war in jenem heißen Sommer des Jahres 83, den die Leute einen Jahrhundertsommer nannten, obwohl viele solcher heißen Sommer in diesem Jahrhundert gebrütet hatten, wie die alten Leute zu berichten wußten. Die Bewohner unseres Vorortes, der eine Mischung aus Landwirtschaft und Industrie, individuellen Häusern und uniformierten Siedlungen ist, saßen nicht nur an den Wochenenden oft bis weit über Mitternacht in ihren Gärten, auf ihren Terrassen oder ihren Balkonen, denn in den Wohnungen staute sich die Hitze, so daß auch der Müdeste nur kurzen und verschwitzten Schlaf fand. Die Nachbarn luden sich zum Grillen ein oder einfach nur auf ein Bier; Christa und ich vermieden es, Einladungen auszusprechen oder anzunehmen. Uns gefiel es, allein auf unserer Terrasse zu sitzen, und wer lange nachts im Freien ist, der vernimmt Laute, die er tagsüber überhört oder denen er in der Vielfalt der Geräusche keine Bedeutung beimißt.

Es war Mittwoch, der 10. August. Die Mücken und Fliegen wurden so lästig, daß ich mich nur noch mit einer Fliegenpatsche wehren konnte. Ich war gerade dabei, mir ein Glas Wein einzuschenken aus einer Glaskanne, die mit einem zylindrischen Einsatz versehen und mit Eiswürfeln gefüllt war, so daß der Weißwein eine gleichbleibende Temperatur behielt, das Eis mit dem Wein jedoch nicht in Berührung kam, als ich einen seltsamen Laut hörte. Er ähnelte dem Schrei einer Katze in Todesangst und ließ mich beim Eingießen einen Moment innehalten. Auch

Christa hob den Kopf, aber während ich weiter angestrengt in die Nacht lauschte, senkte sie den Kopf wieder auf ihre Handarbeit. Christa strickte an einem Pullover, den ich im Herbst tragen sollte. Mehrmals in letzter Zeit hatte sie Teile des komplizierten Musters wieder aufgetrennt; entweder hatte sie sich verzählt, oder die Maschen waren ihr zu fest oder zu locker. Das alles machte sie mit bewundernswerter Geduld, ohne ärgerlich zu werden. Ich hatte manchmal den Eindruck, sie freute sich darüber, gewisse Arbeiten mehrmals auszuführen.

»Hörte sich wie eine Katze an, die irgendwo eingeklemmt ist«, sagte ich und nahm neben ihr auf der gepolsterten Gartenbank Platz.

Christa antwortete nur: »Trink nicht so viel, denk an deine Leber, es muß nicht jeden Abend ein Liter Wein sein. Jedenfalls ist es nicht unsere Katze.«

Dann saßen wir lange schweigend nebeneinander. Die Schwüle und das gleichmäßige Aneinanderschlagen der Stricknadeln schläferten mich ein, ich wurde träge wie unsere Katze, die sich neben mir auf der Bank räkelte. Nur die Fliegen, nach denen ich manchmal schlug, hielten mich wach.

Da war er wieder, der klagende Laut. Unsere Katze schoß hoch; sie sprang von der Bank und streckte sich lang auf den roten Klinkern aus, mit denen die Terrasse ausgelegt ist.

»Das war eine Katze irgendwo draußen«, sagte ich mit Nachdruck.

Eine Stunde nach Mitternacht war es, und das Außenthermometer wies immer noch dreißig Grad

Hitze aus. Christa hatte ihre Strickarbeit unterbrochen und ließ Nadeln und Wolle in ihren Schoß sinken.

»Du hast recht, es war eine Katze. Die Katzenfänger sind wieder mal unterwegs, ich habe es gestern in der Zeitung gelesen. Hoch lebe die Wissenschaft.«

Anderntags erwachte ich schweißgebadet. Ich zog im Wohnzimmer die Jalousien hoch; draußen war es friedvoll, kein Laut war zu hören, die Schwalben flogen noch nicht, die Sonne war schon zu ahnen, der Himmel versprach abermals einen heißen Tag. Noch im Schlafanzug trat ich auf die Terrasse. Unsere Katze, die während der Nacht draußen gewesen war, sprang mir mit weiten Sätzen und laut miauend entgegen. Sie umkreiste mit hochgestelltem Schwanz schnurrend meine Beine und lief dann durch das Wohnzimmer in die Küche, wo sie ihren gefüllten Freßnapf wußte.

Als ich ins Haus zurückkehren wollte, sah ich etwas am Turm der zweihundert Meter entfernten katholischen Kirche leuchten. Im Kirchturm sind zwei schmale, übermannshohe Fensteröffnungen, die, weil nicht verglast, gewöhnlich mit braunen Holzläden verschlossen werden; heute aber war der rechte Laden geöffnet, und in der Öffnung hing eine lebensgroße Puppe. Sie trug ein blaues Hemd und eine blaue Hose und einen Strick um den Hals.

Ich wollte es genau wissen und holte aus dem Wohnzimmerschrank mein Fernglas.

Was im Rundbogenfenster des Kirchturms hing, war keine Puppe. Dort oben hing ein Mensch, ein Mann. Es war der Fabrikant Heinrich Böhmer, mein Schwager, der Bruder meiner Frau.

Ausgezogen war Heinrich Böhmer kurzentschlossen aus seiner feudalen Villa, nachdem dreimal innerhalb eines Vierteljahres die Fensterscheiben im Erdgeschoß eingeworfen worden waren. Die Villa, die vor der Jahrhundertwende erbaut und von seinem Großvater im Inflationsjahr 1923 – sozusagen für ein Butterbrot – gekauft worden war, liegt im Süden unserer Stadt am Nordhang des Ruhrtals einsam und versteckt inmitten hundertjähriger Ulmen, Eichen und hoher Föhren; der Garten glich weniger einer Anlage als einer von Menschenhand unberührten Wildnis. Heinrich Böhmers Wahlspruch hieß: So wenig wie möglich eingreifen. Wuchern lassen. Die Natur hilft sich selber.

Die polizeilichen Ermittlungen brachten damals keine brauchbaren Ergebnisse. Gefunden wurden lediglich die Steine, wertlose Fußabdrücke und Reifenspuren auf den umliegenden Feldwegen, Fußspuren im Rasen und im Erdreich zwischen dem dichten Strauchwerk, das wie ein Schutzwall ein verwunschenes Schloß umzäunte.

Als dann in einer Juninacht des Jahres 82 bei wolkenbruchartigem Regen und böigen Winden beinahe alle Fensterscheiben und die wertvollen Scheiben der hohen Terrassentüre auch in weniger als fünf Minuten zum dritten Male in Scherben fielen und Böhmers Frau in panischer Angst in den Heizungskeller flüchtete, faßte Böhmer den Entschluß, sich eine Stadtwohnung zu suchen, möglichst in einem Hochhaus, das ihm die Möglichkeit bot, anonym zu leben und doch Menschen wie zum Schutz in unmittelbarer Nähe um sich zu haben.

Heinrich Böhmer fühlte sich bedroht.

Seine Zwillingssöhne Lars und Sascha waren in jener Sturmnacht nicht zu Hause gewesen. Als sie anderntags von einer Fete bei Freunden zurückkehrten, die neue Zerstörung mit Schrecken und Wut betrachteten und von der Absicht ihres Vaters erfuhren, beschworen sie ihn, seinen Entschluß zu überdenken. Der Auszug wäre, wie sie meinten, Flucht vor einer Gewalt, vor der man nicht fliehen dürfe, sondern die man bekämpfen müsse. Böhmer hatte seinen Söhnen erwidert, daß man nur die Gewalt bekämpfen könne, die einen Namen habe. Zudem sei die Aufgabe der Villa praktisch, sie sei ganz einfach zu groß geworden, seit beide Söhne zum Studium außer Haus waren, fast unbewohnbar für ihn und ihre Mutter, die selten genug hier sei, sich sechs Monate im Jahr in Südfrankreich aufhalte und diese Aufenthalte von Jahr zu Jahr verlängere. Für ihn allein sei das palastähnliche Haus ein unzumutbarer Zustand, auch Köchin und Dienstboten seien überflüssig, weil diese drei Menschen sich täglich selbst überlassen blieben und kaum noch Aufgaben zu erfüllen hätten.

Dank seiner guten Verbindungen und seines Geldes fand Böhmer schnell eine große Eigentumswohnung mit Rundbalkon, eine Luxuswohnung im vierten Stock eines eben erst fertiggestellten Blocks in Innenstadtnähe. Die Villa wollte er verkaufen. Es liefen auch reichlich Angebote ein; plötzlich aber besann sich Böhmer anders. Er hing doch mehr an dem Haus, als er sich eingestehen wollte; er war darin geboren und aufgewachsen, hatte glückliche Jahre darin verlebt.

Zu Beginn des Wintersemesters im Oktober 82 zogen dann zwanzig Studenten von der nahen Dortmunder Universität in die leere Villa ein. Sie flickten notdürftig die Schäden, hielten den Bau in Ordnung und schliefen einfach auf dem Fußboden, denn alles Inventar hatte Böhmer in der neuen Stadtwohnung untergebracht oder bei einer Spedition einlagern lassen.

Als er vom Einzug der Studenten erfuhr, wollte er die Polizei rufen und die jungen Leute vertreiben lassen. Das Gesindel, wie er es nannte, sollte Prügel beziehen. Seine Söhne rieten ihm ab: er solle erst mal zuwarten, wie sich das Leben der Studenten entwickle, vielleicht könnten sie sogar von Nutzen sein, denn ein unbewohntes Haus nehme mehr Schaden als ein bewohntes.

Böhmer folgte widerwillig. Er verachtete, er haßte Leute, die mit dem Eigentum anderer umgingen, als sei es Schnee, der für jedermann kostenlos vom Himmel fällt. Er war davon überzeugt, daß diese Sorte Menschen nur solange gegen Besitz und Besitzende wettern, solange sie nicht selbst Besitzende sind; wären sie es einmal, würden sie mit den rüdesten Methoden ihren Besitz verteidigen. Er habe da so seine Erfahrungen in den letzten zwanzig Jahren gesammelt.

Durch die Villenbesetzung war auch für jene ein Ärgernis entstanden, die in dieser Gegend ebenfalls in umzäunten Häusern lebten und sich nur unter ihresgleichen wohl fühlten, weitab von der verrußten großstädtischen Wirklichkeit. Dorthin flüchtete nun Heinrich Böhmer, Alleininhaber der Böhmer-Elektrowerke mit fünfhundert Arbeitern und Angestellten, vor einer Gefahr, deren Namen er nicht kannte. Sein Werk, zeitweise bis zu neunzig Prozent exportabhängig, arbeitete seit Bestehen mit guten Gewinnen. Von wirtschaftlicher Flaute hatte es bislang kaum etwas verspürt, zum Erstaunen und Neid der Konkurrenten, denen Böhmer bei Tagungen des Arbeitgeberverbandes zwangsläufig begegnete. Mißgünstige unterstellten ihm unlautere Methoden; er war sogar politisch anrüchig geworden, weil – wie allgemein bekannt – ein Großteil seiner Produktion in kommunistische Länder floß. Ihn berührten alle süffisanten Unterstellungen wenig. Er wußte nur zu genau, daß zu allen Zeiten die weniger Erfolgreichen Zuflucht bei der Verleumdung suchten, weil es ihnen an Verstand und Phantasie mangelte. Verächtlich sagte er: Gäbe es Verstand und Phantasie zu kaufen, die würden beides nicht kaufen, weil der Geiz ihnen längst die Gehirnzellen vermauert hat und allein Habgier ihre Lebensgrundlage ist.

Böhmer war nie selbst in einem kommunistischen Land gewesen. Er ließ die Leute von dort zu sich kommen oder schickte seinen Wirtschaftsberater Dr. Pauls, den Prokuristen Gebhardt, den Chefingenieur Adam.

Was Böhmer beim Unternehmensverband, bei Kollegen und Konkurrenten besonderer politischer

Bedenklichkeit aussetzte, war die Tatsache, daß er in seinem Betrieb einen linkslastigen Sozialdemokraten beschäftigte, der von der Belegschaft einstimmig in den Betriebsrat und vom Betriebsrat einstimmig zum Vorsitzenden gewählt worden war. Innerhalb und außerhalb des Betriebes verkündete dieser Mann, der Manfred Schneider hieß, seinen politischen Glaubenssatz: In unserem Lande wird sich erst dann etwas ändern, wenn die Besitzverhältnisse geändert werden, wenn die Eigentumsfrage zum zentralen Thema aller Parteiprogramme erhoben wird.

Diesen Mann ließ Böhmer gewähren. Auf alle Vorwürfe erwiderte er gleichmütig: Ich wünschte, ich hätte mehr solcher qualifizierter Mitarbeiter, dann würde das Made in Germany wieder seinen alten Glanz bekommen.

Das war Heinrich Böhmer, der Halbbruder meiner Frau, der unehelichen Tochter seines Vaters Klemens. Der hatte seinen Seitensprung immer hartnäckig geleugnet und an Christas Mutter weder Alimente noch eine Abfindung gezahlt. Zahlen, so sagte er, bedeutet doch nur Eingeständnis.

Heinrich Böhmer nahm Christa in sein Haus auf, als sein Vater bei einem Autounfall in der Nähe von Düsseldorf ums Leben gekommen war. Der Sohn wollte gutmachen, was der Vater geleugnet hatte. Christa lebte fortan im Hause Böhmer, nicht aber als die Halbschwester eines reichen Mannes: Sie wurde das Kindermädchen der Zwillinge Lars und Sascha. Sie hat die beiden Jungen mit großgezogen, sie vielleicht durch ihren Einfluß ein wenig geprägt.

Später, als wir uns kennengelernt hatten – in der Straßenbahn, ich half ihr, Apfelsinen aufzulesen, die aus einer geplatzten Plastiktüte über den Boden kullerten –, bat sie mich, in der Fabrik bei ihrem Halbbruder vorzusprechen, damit er mir eine angemessene Arbeit verschaffe. Ich hatte zwanzig Jahre als Industriekaufmann gearbeitet, bevor ich Fotograf wurde; der Beruf eines freien Fotografen – ich knipste für Zeitungen und Zeitschriften – war meiner späteren Frau zu unsicher. Ich drang auch bis in Böhmers Büro vor, aber dieser massige Mann beschied mich freundlich und entschieden: Ich stelle keine Leute ein, die beabsichtigen, in absehbarer Zeit mit meinem Haus in verwandtschaftliche Beziehungen zu treten, in welcher Form auch immer und wie die Verwandtschaft auch gelagert sein mag.

So abgefertigt stand ich wieder auf der Straße.

Ich war nicht einmal wütend, ich schämte mich. Nie wieder Böhmer, sagte ich mir.

Beinahe hätte diese Abfuhr zum Bruch mit Christa geführt. Sie fand, ich hätte mich ungeschickt benommen, mich unklug verhalten, lenkte aber nach Tagen des Schmollens ein und sagte: Verzeih mir, Edmund, ich hätte es besser wissen müssen. Es war dumm von mir, dir diesen Rat zu geben, dumm von mir, dich in diese Lage zu bringen. Es bewahrheitet sich wieder einmal: man darf mit Verwandtschaft keine Geschäfte tätigen.

Acht Wochen später heirateten wir, und weil wir nie Kinder bekamen, so sehr wir uns welche wünschten, wurden Sascha und Lars, ohne es eigentlich zu wollen, Christas Kinder. Sie besuchten uns regelmäßig; auf diese Weise erfuhren wir, was in der Villa vor sich ging, was dort gesprochen und geplant wurde, denn seit unserem Hochzeitstag hatte Christa die Villa nicht wieder betreten.

Ich hatte mich nie besonders für Heinrich Böhmer und seine Welt interessiert. Christa aber blieb den Zwillingen Kindermädchen: Sie durften alle kleinen und großen Sorgen bei uns abladen, vor allem wurden jene Sorgen gebeichtet, die man den Eltern nicht beichten wollte. Lars studierte Betriebswirtschaft in Bonn, Sascha Jura in Münster. Soweit ich es mitbekam, hatten beide ein erträgliches Verhältnis zu ihren Eltern – schon deshalb, weil sich Heinrich Böhmer selten in die Angelegenheiten seiner Söhne einmischte und beide konsequent vom Betrieb fernhielt. Frau Böhmer, eine geborene Horsemann, hielt sich jedes Jahr für mehrere Wochen oder gar Monate in Südfrankreich, in Avignon auf, in einem zwar kleinen, aber komfortablen Haus, das sie von ihrem Vater geerbt hatte. Der alte Horsemann hatte zur Expansion des Böhmerwerkes nicht unwesentlich beigetragen. Zur Hochzeit hatte er seiner Tochter eine halbe Million Mitgift in bar vermacht, die Frau Böhmer ohne Wenn und Aber ihrem Mann gab, der das Kapital in seiner Fabrik investierte. Er konnte die modernsten Fertigungsanlagen kaufen, was ihm für Jahre einen konkurrenzlosen Vorsprung sicherte. Ehe die Branche begriff, was im Böhmerwerk vorging, hatte er sich ein bescheidenes Monopol geschaffen.

Heinrich Böhmer war ein erfolgreicher Fabrikant, der mit Härte, ohne rüde zu werden, seine Interessen durchsetzte, jedoch immer im Rahmen der bestehenden Gesetze blieb: nicht mehr, nicht weniger.

Nun baumelte er im Turm der katholischen Kirche, die vom Ruß und Dreck der vergangenen neunzig Jahre häßlich geworden war und wie ein vierkant angespitzter Bleistift über der Siedlung »Neue Heimat« aufragte.

Ich legte das Fernglas auf den Gartentisch, schnürte den Gürtel meines Bademantels fester und lief in Pantoffeln hinunter zur Kirche.

Trotz der frühen Stunde standen etwa ein Dutzend Menschen auf dem Vorplatz und starrten nach oben. Ein alter Rentner, den ich aus meiner Kneipe kannte, trat neben mich und sagte: »Da hat sich einer aufgehängt. In der Kirche. Den Menschen ist nichts mehr heilig, das müßte bestraft werden.«

Einen Moment dachte ich darüber nach, wie man einen Toten wohl bestrafen könnte, erwiderte aber nur: »Man muß die Polizei verständigen.«

»Ist schon passiert. Ich war der erste, der den Toten entdeckt hat. Ich kann ab vier Uhr einfach nicht mehr schlafen.«

Der Alte sah sich erwartungsvoll um. Eine junge Frau schlug die Hände vors Gesicht und weinte, auf der nahen Durchgangsstraße quietschten Autoreifen. Der Kirchturm war von der Hauptstraße gut einsehbar; morgens und abends fuhren zahllose Pendler vorbei.

Oben am Wasserturm, der sich auf einer Anhöhe ausnahm wie ein Riesenei auf Stelzen, sah ich Blaulicht aufblitzen und wieder verschwinden; wenige Minuten später hielt auf dem Kirchvorplatz ein Polizeiwagen. Zwei Beamte stiegen aus und sahen sich wie verschüchtert um; der Rentner lief eilfertig auf sie zu und deutete aufgeregt hinauf zum Kirchturm.

Der jüngere Polizist, der höchstens Anfang zwanzig war, sagte leise: »Auf was die Leute für Ideen kommen. Wenn das so weitergeht, quittier ich meinen Dienst. Jeden Tag Tote, das hält kein Mensch aus.«

Ich schlich mich fort. Ich schämte mich plötzlich, weil ich mich zum Gaffer hergegeben hatte, obwohl ich mehr wußte als alle anderen.

Zu Haus holte ich meinen Fotoapparat aus dem Schrank, schraubte das Teleobjektiv auf, setzte mich auf die Terrasse in einen Korbsessel und fotografierte mehrmals den Mann im Turm. Plötzlich stand Christa neben mir und fragte: »Was fotografierst du denn so früh? Willst du nicht Frühstück machen?«

Ich hörte, wie sie ein paar Schritte über die Klinker schlurfte, anhielt und umkehrte. Dann trat sie hinter mich und legte ihre Hände auf meine Schultern.

Ich saß stocksteif und wagte kaum zu atmen. Christa nahm zögernd das Fernglas vom Tisch, setzte es an die Augen und sah zum Kirchturm hinauf. Sekunden später krachte das Glas auf die Klinker und zerbrach vor meinen Füßen.

»Wie kannst du nur so unbeteiligt dasitzen und einfach knipsen«, sagte sie und stöhnte. »Was bist du nur für ein Mensch.«

»Soll ich vielleicht runtergehen und auf den Turm

steigen und ihn abschneiden? Das wird die Feuerwehr besorgen, die Polizei ist schon da.«

Ich verschwieg, daß ich schon unten gewesen war. Ich hatte einfach Angst, ihr das einzugestehen, und wußte nicht, warum ich Angst vor diesem Eingeständnis hatte.

Später beobachtete ich, wie die Feuerwehr eine lange Leiter ausfuhr, wie zwei Feuerwehrleute die Leiter hochkletterten und den Toten abschnitten oder abknüpften. Ich wunderte mich nur, daß sie von außen eine Leiter angelegt und den Turm nicht von innen erklettert hatten.

Ich fürchtete mich und wußte nicht wovor.

Am nächsten Tag waren die lokalen Zeitungen voll mit Berichten über den Freitod – das Wort Selbstmord vermied man – des Unternehmers Heinrich Böhmer. Er sei, wie sie schrieben, beliebt und geschätzt, eine markante Persönlichkeit, ein honoriger Mäzen für die kulturellen und sozialen Einrichtungen unserer Stadt gewesen, wenn er auch persönlich selten am öffentlichen Leben teilnahm. Er habe erfolgreich einen Musterbetrieb durch alle wirtschaftlichen Flauten und Fährnisse gesteuert, deshalb gebe sein Freitod mehr als ein Rätsel auf: einmal sein Tod selbst, zum anderen der ungewöhnliche Ort. Das Unternehmen sei kerngesund, der Sechzigjährige selbst geistig und körperlich topfit gewesen, wie alle Befragten einstimmig bezeugt hätten, vor allem jene, die täglich mit ihm zu tun hatten. In diesem Zusammenhang wurde auch an die bislang unaufgeklärten Vorkommnisse in seiner Villa im vorigen Jahr erinnert, die Böhmer veranlaßt hätten, resignierend seinen schönen Besitz im Ruhrtal zu verlassen. Seine Frau sei verständigt worden, sie halte sich, wie so oft, in Avignon in Südfrankreich auf, seine beiden Söhne habe man noch nicht ausfindig gemacht, wie der Prokurist Gebhardt, ein alter Vertrauter Heinrich Böhmers, erklärt habe. Die Söhne seien auf einer Informations- und Urlaubsreise in Nordafrika, Prokurist Gebhardt habe zwar Anlaufadressen und an diese Telegramme geschickt, eine Rückmeldung sei jedoch noch nicht erfolgt.

Tags darauf leuchtete mir, als ich morgens die Zeitung aus dem Briefkasten holte, eine rot unterstrichene Balkenüberschrift entgegen: »Heinrich Böhmer Opfer eines Verbrechens«. Etwas kleiner stand darunter: »Gibt es einen Zusammenhang mit den vorjährigen Ereignissen in seiner Villa?«

Weiter hieß es, daß die gerichtsmedizinische Untersuchung einwandfrei ergeben habe, daß Heinrich Böhmer schon tot war, als man ihn im Kirchturm aufknüpfte. Ein kräftiger, mit einem harten Gegenstand ausgeführter Schlag auf den Hinterkopf habe den sofortigen Tod herbeigeführt.

»Das hat er nicht verdient«, sagte Christa. »Er war ein grundanständiger Mann, und für meine Existenz ist er nicht verantwortlich. Was wird jetzt aus der Fabrik?«

»Erstmal müssen die Zwillinge gefunden werden«, antwortete ich. »Sie werden alles erben, natürlich mit ihrer Mutter zusammen. Ich fürchte aber, sie wissen mit dem Erbe wenig anzufangen. Lars spielt Mozart und Sascha Tennis. Das reicht nicht aus, um ein Unternehmen zu führen, und auch der beste Prokurist ist nur so viel wert, wie sein Chef wert ist. Bis die Zwillinge mit dem Studium fertig sind, vergehen noch Jahre. Fremde aber wirtschaften am liebsten in die eigene Tasche.«

»Nicht immer«, sagte Christa ungehalten und sah mich beinahe böse an.

»Reg dich nicht auf«, sagte ich, »ich geh jetzt erst mal einkaufen.«

Ich nahm den Weg an der Kirche vorbei und blieb auf dem Vorplatz stehen. Der Holzladen des rechten Fensters war wieder geschlossen, als sei nichts, absolut nichts geschehen. Der Kirchturm schien mir häßlicher denn je, der Ruß von hundert Jahren wirkte wie ein Anstrich.

Ich hatte Heinrich Böhmer, diesen Koloß, nur einmal gesehen und gesprochen. Er hatte mich höflich bestimmt abblitzen lassen, und dafür mußte ich ihm im nachhinein sogar dankbar sein, denn seine Weigerung, mich in seinem Betrieb einzustellen, war für mich der Beginn einer bescheidenen, dennoch erfolgreichen Karriere als Fotograf gewesen. Nun war er tot: Trotz der verwandtschaftlichen Beziehung, trotz der regelmäßigen Besuche seiner Söhne, die meine Frau Tante Christa nannten, war er mir zehn Jahre lang ein Fremder geblieben.

Christas Mutter war Köchin im Hause Böhmer gewesen, der alte Böhmer hatte sie geschwängert, nichts Ungewöhnliches. Dienstboten müssen für ihn

Menschen gewesen sein, die zugleich Untertanen waren und Objekte zur Befriedigung seiner Lust, wenn es sich um Frauen handelte. Als Christas Mutter schwanger war, wies Klemens Böhmer sie aus seinem Haus. Das war 1943, mitten im Bombenkrieg. Sie hat später nie geheiratet, hat sich und ihr Kind mit niederen Arbeiten durchgebracht durch Krieg und Nachkriegshunger, und erst 1963, Sascha und Lars waren gerade zwei Jahre alt, holte Heinrich Böhmer seine Halbschwester in die Villa an den Hängen der Ruhr. Sein Vater hatte ihm auf dem Sterbebett – er lebte nach dem Autounfall noch drei Tage – den Seitensprung gestanden und den Sohn gebeten, das Kind seiner Lust ins Haus zu holen, an Christa gutzumachen, was er der Mutter verweigert hatte.

Klemens Böhmer wurde hochgeehrt zu Grabe getragen. Das Bundesverdienstkreuz erster Klasse, verliehen für außergewöhnliche Verdienste beim Wiederaufbau, trug ein Mann mit weißen Handschuhen auf einem schwarzen Samtkissen dem Sarg nach. Nichts wird schneller im Gedächtnis begraben als Not und Hunger.

Neben mir zeigte jemand zum Turm hinauf und sagte: »Dort oben hat er gehangen. Ein unrühmlicher Tod für einen erfolgreichen Mann. Warum man ihn wohl gerade hier zur Schau gestellt hat und nicht in einer anderen Kirche?«

Zwischen den Worten rang er nach Atem, vielleicht war er Asthmatiker. Er war einen halben Kopf kleiner als ich, hatte einen Bürstenschnitt, trug weiße

Turnschuhe und eine Khakihose. Hinter dicken Brillengläsern blinzelten flinke Augen; vielleicht verzerrten die Gläser seinen Blick. Das fette Gesicht war tropfnaß, der ganze Mann roch sauer nach Schweiß.

»Das müssen Sie die fragen, die ihn aufgeknüpft haben«, antwortete ich.

Ich war sicher, diesen Mann noch nie gesehen zu haben. Und doch war er mir irgendwie nicht fremd.

Natürlich sprachen die Leute in den Läden über das Ereignis, das unseren Vorort in Aufregung versetzt hatte. Viel mehr als das, was ich schon wußte, erfuhr ich jedoch nicht. Ich hörte Vermutungen, Gerüchte; bekannt geworden war, daß das Schloß des Kirchenportals mit einem Dietrich geöffnet wurde. Spuren aber, die weiterführen könnten, so jedenfalls drückte es der zuständige Polizeidirektor in einer Pressekonferenz aus, fanden sich bislang nicht. Sicher war nur, daß es mehrere Täter gewesen sein mußten, denn eine Person allein wäre unfähig gewesen, einen so schweren Mann wie Böhmer hinauf in den Turm zu schleppen. Und verbittert waren die Leute, weil ausgerechnet unsere Kirche für das Verbrechen ausgesucht worden war. Sie empfanden das als eine persönliche Kränkung.

Der Mann mit dem Bürstenhaarschnitt stand noch vor der Kirche, als ich mit gefüllter Einkaufstasche zurückkam. Er lächelte vertraulich, wischte sich Gesicht und Nacken mit einem Taschentuch trocken und trat einen Schritt auf mich zu.

»Sonderbar«, sagte er, »ausgerechnet in einem so abgelegenen Stadtteil haben die Täter ihre Fracht abgeladen. Hier ist alles so friedlich, so ruhig, so dörflich. Vielleicht war das der Grund.«

»Da müssen Sie schon die Täter fragen«, sagte ich. »Ich kann Ihnen nicht helfen.«

Fast schmerzlich spürte ich seinen Blick in meinem Rücken, während ich gemächlich den kleinen Berg zu unserem Haus hinaufstieg.

Christa saß in einem Korbstuhl auf der Terrasse.

»Wir sollten zur Beerdigung gehen«, sagte sie. »Ich meine, das verlangt schon der Anstand. Ich bin schließlich seine Halbschwester, und er war immer gut zu mir. Ich kann mich über ihn nicht beklagen.«

»Für mich ist er ein Fremder«, antwortete ich.

»Für dich vielleicht. Ich war zehn Jahre in seinem Haus.«

»Und du hast nun mehr als zehn Jahre nicht mehr mit ihm gesprochen. Er heißt Böhmer, wir heißen Wolff, und du bist eine geborene Klaasen, wenn dein Erzeuger auch ein Böhmer war.«

»Dafür kann mein Halbbruder nichts. Denn wenn meine Mutter nicht gewollt hätte, wäre ich nicht auf der Welt.«

»Ich werfe deinem Vater ja nicht vor, daß er dich gezeugt hat. Ich werfe ihm vor, daß er deine Mutter aus dem Haus gejagt hat wie einen Hund. Dieser Herr Klemens Böhmer hat nicht mal nach dir gefragt, du warst für ihn nur ein Ärgernis.«

»Vielleicht hat sich meine Mutter ein besseres Leben versprochen, wenn sie den Herrn des Hauses drüber läßt. Ich habe sie nie danach gefragt, und sie hat von sich aus nie etwas erzählt. Kann doch sein: Vielleicht versprach sie sich tatsächlich ein besseres Leben als das einer Köchin. Und vergiß nicht, sie war jung und hübsch und unerfahren und er ein Boß mit viel Geld. Es ist doch so, eine Gefälligkeit fordert eine andere.«

»Ach was. Er hat einfach seinen Schwanz vorgestreckt und kommandiert: Komm. Er hat deine Mutter nicht gevögelt, weil er sie liebte, er hatte Lust auf sie, mehr nicht. Und jetzt laß mich bitte mit diesem Begräbnis in Ruhe. Wenn du unbedingt willst, gehen wir hin.«

Sascha und Lars waren zwölf gewesen, als Christa das Haus Böhmer verließ. Beide hatten uns in der Folgezeit regelmäßig besucht, niemals aber besuchte Christa die Zwillinge in der Villa. Sie mied dieses Haus konsequent, aber auch Heinrich Böhmer und dessen Frau waren nie zu uns gekommen. Niemand in unserer Nachbarschaft wußte über unsere verwandtschaftlichen Verhältnisse Bescheid. Für Neugierige war Christa früher einmal Kindermädchen bei Böhmers gewesen, sonst nichts.

Da fiel mir der Mann mit dem Stiftenkopf ein.

Ich wollte Christa von meiner Begegnung erzählen, tat es dann aber doch nicht, aus mir unerklärlichen Gründen.

Meine Frau hatte noch bis Ende August Urlaub, wir blieben zu Hause. Wir fuhren nicht wie früher in eine kleine Pension nach Süddeutschland oder Österreich, wir wollten unseren Garten genießen in diesem Jahrhundertsommer, auch unser Erspartes wollten wir nicht angreifen in einer Zeit, in der den Ungesicherten genommen, den ohnehin Gesicherten gegeben wird. Mein Nachbar hatte gesagt: Ja, die Wirtschaft ist frei und der Arbeiter vogelfrei.

Die Beerdigung Heinrich Böhmers auf dem Ostfriedhof war in jeder Hinsicht ungewöhnlich. Ungewöhnlich war die Hitze, das Thermometer zeigte schon morgens um zehn vierundzwanzig Grad im Schatten, ungewöhnlich waren die vielen Trauergäste, ungewöhnlich die vielen Honoratioren mit dem Oberbürgermeister an der Spitze, ungewöhnlich die vielen Reden. Der Vertreter des Arbeitgeberverbandes, ein Mittvierziger, sportlich, rundum eine stattliche Erscheinung, nannte den Verstorbenen pathetisch seinen Freund, der Vertreter der Gewerkschaft lobte Böhmer als fairen Partner, die Vertreter der Kommune und der Landesregierung leierten ihre üblichen und wohl auch notwendigen Phrasen ab und gedachten des Toten als generösen Mäzens, der die kulturellen Bestrebungen in diesem Land großzügig unterstützt hatte. Außerdem waren die Abgesandten der Interessenverbände vertreten, eine in blau gekleidete Blaskapelle und vier Männer eines Streichquartetts im Smoking am offenen Grab. Es war mehr eine Feier als eine Beerdigung.

Sascha und Lars hatten ihre Mutter zu beiden Seiten untergehakt. Ein bis zur Brust reichender schwarzer Schleier verdeckte Frau Böhmers Gesicht; die Zwillinge waren braungebrannt und standen ausdruckslos an der Gruft. Ich hatte den Eindruck, sie hörten den Reden überhaupt nicht zu, beugten sich nur einem unvermeidlichen Ritual.

Beide jedoch hoben ruckartig den Kopf, als der Betriebsratsvorsitzende Schneider ans Grab trat, im Namen der Belegschaft einen großen roten Nelkenkranz niederlegte und sich dann der Trauergemeinde zuwandte. Er sprach langsam und bewegt: »Sehr geehrte Familie Böhmer, verehrte Trauergäste, ich will es kurz machen nach so vielen bei Beerdigungen notwendigen Reden. Ein Mann wird hier zu Grabe getragen, der für uns, die Arbeiter und Angestellten des Böhmerwerkes, nicht zu ersetzen sein wird. Mögen andere seinen Tod aufklären, wir wollen ihn keinesfalls verklären. Wir trauern tief um diesen Mann. Ich wünschte nur, daß das einmal gedruckt und der Öffentlichkeit zugänglich gemacht wird, was er mir gegenüber, der ich die Ehre habe, seit sieben Jahren die Belange der Belegschaft zu vertreten, an Gedanken, Ansichten und Einsichten geäußert hat. Er war kein Rechthaber und Verdiener um jeden Preis, er war ein Partner, mit dem man vernünftig reden konnte. Die Arbeitnehmer hat er stets als Menschen behandelt.«

Und dann hob Schneider etwas die Stimme: »Heinrich Böhmer, halte weiterhin über das Grab hinaus schützend deine Hand über die Menschen deines Werkes.«

Dann folgte das Allerungewöhnlichste: Fünfhundert Arbeiter und Angestellte klatschten Schneider Beifall. Das hatte es wohl auf einem deutschen Friedhof noch nie gegeben.

Durch die Trauergäste ging ein Ruck. Schneiders Ansprache und fünfhundert klatschende Menschen wirkten skandalös, das las ich von vielen Gesichtern ab. Die Empörung prickelte geradezu über den Köpfen in der Hitze. Die Zwillinge aber senkten wieder die Köpfe und gaben sich so, als sei das alles normal. Angestrengt hörten sie zu, während die Blaskapelle das Lied vom Guten Kameraden spielte.

Etwa um diese Zeit fiel mir ein Mädchen auf, das wie wir den Trauerfeierlichkeiten etwas abseits hinter Sträuchern zusah. Bekleidet war sie mit einem schwarzen Hosenanzug und schwarzen hochhackigen Schuhen; sie war zierlich und ausnehmend schön und weinte hemmungslos. Ihre Zartheit forderte Mitleid heraus und Anteilnahme; das Beben der Schultern verriet, daß sie aus Schmerz weinte und sich ganz ihrem Schmerz hingab. Es war ein Bild, wie es kein Bühnenbildner reißerischer hätte arrangieren können: wie das Mädchen hinter der schwarzen Menschenmauer dastand, das sah fast frivol aus.

Als das Largo angestimmt wurde, klagend und doch erlösend, und die schwarzen Puppen wieder zu atmen begannen, wischte sie sich mit dem Handrükken über Augen und Kinn und hob für einen Moment hilflos beide Arme über den Kopf. Dann rannte sie fort, quer über den Friedhof. Nur wenige Besucher hatten sie bemerkt; der Betriebsrat Schneider streckte einen Augenblick die Arme aus, als wollte er sie aufhalten oder zurückholen.

Sechs Männer ließen den Sarg in die Gruft hinab. Die Stricke glitten gleichmäßig durch ihre Hände, die in weißen Handschuhen steckten; als der Sarg unten angekommen war und die Stricke wieder oben lagen, zogen die Träger die Handschuhe aus und warfen sie auf den Sarg.

Wer war dieses Mädchen gewesen? Ich dachte zuerst an eine professionelle Heulsuse, dann faszinierte mich der Gedanke, sie könnte die uneheliche Tochter Heinrich Böhmers sein, so wie meine Frau die uneheliche Tochter seines Vaters ist.

Christa ergriff meine Hand und zog mich fort. Wir verließen den Friedhof, ohne uns noch einmal nach den Trauergästen umzusehen. Die Sonne stach unbarmherzig, die Hitze brütete auf Pflaster und Asphalt.

Vor dem Ausgang erkannte ich den Mann sofort wieder: Es war der Stiftenkopf, der uns in den Weg trat. Er schützte sich mit einem Sonnenschirm vor der Sonne und schwitzte dennoch zum Erbarmen. Der Schweiß rann ihm über das Gesicht und sammelte sich an der Kinnspitze zu Tropfen.

Ich war ratlos und unangenehm berührt. Der Mann verbeugte sich leicht, fast devot vor Christa; sie blickte verständnislos in sein nasses Gesicht.

»Ich arbeite für eine Illustrierte«, sagte er. »Wir haben uns schon mal gesehen, Herr Wolff, vor der

Kirche. Können Sie mir über den Tod Ihres – äh, quasi Schwagers etwas sagen? In den Zeitungen stehen ja nur Spekulationen, und die Situation ist mysteriös genug, aber mein Blatt ist an der Aufklärung dieses Falls höchst interessiert. Ich meine natürlich: an der Aufklärung dieses Verbrechens. Sie verstehen, was ich meine. Sie arbeiten ja auch für Zeitungen, wenn auch nur mit Bildern.«

»Lassen Sie uns in Ruhe«, sagte ich.

Ich schob ihn beiseite, und Christa und ich gingen zu meinem Wagen in der dreihundert Meter entfernten Hamburger Straße.

Der Stiftenkopf blieb hartnäckig. Er folgte uns und stand auf einmal neben mir, während ich die Tür aufschloß und darauf wartete, daß die angestaute Hitze entwich.

»Kennen Sie das Mädchen?« fragte er.

»Welches Mädchen?«

»Die Kleine in dem schwarzen Hosenanzug. Beim Largo ist sie weggelaufen.«

»Ich habe keine Kleine bemerkt.«

»Eigenartig. Mir war, als hätten Sie sie dauernd angestarrt. Wie man sich doch irren kann. Nichts für ungut.«

Er wischte sich mit einem großen Taschentuch den Schweiß von Gesicht und Nacken; dann wandte er sich um und trippelte zum Friedhof zurück.

Christa sah mich über das Wagendach fragend an. Ich zuckte nur die Schultern und tippte mit dem Zeigefinger an die Stirn: Vermutlich hatten wir es mit einem Verrückten zu tun.

Auf der Rückfahrt erzählte ich von meinem ersten Zusammentreffen mit dem Stiftenkopf.

»Ich habe es nicht so wichtig genommen, deshalb habe ich nichts gesagt«, versuchte ich mich zu entschuldigen.

»Hast du die Kleine tatsächlich nicht bemerkt?« fragte meine Frau.

»Nein«, antwortete ich.

»Aber ich, und ich frage mich, was der Kerl von ihr will. Wer weiß, von welchem Schmierblatt er ist. Woher kennt er unseren Namen, und wieso kennt er meine Verwandtschaft zu Böhmer? Der Mann ist mir nicht geheuer. Und mir sind Menschen, die so schwitzen, widerwärtig. Mit ihrem Schweiß wollen sie nur Mitleid erregen.«

»Mich beunruhigt, daß er dein Verhältnis zu den Böhmers kennt.«

»Er wird eine schlüpfrige Story schreiben wollen. Warum nicht, das ist sein Job.«

»Wir haben nichts zu verheimlichen. Ein guter Journalist muß nun mal ein guter Schnüffler sein – im Interesse der Öffentlichkeit.«

»Du mußt es ja wissen«, sagte meine Frau.

Vor der Haustür wartete unser Nachbar mit einem Eimer voller Pflaumen.

»Wir haben dieses Jahr einfach zu viel«, sagte er.

»Das ist lieb von Ihnen, Herr Bleicher«, sagte Christa. »Ich bringe Ihnen heute abend den Eimer wieder rüber.«

»Wissen Sie, bei uns sind alle Gefäße schon voll, meine Frau kommt mit dem Einkochen nicht mehr mit. Ein reicher Segen, dieses Jahr ... Sie sind beide in Schwarz? Auf einer Beerdigung gewesen?«

»Ja, leider, Herr Bleicher«, antwortete ich.

»Ein Verwandter? Entschuldigen Sie die indiskrete Frage.«

»Nein, ein Bekannter«, erwiderte Christa hastig.

»Schon älter?«

»Sechzig«, sagte ich.

»Gutes Alter, Herr Wolff, gutes Alter. Jaja, und jetzt hat er nichts mehr von seiner Rente, das Leben ist ungerecht. Er hat womöglich sein Leben lang geschuftet, und nun lebt die Witwe wie die Made im Speck. Ich hab da in der Verwandtschaft so einen Fall.«

»Vielleicht ist nicht das Leben ungerecht, vielleicht sind es nur die Gesetze«, sagte ich.

»Wissen Sie, früher hat man nach einer Beerdigung deftig gefeiert, heute laufen die Leute auseinander wie die Hühner beim Gewitter. Ich sags immer, es gibt keine Kultur mehr unter den Leuten. Heute wurde ja auch der Tote vom Kirchturm beerdigt. Ich habs in der Zeitung gelesen, die großen Anzeigen konnte man einfach nicht übersehen. Soll ja ein verdienstvoller Mann gewesen sein. Naja, ich sage es immer: wenn man Geld genug hat, ist es leicht, verdienstvoll zu sein.«

Ich nahm Christa den Eimer ab und ging ins Haus.

In der Küche sagte sie: »Ich dachte schon, der hört überhaupt nicht mehr zu quasseln auf.«

»Für einen vollen Eimer Pflaumen muß man das schon in Kauf nehmen.«

»Du entkernst die Pflaumen, und ich koche ein. Bleicher hat dafür gesorgt, daß der Tag nicht langweilig wird.«

Um acht Uhr abends klingelte das Telefon. Es war Sascha. Er kündigte seinen Besuch für den nächsten Tag an.

»Hoffentlich erbst du etwas«, sagte ich zu Christa.

»Gott bewahre uns, ich habe auch schon mal daran gedacht. Es wäre schrecklich«, antwortete sie.

Auf unserer Terrasse erlebten wir einen Sascha, wie wir ihn noch nie gesehen hatten: nervös, die Hände fahrig, die Augen unstet. Wenn er seine Tasse zum Munde führte, zitterte seine Hand wie die eines Säufers. Mehrmals verschüttete er Kaffee in die Untertasse; während er Kuchen aß, ließ er keinen Blick vom Kirchturm. Auch wenn er uns ansprach oder antwortete, blickte er uns nicht an.

»Das Telegramm hat uns in Casablanca erreicht«, sagte er. »Lars und ich dachten logisch an einen natürlichen Tod, Herzinfarkt oder so was Ähnliches. Wir bekamen sofort eine Maschine nach Madrid und von dort eine direkt nach Frankfurt. Wenn man Geld hat, gibt es keine Komplikationen.«

Das erzählte er ruhiger, wenn auch mit Pausen zwischen den Sätzen.

»Wissen Sie, Herr Wolff, mein Vater hat einmal zu uns gesagt, noch bevor bei uns zu Hause zum erstenmal die Fensterscheiben klirrten: Es werden schwere Zeiten kommen und schlimme dazu. Dann werden wir unser schönes Haus aufgeben, in die Stadt in eine Allerweltswohnung ziehen müssen, wo wir wenigstens sicher sind, denn hier draußen in der Einsamkeit werden wir nicht sicher sein, nicht mehr. Die angestaute Wut der Arbeitslosen wird sich in Gewaltakten entladen. Ich kann diese Wut sogar verstehen, weil unten immer nur entlassen wird, während Spitzenmanager abgefunden werden. Ja, mein Vater hatte manchmal sonderbare Gedanken . . . Gehen Sie mit mir mal zur Kirche? Begleiten Sie mich?«

»Sie ist tagsüber abgeschlossen. Wir müßten vom Pfarrer oder vom Küster den Schlüssel holen. Beide kenne ich nicht so gut, als daß ich mir erlauben könnte, sie zu belästigen. Aber weil wir gerade von Arbeitslosen sprechen: Die haben Ihren Vater gewiß nicht umgebracht, denn er hat keine Arbeiter entlassen. Sie sind da auf der falschen Fährte.«

»Wer war es dann, Herr Wolff?«

»Die Polizei wird es herausfinden.«

»Die Polizei? Eine Polizei, die mit sich selber genug zu tun hat, weil sie immer korrupter und gewalttätiger wird? Gerade auch in unserer Stadt, Sie lesen ja Zeitung, bald werden wir amerikanische Zustände haben. Die Polizei spielt Dieb, Hehler und Justiz, wir sind schon eine amerikanische Kolonie.«

»Übertreibungen helfen manchmal, Herr Böhmer«, sagte ich.

Ich duzte die Zwillinge nicht und war für sie deshalb immer Herr Wolff geblieben; das Du wäre mir nie über die Lippen gekommen. Christa hätte es vulgär genannt.

»Der Tod unseres Vaters hat uns sehr getroffen«, sagte Sascha. »Vielleicht war er für uns immer zu alt, vielleicht hatten wir deshalb mit ihm nie Schwierigkeiten. Er mit uns übrigens auch nicht. Wahrscheinlich ging es bei uns zu Hause ohne Reibereien ab, weil mein Bruder und ich nie nach der Fabrik gefragt haben. Jeder von uns hatte sein eigenes Revier. Jetzt fällt uns eins zu, in dem wir nicht bewandert sind. Der Prokurist Gebhardt ist zwar ein braver Mann, treu und ehrlich, aber er hat in seinem ganzen Leben nur Befehle ausgeführt. Wer nur gelernt hat, Befehlen zu gehorchen, der kann selbst nicht mehr befehlen. Gebhardt also fällt aus. Herr Schneider? Er soll grundgescheit und ehrlich sein, aber er ist Ideologe. Mit Ideologie aber, so unser Vater, kann man zwar Menschen betrunken machen, aber keine Fabrik leiten. Und Schwierigkeiten hat Schneider sogar in seiner eigenen Partei.«

»Das spräche eigentlich für ihn. Wer hat keine Schwierigkeiten, wenn er denkt und nicht blökt.«

»Wir werden die Fabrik verkaufen. Was sollen mein Bruder und ich mit dieser Lawine? Sie wird uns erdrücken. Wir haben das Werk höchstens fünfmal von innen gesehen. Als wir noch klein waren, durften wir zu Weihnachten kleine Geschenke an die Belegschaft verteilen, Christkind spielen. Das war alles.«

»Man kann sich einarbeiten«, sagte Christa.

»Man kann fließend Spanisch sprechen und ist doch kein Spanier ... Ich mag diese Fabrik nicht, Tante Christa, mein Bruder auch nicht. Wir haben sie nie gemocht. Sie war für uns seit unserer frühesten Kindheit wie der Turmbau zu Babel: Da wird gewerkelt und gewerkelt, und einer streicht den Rahm ein. Das war unser Vater.«

»Diese Fabrik hat Ihnen und Ihrem Bruder bislang ein sorgenfreies Leben garantiert«, sagte ich. »Durch die Fabrik, durch die Lawine, wie Sie sie nennen, haben Sie regelmäßig das bekommen, wonach Millionen sich die Finger schlecken. Natürlich können Sie die Fabrik auch schließen, in unserem

Land darf jeder mit seinem Eigentum machen, was er will. Machen Sie dicht, Geld haben Sie genug bis ans Ende Ihrer Tage. Sie können die Fabrik auch verkaufen, was für Sie wahrscheinlich lukrativer ist.«

»An die Konkurrenz? Einige Vertreter dieser Konkurrenz habe ich in unserem Hause kennengelernt. Ich weiß, ein Herr Wagenfuhr ist hinter der Fabrik her wie der Teufel hinter der Seele. Das wäre ein möglicher und potenter Käufer. Aber ich glaube, er würde das Werk nach einer bestimmten Anstandsfrist seinem amerikanischen Konzern einverleiben. Ich kann es auch anzünden, warum nicht, solange dabei keine Menschen zu Schaden kommen und ich von der Versicherung keinen Pfennig verlange.«

»Immerhin, es ist das Werk Ihres Vaters, sein Lebenswerk. Es ist, wie ich den Zeitungen entnehme, ein durch und durch gesundes Werk, das Produkte herstellt, die in aller Welt verkauft werden. Solide Arbeit, überragende Qualität.«

»Mein Bruder spielt Mozart, und ich bin nicht Berthold Beitz.«

»Immerhin ein exzellenter Mann und Ehrendoktor an einer Universität in einem kommunistischen Land, in Greifswald. Das ist nicht alltäglich.«

»Ich will aber nicht Ehrendoktor werden, schon gar nicht in Greifswald. Ich will – Herr Wolff, wissen Sie, wer meinen Vater umgebracht hat?«

»Ich habe nicht einmal eine Ahnung.«

»Und warum gerade auf Ihrem Kirchturm?«

»Es ist nicht mein Kirchturm, ich wohne nur hier«, sagte ich.

Am frühen Abend verabschiedete sich Sascha wie immer korrekt und freundlich. Meine Frau konnte sich nicht verkneifen, noch einmal zu mahnen: »Sascha, man kann sich in alles einarbeiten, wenn man den Willen und die Verantwortung mitbringt.«

»Ich weiß, aber eben da hapert es. Verantwortung? Für wen?«

Wenig später heulte dumpf und kraftvoll der Motor seiner schweren BMW-Maschine auf. In seiner schwarzen Vermummung saß Sascha im Sattel wie ein Wesen aus einem Horrorfilm.

»Jungen Leuten dürfte man so schwere Maschinen nicht anvertrauen«, sagte Christa.

Der Abend wurde merklich kühler, der Jahrhundertsommer kündigte seinen Abschied an.

Sascha hatte kein Wort darüber verloren, warum er uns besucht hatte. Von der Villa oder Böhmers Stadtwohnung hatte er nichts erzählt, auch nichts davon, was in seiner Familie für die Zukunft beschlossen worden war. Schließlich ging es um ein nicht unbeträchtliches Vermögen, eine große Erbschaft.

»Sie werden es sich überlegen«, sagte Christa, »sie werden sich einarbeiten. Sie sind noch etwas unbeholfen, aber sie sind nicht dumm.«

Später lud uns Herr Bleicher zum Grillen in seinen Garten ein. Es gab Rostbratwürste, Schnitzel und Kartoffelsalat, dazu ein kleines Fäßchen Bier. Während des Abends setzten sich noch andere Nachbarn hinzu, die Bleicher über die Zäune hinweg eingeladen hatte, beim Essen und Trinken mitzuhelfen.

»Es wird sowieso das letzte Mal sein in diesem Jahr, daß wir so gemütlich im Garten sitzen. Das Barometer fällt«, sagte er.

Ich genoß den Abend, vergaß Sascha und den Kirchturm. Der schwarze Himmel weckte Vertrauen, die Sterne leuchteten wie Zigarettenglut; über die Glut im Grill deckte sich langsam weiße Asche. Die Nacht verkündete Abschied von einer Zeit, die es uns leicht gemacht hatte, den ausgefallenen Urlaub im Süden zu vergessen. Christa strickte, ich trank langsam in kleinen Schlückchen meinen Wein.

Das feuchtkalte Wetter mit gelegentlichen Regengüssen bedrückte unsere Stimmung in den folgenden Tagen um so mehr, als wir die lange Hitzeperiode, den wolkenlosen Himmel wie selbstverständlich hingenommen und uns in ein Land versetzt gefühlt hatten, das keine Kälte kennt. In der zweiten Septemberwoche brach dann über die Stadt ein Wolkenbruch nieder, der schlimme Schäden befürchten ließ. Die herabstürzenden Wassermassen waren so gewaltig, daß ich das fünfzig Meter entfernte Haus meines Nachbarn nur noch als Schemen sah. Die Keller ganzer Straßenzüge liefen voll, Straßen wurden wegen Überflutung gesperrt, von den Bäumen brachen dicke Äste, Bus und Straßenbahn fuhren nicht mehr, über Stunden ruhte in der Innenstadt der Verkehr.

Auch in unserem Garten hatte der Regen gewütet. Alle Dahlien waren geknickt, Rosen abgebrochen, Erde über und durch die Ritzen der Palisaden auf die Straße geschwemmt. Die Katze umschmeichelte schnurrend meine Beine, das Wetter behagte ihr nicht.

Gegen Abend schrillte die Türglocke. Ich lief in die Küche und sah durch die Scheibengardinen: Vor unserem Haus war ein grüner Mercedes vorgefahren. Lars hielt wie ein geschulter Cheffahrer eine der hinteren Türen auf; zwei junge Frauen stiegen aus. Sascha hatte geklingelt.

Die Freundinnen der Zwillinge hatten wir vorher nie gesehen; sie kamen wohl aus guten Häusern, wie sich das gehört. Christa begrüßte den unverhofften

Besuch überschwenglich, dabei musterte sie ungeniert die jungen Frauen. Bei der Vorstellung erfuhr ich nur, daß die Aschblonde Susanne, die Schwarzhaarige Nina hieß. Beide waren verlegen; womöglich hatten die Zwillinge sie gegen ihren Willen mitgeschleppt, aus welchen Gründen auch immer, vielleicht nur, um sie Christa endlich vorzustellen.

Während sich die Vier in den Polstern des Wohnzimmers niederließen, begriff ich erst die unmögliche Situation: Vor mir saßen zwei junge Männer mit ihren hübschen Freundinnen und warteten darauf, von mir bedient zu werden.

Die Frauen waren modisch dezent und teuer gekleidet; vielleicht waren sie vordem nie in einem Reihenhaus zu Besuch gewesen.

»Ihr hättet anrufen sollen, ich bin auf vier zusätzliche Esser nicht vorbereitet«, sagte Christa.

»Wir sind nicht zum Essen gekommen«, erwiderte Lars, der noch jungenhafter aussah als sein Bruder. »Wir wußten vor einer halben Stunde noch nicht, daß wir hier landen würden. Mach dir keine Sorgen, wir verhungern schon nicht. Wir sind bloß gekommen, um dir, um Ihnen Nina und Susanne vorzustellen, und wir werden uns nicht lange aufhalten. Wir hatten in den letzten Tagen viel zu tun. Ein unerwarteter Tod bringt unerwartete Komplikationen.«

Sascha nickte zu den Worten seines Bruders, und ich versuchte mir vorzustellen, welche Komplikationen er gemeint haben könnte. Ich wollte nach der

Zukunft der Fabrik fragen, aber da fuhr Lars schon fort: »Unsere Mutter wird jetzt endgültig nach Frankreich ziehen. Sie bricht hier ihre Zelte ab, wie man so sagt, die Stadtwohnung wird sie unseretwegen behalten. Sie sagt, sie kann hier nicht atmen, in Frankreich sei die politische Luft besser. Sie wird abreisen, wenn alles erledigt ist. Sie will fort, einfach fort, redet nur noch von Avignon.«

Das Mokante in seiner Stimme ärgerte mich und auch die Tatsache, daß Ausreißen leicht ist, wenn man Geld hat.

»Die Villa wird vermietet, vielleicht auch verschleudert«, ergänzte Sascha und lächelte.

»Und die Fabrik?« fragte Christa.

»Die Fabrik?«

Lars zögerte, beiden Brüdern war die Frage lästig. Sie sahen sich an und nickten sich zu.

»Es ist beschlossen, so gut wie beschlossen, Tante Christa, daß wir sie verkaufen werden«, antwortete Lars. »Auch unsere Mutter hat innerlich mit diesem Kapitel abgeschlossen. Sie hat erklärt, daß sie an der Fabrik kein Interesse mehr hat, sie will in Avignon sterben und dort begraben werden. In den nächsten Tagen steht die Testamentseröffnung durch die Anwälte und Notare an, bis dahin bleibt unsere Mutter in der Stadt. Wir wissen im einzelnen nicht, wie Vater vorgesorgt hat, ein Chaos wird er uns nicht hinterlassen haben. Jedenfalls läuft der Betrieb gegenwärtig so, als ob er von morgens bis abends hinter seinem Schreibtisch sitzen würde.«

»Ein kleiner Trost für Sie«, sagte ich.

»Der Tod unseres Vaters ist ein Irrtum gewesen, muß ein Irrtum gewesen sein«, sagte Sascha. »Davon sind wir mehr und mehr überzeugt.«

»Irrtum? Du meinst das Verbrechen an deinem Vater. Und wie kommst du auf Irrtum?« fragte Christa.

»Weil der Tod unseres Vaters keinen Sinn ergibt, absolut keinen. Wir hatten mit dem zuständigen Kriminaldirektor eine lange Aussprache, auch er steht vor einem Rätsel. Die Polizei steht ja immer vor einem Rätsel, wenn sie kein Motiv findet. Wissen Sie, Herr Wolff«, sagte Sascha und sah mich dabei direkt an, »es fehlt ganz einfach ein Motiv, und deshalb, so die ermittelnde Behörde, muß der Tod unseres Vaters ein Irrtum, eine Verwechslung gewesen sein. Unser Vater war, wenn schon nicht geliebt, so doch ein hochgeachteter Mann. Er war erfolgreich und gerecht.«

»Erfolgreiche wecken Mißgunst«, sagte ich.

»Unser Vater wurde bewundert, denn Erfolg ist das einzige, was Menschen überzeugt. Das war Vaters Wahlspruch.«

Mich verwunderte, wie kühl und sachlich die jungen Männer über ihren Vater sprachen, so, als hätte es einen Mord nie gegeben.

»Schön, bleiben wir dabei, daß es ein Irrtum war. Wer aber hat den Irrtum begangen?« fragte ich.

Ehe Sascha antworten konnte, standen Nina und Susanne plötzlich auf und traten an die Terrassentür.

»Einen traumhaft schönen Garten haben Sie«, sagte Nina, »ich bin ganz begeistert.«

»Das Unwetter hat ihn arg zerzaust«, antwortete ich.

»Überhaupt, alles ist so ländlich hier«, sagte Susanne. »Nur der Misthaufen Ihres Nachbarn stinkt.«

»Manchmal, nicht immer. Wir jedenfalls wissen, stinkt der Haufen, wird es anderes Wetter geben.«

Die beiden Frauen setzten sich wieder auf ihre Plätze und blickten ratlos in die Runde. Vielleicht fühlten sie sich hilflos in der für sie ungewohnten Umgebung, vielleicht wollten sie einfach nur fort und wußten nicht, wie sie es anfangen sollten.

»Wir werden uns jetzt für längere Zeit nicht sehen«, sagte Lars zu Christa. »Die Fabrik, das Studium, wir müssen sehen, wie wir zurechtkommen, aber wir lassen auf jeden Fall von uns hören.«

Ich musterte die vier verstohlen: Die Zwillinge kannte ich seit Jahren, ich fand sie aufrichtig und brav. Sie waren sich aber auch ihrer Bedeutung bewußt, die sie durch die Bedeutung ihres Vaters gewonnen hatten; ihre Begleiterinnen spielten für sie nur Statistenrollen. Und die Frau Mama, die Grande Dame, wie sie allseits genannt wurde, setzte sich nach Frankreich ab und wollte dort auch sterben. Die Herren Söhne aber fürchteten ihr Erbe wie eine Lawine, die alles zudeckt. Andererseits: Womöglich war ich nur neidisch auf die Gelassenheit der jungen Leute, vielleicht auch auf ihr Geld, das ihnen diese Gelassenheit erst gab.

»Und die Fabrik?« fragte Christa noch einmal.

»Wir werden uns wegen einer Fabrik nicht die Zukunft verbauen lassen«, antwortete Sascha.

Ich atmete auf, als sie endlich gingen. Die Frauen verabschiedeten sich mit Kopfnicken, die Zwillinge mit Handschlag.

Später half ich Christa, in der Küche das Abendessen zu richten. Sie arbeitete nachdenklich, und weil sie beharrlich schwieg, fragte ich: »Bist du aus dem Besuch schlau geworden?«

»Alte Anhänglichkeit, nichts weiter«, antwortete sie. »Ich sehe es so: Beide sind jetzt allein, auch diese Freundinnen sind nur Ersatz. Die Zwillinge sind einsam, weiter nichts, und ich finde es einfach brutal von ihrer Mutter, sie hier sitzen zu lassen. Schließlich sind die beiden genaugenommen noch Kinder, wenn sie auch über einsachtzig groß sind.«

»Sie sind doch sonst auch allein, der eine in Münster, der andere in Bonn.«

»Das ist etwas anderes. Und mit den Anwälten und Notaren können sie nicht so sprechen wie mit mir. Anwälte wollen nur verdienen. Sie werden die Zwillinge bestärken, die Fabrik zu verkaufen, denn durch einen Verkauf verdienen sie jetzt am meisten.«

»Genaugenommen hast du mit ihnen nichts zu tun«, sagte ich, »und ich fürchte nur, wir könnten in etwas hineingezogen werden, in das wir nicht gehören. Du warst das Kindermädchen, nicht mehr und nicht weniger. Nimm das endlich mal zur Kenntnis.«

»Ich war Kindermädchen, ja, darauf bin ich stolz, weil ich sie erzogen habe, nicht die andere, nicht die

Grande Dame. Das bindet mehr, als du dir vorstellen kannst. Junge Männer hängen nun mal an ihren Kindermädchen, das war immer so. Ihre Mutter hatte doch nie Zeit, weil sie auf tausend Kaffeekränzchen tanzte und mit ihren eingebildeten Krankheiten so beschäftigt war, daß sie um sich herum nichts wahrgenommen hat. Und hat sie mal was wahrgenommen, dann flüchtete sie für Wochen nach Südfrankreich. Hätte sie mehr Zeit für ihre Kinder gehabt, wäre ich überflüssig gewesen.«

Christas Gesicht glühte, ja, sie fühlte sich in diesem Moment als Mutter.

Was sollte ich darauf erwidern. Ich deckte den Tisch.

Ich war zum Borsigplatz gefahren, um ein paar renovierte Altbauten am Platz selbst und in den sternförmig wegstrebenden Seitenstraßen zu fotografieren: Details von Ornamenten, Stuck, Fensterbögen und Simsen, Hauseingängen und Hinterhöfen, das alles für einen Bildband, über den ich den Vertrag vor Wochen unterschrieben hatte. Ich konzentrierte mich ganz auf meine Arbeit, es war ein heller, wenn auch kein sonniger Tag, bestes Licht für Maler und Fotografen; ich gönnte mir Zeit für bestimmte Motive mit unterschiedlichen Objektiven, Einstellungen und Blenden. Ich schoß auch Bilder, die nicht unmittelbar mit meinem Auftrag zu tun hatten, die ich aber, das meine langjährige Erfahrung, für andere Zwecke zu verwenden hoffte. Für Zufallsbilder gab es stets Bedarf.

Dann wurde es drückend schwül, ich war auch zu warm gekleidet, und am frühen Abend, als das Licht milchig wurde und meine Augen zu tränen begannen, sehnte ich mich nach einem Glas Bier. Erschöpft, durchschwitzt und zufrieden mit meinem Arbeitstag landete ich am Alten Markt in der »Krone«, die etwa einen halben Kilometer vom Borsigplatz entfernt war.

Im Restaurant war es erträglich. Weil ich ein zwar nicht häufiger, dennoch bekannter Gast war, servierte mir der Ober ohne Aufforderung ein gut gezapftes Pils. Ich trank das Glas in zwei Zügen leer. Ich wollte nur in meiner Nische sitzen und mich ausruhen, die schmerzenden Augen schließen, als mein Blick, während mir der Ober, abermals ohne Bestellung, das zweite Pils vorsetzte, auf einen der Nachbartische fiel.

Ich erkannte sie sofort wieder: Es war die junge Frau, die bei Böhmers Beerdigung so hemmungslos geweint hatte. Sie saß aufrecht auf einer Wandbank und starrte zum Eingang, als erwarte sie jemanden; ihre nackten Arme lagen ausgestreckt auf der Tischplatte, ihre Hände umfaßten ein halbvolles Glas Cola.

Ich trank auch mein zweites Glas in zwei Zügen leer und bestellte durch Armheben beim Ober ein neues. Dabei ließ ich die junge Frau keine Sekunde aus den Augen. Sie war zierlich wie eine Halbwüchsige; das Gesicht verriet eine Frau mit Willen.

Langsam wandte sie den Blick vom Eingang und sah mich plötzlich direkt an. Ich wich ihrem Blick nicht aus, obwohl ich mich wie ertappt fühlte. Sekundenlang starrten wir uns an. Ich spürte ihren Blick auf meiner Haut brennen, es war peinigend und doch ungeheuer wohltuend. Eine solche Schönheit konnte man in tausend Jahren nicht vergessen. Dann hob sie leicht den Arm und winkte. Ihr Winken galt mir; wie benommen stand ich auf und lief zu ihrem Tisch. Dort ließ ich mich wie unter Zwang ihr gegenüber nieder.

Ihre ungeschminkten Lippen waren tiefrot und voll, ihre Augen von einem leuchtenden Blau, die Warzen ihrer Brüste zeichneten sich unter der engen Bluse wie Knöpfe ab. Das weichgelockte, glänzende Blondhaar fiel ihr bis auf die Schultern. Die Hände waren schmal, die Nägel unlackiert, eine aufregende

Person; dennoch wirkte sie scheu und auf eine befremdliche Art hilflos.

»Suchen Sie mich?« fragte sie.

»Warum sollte ich Sie suchen?« antwortete ich mühsam. »Ich kenne Sie überhaupt nicht.«

In früheren Zeiten hätte man das Wort »liebreizend« verwendet, um diese junge Frau zu beschreiben. Es ging ein Zauber von ihr aus, dem ich mich nicht entziehen konnte; ich fühlte mich umfangen, umschnürt, so eingepreßt, daß ich das Denken vergaß. Ich war hingerissen, ich, ein Mann von fünfzig Jahren, fühlte mich ausgeliefert.

»Warum sehen Sie mich so an?« fragte sie. »Ich weiß, Sie kennen mich nicht, aber ich kenne Sie. Ich kenne auch Ihre Frau, allerdings nur von einer Fotografie. Seien Sie doch nicht so verwirrt.«

»Und woher kennen Sie mich?«

»Das erkläre ich Ihnen später. Ich heiße Mathilde Schneider. Wollen wir hier sitzen bleiben? Bitte, kommen Sie mit zu mir, dort sind wir ungestört. Ich wohne nicht weit, eine Viertelstunde zu Fuß.« Sie erhob sich, und ich folgte mechanisch.

»Ich muß immer lachen, wenn ich Menschen mit einer Fotoausrüstung herumlaufen sehe«, sagte sie, »aber bei Ihnen muß es wohl sein. Jeder braucht sein Handwerkszeug.«

Mit einer kaum wahrnehmbaren Handbewegung forderte sie mich auf, ihr zu folgen. Ich zahlte beim Ober und lief Mathilde hinterher. Mit energischen Schritten ging sie durch die Gaststätte hinaus auf den Alten Markt.

Unterwegs hakte sie sich wie selbstverständlich bei mir ein. Anfangs war es mir peinlich, dann fand ich es angenehm, wie sie mich mit leichtem Druck auf meinen rechten Unterarm in die gewünschte Richtung dirigierte. Ich wünschte mir, das Wesen an meiner Seite wäre meine Tochter, so stolz war ich auf sie und mich. Gab es auf der Welt ein Bild, ein Gemälde, das Anmut und Harmonie, Unschuld und Schönheit so sinnlich darstellte wie das lebendige Bild, das neben mir ging?

In der Prinz-Friedrich-Karl-Straße schloß sie die Tür eines renovierten, dreistöckigen Altbaus auf, den ich schon einmal fotografiert hatte; das Haus war aus gelbem Sandstein, die Fassade jugendstilähnlich.

»Sie müssen schon drei Stockwerke hochsteigen«, sagte sie, »einen Lift gibt es nicht. Er ist jedesmal raufgerannt, hat zwei Stufen auf einmal genommen, wenn er mich besuchte.«

Wie geblendet blieb ich auf der Schwelle zu ihrer Wohnung stehen. Was ich sah, war ein etwa fünfzig Quadratmeter großer Raum, mit Geschmack und Raffinesse eingerichtet: die Möbel weiß, die breiten Sitzgarnituren und Sessel marineblau, die Bilder an den Wänden Originale oder meisterhafte Reproduktionen, die Übergardinen blaßrosa, die Stores weiße Gaze. Auf dem beigen Teppichboden lagen zwei große Bucharateppiche und drei sündhaft teure seidene Läufer.

Das hatte ich nicht erwartet. Was mich ganz aus der Fassung brachte, mich geradezu erschreckte, war eine Farbfotografie von etwa einem halben

Meter Höhe in einem kunstvoll ziselierten Silberrahmen. Das Bild hing nicht an der Wand, es stand in einem leicht nach hinten geneigten Metallständer auf dem Fußboden neben dem Fernsehgerät; an der linken oberen Ecke des Rahmens war eine schwarze Schleife befestigt. Das Foto zeigte einen verschmitzt lächelnden Mann, der den rechten Zeigefinger auf den Mund legte. Der Finger reichte bis zur Nasenspitze.

Dieser Mann war Heinrich Böhmer.

Mathilde lächelte und sagte: »Ich habe ihn geliebt, ich liebe ihn immer noch, auch wenn es ihn nicht mehr gibt. Möchten Sie etwas trinken? Bier? Gin? Wein? Nehmen Sie sich etwas von dem Tischchen dort, Gläser finden Sie in der kleinen Vitrine.«

Sie verschwand in einem Nebenraum, an dessen Tür ein Poster klebte: Marilyn Monroe in einer allbekannten erotischen Pose. So sehr ich dieses Foto mochte, hier störte es mich, hier wirkte es vulgär.

Ich ließ mich in einen der flauschigen Sessel fallen, in dem getrost zwei Menschen hätten Platz finden können, und dachte nur, immer noch unfähig, das hier als Wirklichkeit zu erfassen: Er und sie. Die Welt ist verrückt.

Mathilde kehrte zurück in einem einfachen, bis zu den Knöcheln reichenden weinroten Hauskleid und barfuß, ein Kindsweib in einer Fabelwelt.

»Sie haben sich ja gar nichts zu trinken geholt. Ich bringe Ihnen etwas. Unseren Hausdrink ... Ich bin froh, daß Sie hier sind. Das war kein Zufall heute, das war Fügung, denn seit Heinrichs Tod bin ich nicht mehr in der ›Krone‹ gewesen. Manchmal saßen wir dort, nicht oft, Heinrich hat dann die Beine unter dem Tisch ausgestreckt und eine Zigarre geraucht.«

Während sie an einem Tischchen etwas mixte, dachte ich in einem fort: Er und sie. Er und sie. Ein Püppchen in der Hand eines Riesen. Böhmer, der beinahe Zweizentnermann, wäre gewiß fähig gewesen, sie am ausgestreckten Arm vor sich herzutragen.

Ich nippte an dem angenehm bitter schmeckenden Getränk.

»Sie kannten Heinrich?« fragte sie in aller Unschuld.

»Nur flüchtig. Nur flüchtig. Ich bin ihm nur einmal begegnet.«

»Das wundert mich, denn er hat öfters von Ihnen gesprochen. Ihre Frau habe ich einmal auf einer Fotografie gesehen, mit Heinrichs Söhnen zusammen, sie war ja lange Jahre Kindermädchen. Wissen Sie, ich habe für Gesichter ein gutes Gedächtnis. Sie habe ich das erste Mal auf dem Friedhof gesehen, als Sie neben Ihrer Frau standen. Heinrich hat gut von ihr gesprochen, nicht viel, aber gut. Sie sehen, wir hatten voreinander keine Geheimnisse. Ich weiß auch, daß die Zwillinge Ihre Frau regelmäßig besuchen und dort ihren Kummer abladen. Heinrich hat sich darüber immer etwas mokiert. Die armen Zwillinge, sie werden die Fabrik verkaufen. Diese Traumtänzer wissen mit einer Fabrik nichts anzufangen. Das geht allen so, denen es zu Hause zu gut geht. Heinrich war seinen Söhnen gegenüber ja nicht knauserig.«

»Ihnen gegenüber scheint er auch nicht gerade geizig gewesen zu sein, wenn ich mir diese Wohnung betrachte«, sagte ich.

Sie hob die Brauen und musterte mich ungeniert von oben bis unten, dann lächelte sie ihr müheloses Lächeln.

»Das war nicht gerade nett von Ihnen. Heinrich hat mir einmal gesagt, wenn er nicht mehr sein sollte und ich Hilfe brauche, soll ich mich mit Ihnen in Verbindung setzen . . .«

»Mit mir?« rief ich. »Mit mir? Aber ich habe Herrn Böhmer nur einmal in meinem Leben gesprochen, vielleicht nur fünf Minuten.«

»Na und? Ist das so wichtig, wie oft und wie lange? Ich habe doch nur gesagt, daß Heinrich Sie geschätzt hat, sonst hätte er mir diesen Rat nie gegeben.«

»Sie sehen mich ziemlich verwirrt«, sagte ich. »Heinrich Böhmer lebt nicht mehr: Warum haben Sie seinen Rat nicht befolgt und sich gleich mit mir in Verbindung gesetzt?«

»Können Sie das nicht verstehen? Ich habe ihn geliebt, ich liebe ihn immer noch. Ich wollte mich vergraben, aber heute, als Sie so unvermutet vor mir saßen, da wußte ich plötzlich, daß ich einen Menschen nötig habe, mit dem ich reden kann. Ich bin heute sicher, Heinrich hat seinen Tod geahnt – oder wie immer man das nennen mag. Denn er hat einen Tag vor seinem Tod, als er hier war und in dem Sessel saß, in dem Sie jetzt sitzen, gesagt: Kitz – so hat er mich genannt – Kitz, wenn mir etwas zustößt, für dich ist gesorgt, juristisch unanfechtbar. Du wirst, wenn ich nicht mehr sein sollte, von einem Anwalt hören, und du brauchst für die Zukunft keine Angst zu haben. Ich habe keine Angst, aber jetzt lebe ich mit einer Fotografie, und es wird Zeit, daß ich wieder mit Menschen rede. Deshalb bat ich Sie zu mir herauf. Ich möchte Ihnen eine Geschichte erzählen. Haben Sie Zeit? Sie wird etwas länger dauern. Bitte.«

Ich blieb willenlos sitzen, wie in einem Zustand der Hörigkeit.

Heinrich Böhmer und Mathilde Schneider begegneten sich zum ersten Mal vor über vier Jahren auf dem Flur im dritten Stock des Bürotraktes vor der Tür zu Böhmers Allerheiligstem. Mathilde trug einen Stoß Aktenordner ins Sekretariat und war so sehr mit ihrer Aufgabe beschäftigt, daß sie den großen Mann übersah, der gerade aus der Tür trat, und auf ihn auflief. Vor Schreck fielen ihr die Ordner aus den Armen; einige lose Blätter wirbelten über den Flur.

Damals war sie gerade seit acht Wochen Bürolehrling in der Firma Böhmer. Ihre Anstellung verdankte sie einerseits der Tatsache, daß ihr Vater Betriebsratsvorsitzender war; andererseits hatte auch Prokurist Gebhardt Mathildes Bewerbung begrüßt und ihre Einstellung unterstützt in der Hoffnung, den unbequemen Schneider umgänglicher zu stimmen. Dabei konnte er sich auf die grundsätzliche Personalpolitik des Chefs berufen: Heinrich Böhmer wollte nicht nur seine Arbeiter und Angestellten langfristig an den Betrieb binden, sondern auch, wenn möglich, Familienmitglieder einbeziehen. Das hatte sich nach seinen Erfahrungen bewährt. Er sparte sich Kontrolleure, denn Verwandte, so sein Leitspruch, kontrollieren sich gegenseitig am besten, der Vater sieht dem Sohn auf die Finger, der Bruder dem Bruder, der Onkel dem Neffen.

»Passen Sie doch auf, Sie Trampel!« herrschte Böhmer den Lehrling an.

Mathilde kniete schon auf dem Boden, sammelte in aller Ruhe die Ordner ein und blickte dabei ohne Furcht zu dem Mann auf.

»Was kann ich denn dafür, wenn Sie hier wie ein Baum in der Landschaft herumstehen«, sagte sie. »Ich werde mich über Sie beim Chef beschweren.«

Böhmer war einen Moment sprachlos; dann packte er Mathilde fest am Arm und zog die Widerstrebende durch das Sekretariat in sein Büro. Dort stupste er sie so unsanft in einen Sessel, daß ihr abermals die Ordner entfielen und auf den Boden klatschten. Er baute sich vor ihr auf und sagte: »Nun, beschweren Sie sich. Der Chef bin ich. Wie heißt du?«

»Mathilde«, antwortete sie.

»Ich werde dich Kitz nennen«, sagte Böhmer.

Noch am gleichen Tag wurde Mathilde Schneider die Geliebte des Chefs. Damals war sie sechzehn Jahre alt. Auch wenn Heinrich Böhmer gewollt hätte, er konnte nicht mehr zurück, wollte nicht umkehren, er war Mathilde verfallen bis zur Selbstaufgabe. Kurzerhand kündigte er den Lehrvertrag nach Ablauf der dreimonatigen Probezeit. Mathildes Vater als Betriebsratsvorsitzender sah keine Möglichkeit, gegen die Kündigung vorzugehen, denn juristisch und arbeitsrechtlich war sie einwandfrei. Schneider hätte höchstenfalls auf Gnade vor Recht plädieren können, das aber verbot ihm sein Stolz. Wäre einem anderen Lehrling gekündigt worden, er wäre zweifellos bei Böhmer vorstellig geworden, auch wenn ein Erfolg nicht zu erwarten gewesen wäre.

Der Abgang der Sanften, wie Mathilde schon nach wenigen Tagen in den Büros genannt worden war, wurde bedauert; andererseits galten Böhmers Entscheidungen als korrekt und gerecht. Mathilde war gekommen und wieder gegangen, und bald sprach in den Büros niemand mehr von ihr.

In der Prinz-Friedrich-Karl-Straße ließ Böhmer ihr eine Wohnung einrichten. Als Mathilde achtzehn geworden war, besuchte er sie täglich, war oft tagelang nicht in seiner Villa an der Ruhr, besonders dann nicht, wenn die Grande Dame in Südfrankreich und die Zwillinge in Münster und Bonn waren. Mathilde wohnte zum Schein noch zwei Jahre in der elterlichen Wohnung, und damit sie ohne Schwierigkeiten und Ausflüchte von zu Hause fort konnte, beschaffte er ihr Papiere, die bewiesen, daß sie sich in einer privaten kaufmännischen Schule mit Fremdsprachenabteilung angemeldet hatte, in der täglich, außer Samstag und Sonntag, von fünf Uhr nachmittags bis zehn Uhr abends Unterricht war.

Ihr Vater lobte sie, weil sie sich weiterbildete; ihrer Mutter war das im Grunde gleichgültig. Sie hatte nie ein besonders herzliches Verhältnis zu ihrer Tochter, weil Mathilde, wie sie es einmal ausdrückte, ihr die Jugend gestohlen hatte. Auch war es schon damals so, daß sie ganz von ihren wechselnden Liebesverhältnissen beansprucht wurde. Manfred Schneider wiederum war mit dem Werk verheiratet, mit der Partei, mit der Gewerkschaft, zudem war er aktiv in einigen Vereinen tätig.

Durch diesen Schwindel, den Böhmer erfunden hatte, wurde es Mathilde möglich, sich unbemerkt mit ihm in der Wohnung in der Prinz-Friedrich-Karl-Straße zu treffen. An ihrem achtzehnten Geburtstag zog sie dann endgültig von zu Hause aus, besuchte fortan nur noch selten ihre Eltern, verschwieg den neuen Wohnsitz, tauchte einfach unter. Obwohl sie frei und offen in der Stadt lebte, blieb sie doch unauffindbar für alle, die sie gekannt hatten. Sie brach ihre Schüler- und Nachbarfreundschaften ab und lebte nur noch für den Mann, den sie liebte.

Heinrich Böhmer besorgte und bezahlte qualifizierte Lehrer, die sie in Kunst, Literatur, Musik, Sprachen, Geschichte und Betriebswirtschaft unterrichteten. Sie lernte in vier Jahren mehr als ein Student in derselben Zeit in einem einzigen Fach. Ihre Plattensammlung allein kostete ein kleines Vermögen. Böhmer fühlte sich bei Mathilde wohl und geborgen; sie wurde ihm Dienerin, Geliebte und Partnerin zugleich. Er vertraute ihr seine geheimsten Pläne an, und wenn sie anfangs auch nicht alles verstand, fühlte sie doch, daß dieser Mann einen Menschen brauchte, mit dem er reden konnte. Er hielt Monologe, sie hörte geduldig zu, er sprach von seinen Erfahrungen, seinen Plänen und Hoffnungen, von der Zukunft seines Lebenswerkes, der Fabrik, er sprach von seinen Sorgen, den offenen und geheimen. Er fühlte sich wieder jung und geliebt und am Anfang eines neuen, eines anderen Lebens. Er begann sogar die Villa zu hassen, noch bevor die ersten Steine die Fensterscheiben zertrümmerten.

Was er vermied, war, sich mit Mathilde in der Öffentlichkeit zu zeigen. Wenn er sie doch einmal auf eine Geschäftsreise mitnahm, war sie für seine

Geschäftsfreunde die Sekretärin oder das Mädchen für alles, ohne das ein vielbeschäftigter Chef nicht auskommt. Niemand wäre auf den Gedanken gekommen, Mathilde könne Böhmers Geliebte sein, denn er war in einem Alter, in dem man eine Beziehung zu einer so jungen Frau nicht mehr eingeht. Böhmer hätte getrost Mathildes Großvater sein können. Auch hielten sich beide peinlich an ihre Sprachregelungen: Er sagte altväterlich »Kindchen« zu ihr, sie redete ihn respektvoll mit »Herr Doktor« an.

Nach wenig mehr als einem Jahr hatte er Mathilde so erzogen, besser gesagt: dressiert, daß sie mehr als nur Gespielin war. Sie entwickelte ihre eigenen Ideen, und er ermunterte sie dazu und bewunderte sie.

Mathilde trat an meinen Sessel und sah auf mich herunter.

»Sie sehen so verstört aus«, sagte sie. »Habe ich Sie verschreckt? Hat Ihnen meine Geschichte die Sprache verschlagen?«

»Ich kann nicht leugnen, daß ich etwas verwirrt bin«, antwortete ich.

»Über mein Verhältnis zu Heinrich Böhmer?«

»Auch. Mehr über Ihre Offenheit.«

»Da Heinrich Sie mir empfohlen hat, wäre es wohl töricht, Sie nicht ins Vertrauen zu ziehen. Vertrauen beginnt bekanntlich immer mit einer Beichte. Sie dürfen jetzt auch gehen. Ich bin Ihnen dankbar, daß Sie ohne Zwischenfragen zugehört haben.«

Ich hatte große Mühe, aus der Tiefe des Sessels hochzukommen. Mathilde reichte mir an der Wohnungstür nicht die Hand, sie deutete eine Verbeugung an und lächelte gewinnend und entwaffnend zugleich.

Auf dem Heimweg geriet ich in der Innenstadt in eine Demonstration. Ich wartete notgedrungen im Wagen, bis der endlos scheinende Zug an mir vorbeigezogen war, und knipste einige Bilder von Demonstranten und Transparenten.

Es dauerte eine Weile, bis ich begriffen hatte, was der Anlaß dieser Demonstration war. Arbeitslose mit ihren Frauen und Kindern überquerten die Kleppingstraße und zogen zum Ostenhellweg; manche Gruppen sangen Lieder, andere riefen im Chor Sprüche wie »Arbeitslos! Rechtlos!« oder »Senkt die Sektsteuer, die Reichen wollen auch leben!« oder »Seid gut zu den Computern, die schenken uns Freizeit und Freiheit von der Arbeit!« Manche Kinder trugen totenkopfähnliche Masken. Auf einem Transparent waren Zahlen zu lesen: was ein Arbeitsloser an Unterstützung erhält und was der Unterhalt für eine Familie kostet, Miete, Heizung, Wasser, Licht, Kleidung, Essen. Unter dem Strich stand eine große Null, wieder darunter: »Der Regierung ist auch noch diese Null zuviel.« Eine lebensgroße Puppe sollte der kugelrunde Arbeitsminister sein. Auf der Nase trug er eine Brille aus Klobrillen, darunter stand zu lesen: »Ich sehe keine Arbeitslosen, ich sehe nur Arbeitsscheue.«

Für die meisten Passanten und Autofahrer war der Zug ein Ärgernis: ein Ärgernis vor allem für jene, die Arbeit hatten und keinen Gedanken daran verschwendeten, daß vielleicht auch ihnen eines Tages der Stuhl vor die Tür gestellt werden könnte. Hierzulande lebt die Mehrheit der Bevölkerung noch immer in dem Bewußtsein, eine Wende bringe automatisch eine Wende zum Besseren, und wenn sich herausstellt, daß alles schlechter geworden ist, hofft jeder gleich auf die nächste Wende. Diese Leichtgläubigkeit, die höchste Stufe der Dummheit, war tragisch geworden, weil sie auch Besonnene konfus machte. Es war ein Ringelspiel: Garantiert kommt man an den Ort zurück, von dem man gestartet ist.

Zu Hause erzählte ich Christa von der Demonstration, die der Grund meiner Verspätung war. Sie sah mich vorwurfsvoll an und sagte: »Das Essen wird nicht gekocht, damit es kalt wird.«

Wenn sie ihren abwesenden Tag – wie ich es nannte – hatte, urteilte sie ungerecht und gereizt.

»Ist es denn schlimm, wenn ich mit den Leuten kein Mitleid mehr habe?« fragte sie. »Geh doch in die Läden einkaufen, dann wirst du dein blaues Wunder erleben. Die Frauen kaufen nur Fertiges, das zwar ohne Geschmack ist, aber teuer. Wenn ein Hotel wie das meine so wirtschaften würde, wie die ihren Haushalt führen, dann wäre es längst pleite. Nein, so schlecht kann es den Demonstranten nicht gehen. Sie haben einfach Langeweile, das ist alles. Ich habe kein Mitleid mit ihnen, nein und nochmals nein. Ich kenne welche, die sind schon zwei Jahre arbeitslos und nehmen bei der Bank einen Kredit von dreitausend Mark auf, nur damit sie nach Sizilien fliegen können für Wochen. Wenn ich kein Geld habe, dann bleibe ich mit dem Arsch zu Hause oder spare mir den Urlaub vom Mund ab und verzichte auf andere Dinge.«

»Sag das nicht mir und nicht den Leuten«, antwortete ich. »Sag es den Banken, die wollen doch dabei verdienen, und sie verdienen nicht schlecht.«

»Meine Mutter hat sich die Finger wundgestrickt und die Knie wundgescheuert, immer für andere Leute den Dreck weggeräumt, trocken und naß. Ein Leben lang mußte sie sich bücken, entweder zum Arbeiten oder zum Dankeschönsagen. Sie hat keine Fertiggerichte gekauft. Sie hat aus einem Pfund Kartoffeln ein Festessen zubereitet, sie hat mir sogar Geld hinterlassen, weiß der liebe Gott, wie sie das geschafft hat. Und mit ihrem Ersparten und mit meinem Ersparten haben wir das Haus gekauft. Zugegeben, wir haben eine Hypothek darauf von 150 000 Mark, aber die werden wir abstottern, auch und gerade weil wir keine Fertiggerichte kaufen und keinen Kredit für eine Urlaubsreise aufnehmen.«

»Und wenn wir beide tot sind, haben wir die Hypothek noch lange nicht abgestottert«, sagte ich. »Wer soll es dann tun?«

»Bin ich vielleicht schuld, daß wir keine Kinder haben?«

Sie griff nach einem Küchenmesser und sah sich wild um, als wolle sie sich jeden Moment auf mich stürzen.

»Was ist plötzlich los mit dir?« sagte ich. »Leg das Messer weg, bitte. Hast du Ärger gehabt in deinem Hotel?«

Sie ließ das Messer auf die Fliesen fallen und rannte aus der Küche; die Tür schlug sie laut hinter sich zu.

Christa hatte in den zehn Jahren, in denen sie bei Böhmers ohne Not lebte und Freiheiten genoß wie selten vorher, nie ihre Herkunft vergessen. Man hatte sie diese Herkunft auch nie vergessen lassen. Im Gegenteil, sie wurde täglich daran erinnert, weil sie nicht die Schwester des Hausherrn war, sondern seine Bedienstete, auch wenn sie als Kindermädchen mit den Böhmers die halbe Welt bereiste. Sie vergaß nie, beide Welten miteinander zu vergleichen: diejenige, in der sie aufgewachsen war, wo ein Stück Brot für den nächsten Tag aufbewahrt wurde wie eine Reliquie, und jene, in die sie von ihrem Halbbruder hineingeholt worden war. Das erste Haus am Platze, in dem sie nun arbeitete, zählte für sie zu dieser zweiten Welt. Manchmal sagte sie traurig: »Edmund, was dort weggeworfen, was dort von den Gästen auf den Tellern zurückgelassen wird, damit könnte man halb Indien ernähren.«

Das wiederum machte sie den Klagenden gegenüber ungerecht und abweisend. Sie wollte oder konnte nicht mehr unterscheiden zwischen echter, gespielter oder unverschuldeter Not und stimmte nicht selten jenen politischen Gruppen zu, die Arbeitslosen am liebsten jede Unterstützung streichen und sie an öffentlichen Gulaschkanonen verköstigen würden. Mit Nachdruck und keinen Widerspruch duldend sagte sie einmal: »Es gibt keine Not in Deutschland. Wenn einer in Not gerät, ist er selber schuld, weil er nicht rechnen kann. Wenn die Leute wieder begreifen, was ein Stück Brot wert ist, dann kann man mit ihnen auch wieder reden. Mich ekelt.«

Das sagte sie, die täglich in einem Haus arbeitete, in dem Überfluß serviert und abserviert wurde, und die von diesem Überfluß profitierte. Sie brachte reichlich Eßbares mit nach Hause, ganz legal; sie hätte noch mehr anschleppen können, wären wir imstande gewesen, alles aufzuessen. Wir mußten in den Läden unseres Vorortes nur wenig einkaufen: Obst, Milch, Kaffee, Joghurt, Eier. Was Christa an Naturalien nach Hause trug, war umgerechnet ein beachtlicher, unversteuerter Nebenverdienst.

Christa war eine fast arbeitswütige Frau. Nichts war ihr zuviel; wäre es möglich, im Schlaf zu arbeiten, sie hätte es getan. Was mich erschreckte, war, daß sie bei ihren sporadischen Ausbrüchen ausrufen konnte: »Ich habe kein Erbarmen mit den Armen, andere hatten mit mir auch keins – außer dir.«

Von meiner Begegnung mit Mathilde Schneider hatte ich kein Wort erzählt.

Es war der erste Donnerstag im Oktober gegen neun Uhr morgens. Der Himmel wölbte sich bleifarben bis hinüber nach Schloß Cappenberg, bis zum alten Wasserturm. Ich lief zum Zeitungsladen, um mir »stern« und »Zeit« zu kaufen wie jeden Donnerstag. Auf dem Kirchvorplatz parkte ein roter Ford Fiesta, aber ich achtete nicht sonderlich darauf, denn auf dem Platz, obwohl Parken verboten ist, waren immer Autos zu finden: Gegenüber der Kirche ist eine Bank, und die Kunden blieben in der Bank nur wenige Minuten für die Abwicklung ihrer Geschäfte.

Auf dem Rückweg, während ich im »stern« blätterte, blinkten mich Autoscheinwerfer an. Ich blieb stehen und sah mich um. Das Licht kam von dem roten Ford Fiesta, der Fahrer betätigte ausdauernd in Intervallen die Lichthupe. Ich hob den rechten Arm zum Zeichen, daß ich mich angesprochen fühlte, und überquerte die Straße. Als ich neben dem Auto angekommen war und durch das Seitenfenster sah, war meine Verblüffung vollkommen. Hinter dem Steuer saß Mathilde Schneider.

Sie stieg sogleich aus, gab mir die Hand und lächelte, als seien wir seit Jahren die besten Freunde und hätten uns erst vor einer Stunde getrennt. Die Leichtigkeit ihrer Bewegung glich der einer Tänzerin. Ich war versucht, sie in die Arme zu nehmen.

»Ein ungewöhnlicher Morgen«, sagte sie. »Das Licht blendet beim Fahren, obwohl die Sonne nicht scheint. Ich mußte die Sonnenbrille aufsetzen. Kann man eigentlich bei einem solchen Licht fotografieren?«

»Ein ungewöhnliches Licht, Sie haben recht«, antwortete ich. »Die Augen schmerzen.«

»Ich wollte einfach mal den Tatort aufsuchen. So sagt man doch: Tatort. Wie im Fernsehen. Ich hätte es längst tun sollen, obwohl hier nicht der Tatort ist. Das hier ist der Fundort. Oder der Endort.«

Sie redete wie eine Beamtin, die mit der Bearbeitung eines Aktenvorgangs beschäftigt ist. Ihr Gesicht verriet keinerlei Regung.

Wie nebenbei, ohne mich anzusehen, sagte sie: »Hier also haben Sie ihn entdeckt. Es muß ein unangenehmer Anblick gewesen sein. Trotzdem: Sie wären ein miserabler Fotograf, wenn Sie sich ein solches Motiv hätten entgehen lassen. Ich würde gern einen Kaffee trinken. Gibt es hier ein Café?«

»Nein. Wir sind ein vergessener Vorort, und die Frauen hätten auch kein Geld und auch keine Zeit, um sich am schönsten Vormittag in ein Café zu setzen. Wenn es Sie interessiert: Wir haben hier die höchste Arbeitslosenquote der ganzen Stadt. Aber Sie können mit zu mir kommen, Sie wissen ja von Ihrem väterlichen Freund, wo seine Halbschwester wohnt.«

Ich drehte mich um und ließ sie einfach stehen in der Hoffnung, sie werde meine Einladung nur als Floskel auffassen. Langsam stieg ich den Berg hinauf, der mich stets etwas außer Atem bringt.

Vor unserem Haus parkte schon der Ford Fiesta.

Mathilde stieg aus und folgte mir wortlos ins Haus, ins Wohnzimmer, als sei sie mit den Örtlichkeiten vertraut. Vor dem großen Fenster zur Terrasse blieb sie stehen; dann öffnete sie wie selbstverständlich die Tür und trat hinaus.

Draußen sah sie lange in Richtung Kirchturm.

Ich wartete mitten im Wohnzimmer, bis Mathilde zurückkam und sorgfältig hinter sich die Glastür schloß. Unaufgefordert setzte sie sich in einen Sessel.

Sie trug beigefarbene Hosen, gleichfarbige Stiefeletten, einen gelben Pulli und um den Hals, auf dem Pulli, eine Bernsteinkette; langsam, aufreizend langsam steckte sie sich eine Zigarette an. Während sie den Rauch durch die Nase ausstieß, sagte sie leise: »Sie haben eine gute Aussicht auf den Kirchturm, wahrscheinlich die beste hier in der Nachbarschaft. Machen Sie Kaffee? Ich habe heute noch nichts im Magen außer einem Glas Orangensaft. Ihre Frau ist nicht da?«

»Sie arbeitet«, erwiderte ich etwas verärgert über die Selbstverständlichkeit, mit der sie bei mir eingedrungen war. »Es gibt Menschen, die müssen tatsächlich arbeiten.«

»Wem sagen Sie das. Ich hätte gerne gearbeitet, aber in den letzten Jahren kam ich vor lauter Lernen nicht dazu. Heinrich hatte mir zu viele Lehrer verordnet.«

Während ich in der Küche Wasser und Kaffeemehl in den Automaten füllte, schielte ich verstohlen hinüber zu dem Sessel, in dem Mathilde saß: Scheinbar gedankenlos, mit übergeschlagenen Beinen, verfolgte sie andächtig das Verglimmen ihres Zigarettenstummels im Aschenbecher. Ich fühlte, wie sie mehr und mehr Macht über mich gewann, über einen gestandenen Mann von fünfzig Jahren – aber was hieß das schon, Böhmer war zehn Jahre älter gewesen als ich. Ich ahnte, daß sie mich in etwas hineinlocken würde, dem ich mich nicht entziehen konnte. Sie war nicht so unschuldig, wie man es aufgrund ihres Äußeren hätte vermuten können.

»Ich wurde vorige Woche zu einem Notar gebeten«, sagte sie. »Er hat mir ein langes Schriftstück vorgelesen.«

Ihren Kaffee, den sie schwarz und ungezuckert trank, schlürfte sie mit Genuß.

»Die Miete für meine Wohnung ist für zehn Jahre im voraus bezahlt, von einem Treuhänder bekomme ich monatlich dreitausend Mark auf mein Konto überwiesen, das Heinrich vor zwei Jahren auf der Sparkasse für mich eingerichtet hat.«

»Warum erzählen Sie mir das alles?« unterbrach ich sie; das Wort Edelnutte schoß mir durch den Kopf. Sie wird für die nächsten zehn Jahre von ihrem verstorbenen Liebhaber über das Grab hinaus fürstlich honoriert.

»Warum ich Ihnen das erzähle? Ich dachte, so jedenfalls habe ich Sie eingeschätzt nach unserer ersten Begegnung, Sie wären ebenfalls an der Aufklärung seines Todes interessiert. Oder nicht? Sie waren einer der ersten, die den Toten im Turm gesehen haben, Sie sind Fotograf, Sie haben das Motiv bestimmt fotografiert. Kann ich die Fotos sehen?«

Meine Handflächen begannen zu schwitzen; ich war nahe daran, aufzuspringen und aus der Wohnung zu laufen, aber ihr unschuldsvoller Blick bannte mich auf meinen Platz.

»Habe ich Sie erschreckt? Das tut mir leid. Ich weiß, die Bilder werden keine Delikatesse sein, aber ich bin nicht zimperlich, ich vertrage eine ganze Menge. Ich habe lange über Ihren Besuch bei mir nachgedacht und bin zu der Überzeugung gekommen, nur Sie können mir helfen und mein Verbündeter sein.«

»Verbündeter?«

»Ich habe die Jahre über nur gelernt und gelernt, und ich habe mich nur vor dem Spiegel gesehen, angezogen und ausgezogen, das verschiebt die Perspektive. Sie sind Fotograf, Sie sehen anders, Sie sehen schärfer, Sie schauen hinter den Spiegel. Zeigen Sie mir die Fotos. Heinrich hat mir beigebracht, daß man gegen sich selbst rücksichtslos sein muß, wenn man von anderen nicht gefressen werden will. Ich war nicht nur seine Geliebte, ich war auch seine gelehrige Schülerin. Sie sehen, ich habe Vertrauen zu Ihnen, sonst hätte ich Ihnen das alles nicht erzählt.«

Ich erhob mich und bat sie, mir in den Keller zu folgen, wo ich mir neben der Dunkelkammer in einem engen Raum, in dem gerade zwei Menschen Platz fanden, ein Archiv eingerichtet hatte. Spotlights ermöglichen, auf den Fotos auch die kleinsten Details und scheinbare Nichtigkeiten zu erkennen.

»Na endlich«, flüsterte sie hinter mir, als befänden wir uns an einem verbotenen Ort.

Ich zog die Fotos aus einer Plastikhülle. Es waren Sechsmalneunbilder; ich hatte sie nach dem Entwickeln nur einmal wieder angesehen. Korrekterweise hätte ich sie der Polizei überlassen müssen, das aber hätte mit Gewißheit lästige Fragen zur Folge gehabt.

Mathilde ließ die Bilder langsam durch ihre Hände gleiten.

»Sind das alle?«

»Alle. Das Licht an diesem Morgen war für ein Tele nicht besonders gut, und ich war zu aufgeregt.«

»Kann ich mir vorstellen. Schließlich kommt es nicht alle Tage vor, daß ein toter Mann im Kirchturm hängt, noch dazu vor der eigenen Haustüre.«

»Wie bitte?«

»Nichts. Machen Sie mir bitte Vergrößerungen. Kleinigkeiten kann man nur auf einer Vergrößerung erkennen.«

»Was wollen Sie damit? Wollen Sie die Wände Ihrer Wohnung tapezieren?«

Sie wandte sich mit einem Ruck zu mir um, und ihre Augen funkelten ungut, als sie mir ins Gesicht zischte: »Ich hätte Sie für taktvoller gehalten. Ihre Bemerkung ist flegelhaft.«

»Tut mir leid.«

Aus dem Archiv nahm sie die Fotos einfach mit sich. Als ich sie im Wohnzimmer zurückverlangte, erwiderte sie lakonisch: »Zum Vergrößern haben

Sie doch die Negative. Ich werde Sie anrufen. Wir können uns irgendwo treffen, oder Sie kommen einfach zu mir. Hier, meine Telefonnummer, sie steht in keinem Telefonbuch. Das wärs. Dann bis bald – aber mit den Vergrößerungen.«

Wieder einmal war in der Redaktion der WAZ Mangel an Tagesfotografen, also hatte man mich angerufen, damit ich einen Auftrag übernehme, obwohl Stadtteilberichte nicht mein Arbeitsbereich waren – ein undankbares Geschäft zudem, das miserabel honoriert wird. Trotzdem nahm ich gelegentlich solche Aufträge an, um mir ein Hintertürchen offenzuhalten. Gefälligkeiten stimmen die Redaktion entgegenkommend; die Zeiten waren schlecht, der Spatz in der Hand immer noch wertvoller als die Taube auf dem Dach.

Ich sollte in einem westlichen Vorort den neugewählten SPD-Ortsvorstand auf einem Gruppenfoto festhalten. Ich haßte diese Art Fotos, auf denen alle Beteiligten nach amerikanischem Muster mit Keepsmiling in die Linse gaffen. Das Grinsen sind sie ihrer Partei schuldig; es ist schon gekonnt, wie sie auf Kommando Optimismus ausstrahlen können. Dennoch beschwert sich immer wieder mal jemand bei der Redaktion, wenn einen oder zwei Tage später sein Gesicht in der Zeitung erschienen ist und er seiner Meinung nach unvorteilhaft abgelichtet wurde.

Im Saal der Gaststätte »Glückauf« traf ich gottlob noch alle Vorständler an, zufrieden und selbstzufrieden wie immer nach einer Wahl, bei der man gewählt oder wiedergewählt worden ist und gesättigt von der eigenen Wichtigkeit. Geordnet saßen sie am Vorstandstisch vor Biergläsern und überquellenden Aschenbechern. Ich verschoß einen Vierundzwanziger Film und ermahnte die Männer immer wieder, sich völlig ungezwungen zu benehmen, als gäbe es mich nicht. Aber jeder glotzte in die Kamera, als könne die Welt ohne ihr Grinsen zerbrechen. Ich notierte mir Namen und Funktion der Vorständler, sie spendierten mir leutselig ein Bier; einer bedrängte mich, als sei ich der verantwortliche Redakteur, das Foto müsse in den allgemeinen und nicht in den Stadtteil-Teil eingerückt werden.

Ich versprach, mich dafür einzusetzen, und blieb an meinem Tisch vor meinem Bier sitzen. Ein paar Anstandsminuten sind wichtig, damit man die Abfotografierten nicht vergrätzt. Irgend jemand ist immer beleidigt, wenn man nach der Knipserei sofort den Schauplatz verläßt. Das ist bei einer Parteiversammlung nicht anders als bei einem Tennis-, Tauben- oder Kaninchenzüchterverein. Manchmal kommt man sich als Fotograf wie ein Pfarrer vor, der vor der Konfirmation die Eltern der Kinder aufsucht. Die Eltern fühlen sich verpflichtet, Kaffee, Kuchen, Schnaps anzubieten und sind beleidigt, wenn der Pfarrer ablehnt, weil er die Gewohnheitssauferei nicht verträgt.

Am Nebentisch saßen zwei Männer meines Alters, die sich halblaut unterhielten. Ich verstand wenig, aber ihren Andeutungen konnte ich entnehmen, daß derjenige, der zum zweiten Vorsitzenden gewählt worden war, dies nur seinem spendenfreudigen Schwiegervater zu verdanken habe. Einer beklagte, daß ein Mann wie Schneider nicht einmal zur Kandidatur ermuntert worden war.

»Der Filz fängt nicht oben, er fängt unten an«, fügte er hinzu und lachte.

»Schneider hält sich schon lange raus, er sieht nur noch von weitem zu«, sagte der andere und deutete mit dem Kopf zu der Tür, die in den Toilettenvorraum führte.

Ich drehte mich um: Schneider lehnte am Türrahmen und blickte in den rauchigen Saal wie ein Linienrichter, der genau aufpaßt, daß keiner ins Abseits läuft. Er versuchte, Kringel an die Decke zu blasen, was mißlingen mußte, weil ein Ventilator die Luft bewegte. Er war schlank und schmal, sein kurzgeschnittenes Haar dunkel; ich hatte ihn kleiner in Erinnerung, gedrungener. Von Mathilde wußte ich, daß er in einem der westlichen Vororte wohnte, jedenfalls hier in der Gegend.

Ich stand auf und ging auf ihn zu, als sei ich unterwegs zur Toilette. Dabei stieß ich ihn wie versehentlich an; durch den schwachen Stoß fiel ihm die Zigarette aus der Hand. Er trat den Stummel mit dem Absatz aus. Ich hielt ihm meine Packung hin, wortlos zog er eine Zigarette heraus.

»Als Entschädigung«, sagte ich.

»Danke . . . Na, auch kein leichter Job«, sagte er und wies auf die Kameras, die ich um den Hals trug. »Als Fotograf ist man am Tag bestimmt auf zehn Hochzeiten.«

»Wenn es wenigstens Hochzeiten wären«, antwortete ich und schämte mich meiner plumpen Annäherung. »Ich habe Sie schon mal gesehen . . . Warten Sie, es fällt mir wieder ein . . . Ja, jetzt hab ichs: auf einer Beerdigung. Böhmers Beerdigung. Da haben Sie eine Rede gehalten, und ein paar hundert Menschen haben geklatscht. Ich war als Fotograf da.«

»Nicht alle haben geklatscht. Viele haben leise mit den Zähnen geknirscht . . . Einen Fotografen habe ich nicht bemerkt.«

Erst jetzt kam mir langsam zu Bewußtsein, daß ich tatsächlich mit Mathildes Vater sprach. Er war etwa Mitte vierzig, sympathisch, trotz des leicht spöttischen Zuges um seinen Mund.

»Sie haben mich vielleicht deshalb nicht bemerkt, weil ich etwas abseits stand, um die Trauerfeierlichkeit nicht zu stören. Ich war auch nicht für eine Zeitung da«, log ich dreist, »die Söhne des Verstorbenen hatten mich beauftragt, für das Familienalbum sozusagen.«

»Aus den Zwillingen könnte mal was werden, wenn sie nicht so entsetzlich einfältig wären.«

»Immerhin sind sie die Erben eines nicht unbeträchtlichen Vermögens, wie ich den Zeitungen entnommen habe. Ich vermute, beide werden jetzt Ihre Vorgesetzten werden. Sehe ich das richtig?«

»Hat man Sie für die Beerdigungsbilder wenigstens gut bezahlt?«

»Das übliche.«

Er schien gereizt, denn er antwortete nur widerwillig. Ich spürte seinen prüfenden Blick auf mir, und ich spielte den Arglosen, obwohl es mir heiß geworden war.

»Was gehen Sie meine Vorgesetzten eigentlich an?« fragte er.

»Natürlich nichts. Mein Auftrag war, den Vorstand zu fotografieren. Trotzdem bin ich von Ihrer Rede am Grab Böhmers immer noch beeindruckt. Wer bringt schon eine ganze Trauergemeinde dazu, Beifall zu klatschen.«

»Haben Sie nicht zugehört? Ich hatte Ihnen doch gesagt, einige haben unhörbar mit den Zähnen geknirscht – wie manche hier. Gelegentlich können Sie es sogar hören, denn denen da vorne am Präsidiumstisch geht es nicht um die Partei, denen geht es in erster Linie um sich selber. Ich wette mit Ihnen, daß keiner das Godesberger Programm gelesen hat. Armes Deutschland. Wenn die mal erst einige Treppen nach oben gerutscht sind, was dann wohl passiert. Jetzt besteht noch keine Gefahr. Jetzt sitzen sie noch auf der untersten Stufe, wo man nur Plakate klebt, aber wenn sie wirklich mal raufrutschen, möglich ist alles in diesem Land und in einer großen Partei, dann verwechseln sie garantiert das zwanzigste Jahrhundert mit dem achtzehnten, denn da wollen sie hin ... Kommen Sie, wir gehen. Mehr Quatsch kommt heute nicht mehr, nur noch der eigene Saft, in dem sie schmoren. Dieser Saft ist immer noch der beste Saft der Kommunalstrategen. Selten nur, daß einer drin ersäuft.«

Er faßte mich wie selbstverständlich am Arm und zog mich fort. Beim Verlassen des Saals bemerkte ich, daß uns einige Vorständler argwöhnisch hinterhersahen.

Draußen war es kalt und naß. Ich ging wortlos neben ihm her durch eine Wohnsiedlung, wie es abertausende gibt; obwohl er einen halben Kopf kleiner war als ich, hatte ich Mühe, mit ihm auf gleicher Höhe zu bleiben. Er hatte mich nicht einmal nach meinem Namen gefragt.

Schneider wohnte in einem zweistöckigen Haus, einem älteren Neubau. Von der Korridortür blätterte Farbe ab; als ich mir die Schuhe abtrat, staubte der Fußabstreifer. Parterre links blickte ich in eine Allerweltswohnung mit billigen Möbeln, alles wirkte trist und ungepflegt, die karge Einrichtung erinnerte eher an eine Herberge. Die Seitentür eines Wandschrankes stand weit offen, darin befanden sich zwei Biergläser, sonst nichts.

»Setzen Sie sich, und gaffen Sie nicht. Meine Frau ist vor einem Jahr ausgezogen und hat alles mitgehenlassen, was nicht niet- und nagelfest war.«

»Tut mir leid.«

»Das braucht Ihnen nicht leid zu tun, schon gar nicht meinetwegen«, sagte er und lachte. »Sie könnten mich höchstens beglückwünschen ... Etwas zu trinken?«

»Nein danke, ich muß noch Auto fahren.«

Schneider brachte aus der Küche eine Flasche Cognac und stellte sie vor sich auf einen schmuddligen Tisch. Er schenkte sich in ein Glas ein, das vielleicht schon seit Tagen auf dem Tisch stand, er trank es in einem Zug leer; dann goß er das Glas wieder voll und wischte sich mit dem Handrücken über den Mund.

»Das ist Böhmers letztes Geschenk, die Flasche ist von Weihnachten übriggeblieben. Alter Napoleon.

Ich bin ansonsten kein Cognactrinker, aber manchmal tut es verdammt gut. Sie müssen wissen, meine Frau hatte schon immer einen Hang zum Höheren. Sie stand auf Uniformen, sie ist einfach hundert Jahre zu spät geboren. Naja, ihre Uniform hat sie bekommen. Jetzt sitzt der arme Kerl in Untersuchungshaft. Sie haben bestimmt von den Gaunern in Uniform gelesen, über das, was sich im Schutzbereich West abgespielt hat. Er war höchstwahrscheinlich einer von den Obergaunern. Seis drum, Sie sehen mich fröhlich. Warum nicht. Ich pflege die Schadenfreude nicht, aber sie tut mir gut, vor allem gegenüber meinen Genossen, die immer noch an die Sittlichkeit des Menschen glauben, der in Uniform steckt – wie zu Preußens Zeiten.«

Er labte sich an seinen eigenen Worten, genoß jedes Wort, das er mehr zu sich als zu mir sprach. Plötzlich hob er den Kopf und sah mich erstaunt an: »Ach, Sie sind noch da?«

»Haben Sie denn keine Kinder?« fragte ich und fürchtete mich vor seiner Antwort.

Er kippte den dritten Cognac.

»Haben Sie Kinder?« fragte er lauernd.

»Nein.«

»Sie Glücklicher. Ich auch nicht. Keine Frau, keine Kinder, ich bin rundum ein glücklicher Mensch mit fünfundvierzig Jahren, ohne finanzielle Probleme. Als Sie mich ansprachen, wußte ich sofort, daß wir etwas Gemeinsames haben, nämlich nichts.«

Er lachte wie hysterisch.

»Aber ich habe eine Frau.«

»Doch hoffentlich nicht eine mit dem Hang fürs Höhere.«

»Sie richtet für Höhere das Essen in einem Hotel, es ist das erste Haus am Platze.«

»Großartig, da haben Sie einen guten Fang gemacht.«

Er sinnierte vor sich hin; dann, nach einer Weile, fragte er: »Sind Sie in keiner Partei?«

»Nein, ich bin in keiner Partei.«

»Sie müssen mal in eine Partei gehen, egal in welche. Dann werden Sie bald erfahren, was die unter Demokratie verstehen. Das ist nämlich so: Die sind gegen jede Diktatur, solange es nicht ihre eigene Diktatur ist. Ich bin nun mehr als zwanzig Jahre in der Partei, und ich bin immer noch gerne dabei, auch wenn man mich nicht nach oben kommen läßt, weil sie Angst vor Veränderungen haben. Für die einen bin ich ein Kapitalistenknecht, weil ich mit Böhmer immer gut ausgekommen bin, für die anderen bin ich eine linke Sau, weil ich meine Meinung sage. Jaja, es ist nicht leicht, in Deutschland eine Meinung zu haben. Der Böhmer, das war noch ein Mannsbild. Der hatte Kopf, der hatte Verstand, auch politischen Verstand. Deshalb war er ja auch so erfolgreich. Einmal hat er zu mir gesagt, unter vier Augen, versteht sich: Herr Schneider, wenn Sie nur einen Tag bei einer Arbeitgeberversammlung dabei wären, dann würde Ihnen klar werden, warum die Väter und Großväter der heutigen Söhne und Enkel so bedingungslos Hitler gefolgt sind, warum sie ihn unterstützt haben. Sie brauchen nämlich ihre Gewinne wie andere das Morphium. Manchmal hatte Böhmer wirklich die absurdesten Ideen. Ich weiß nicht mehr, wann es war, jedenfalls kurz nach einer Wahl: Wenn das Volk die Möglichkeit hätte, sagte er, nicht Politiker zu wählen, sondern gleich Konzerne, das wäre ehrlicher. Jeder Beschäftigte wählt seinen Konzern, der Konzernchef säße im Bundeskonzerntag, dort würde man zwar auch Scheingefechte austragen, aber doch eher zu Kompromissen bereit sein, weil alle Beteiligten wissen, daß nichts dem Profit abträglicher ist als ideologischer Streit. Die Kirchen würden paktieren, die Gewerkschaften auch – wenn nicht, wären sie überflüssig. Manchmal hatte dieser Böhmer sonderbare Gedanken. Er war ein kluger Mann, gerecht war er auch, besonders dann, wenn er sich Vorteile davon versprach.«

»Wissen Sie, wer ihn umgebracht hat?« fragte ich.

Schneider gähnte einige Male laut und ausgiebig, antwortete dann aber hellwach: »Was glauben Sie, worüber ich die ganze Zeit grüble. Vielleicht ein Mißverständnis, vielleicht ein Kommandounternehmen. Seinen Unternehmerkollegen war er seit Jahren nicht geheuer und ein Dorn im Auge, weil er mit ihnen nicht gemauschelt hat. Aber was interessiert Sie sein Tod?«

»Meine Frau war zehn Jahre für die Zwillinge Kindermädchen. Deshalb interessiert mich das.«

Er betrachtete mich spöttisch, als müßte er herausfinden, ob ich die Wahrheit gesagt hatte.

»Also heißen Sie Wolff, und ich nehme Sie mit, ohne zu wissen, wer Sie sind. Jedem begegnet einmal im Leben sein trojanisches Pferd. Natürlich war es kein Zufall, daß Sie mich angesprochen haben.«

»Vielleicht.«

»Seis drum. Es tut mir leid, daß Sie nichts trinken können, aber einer muß ja nüchtern bleiben. Ich werde Ihnen etwas erzählen. Erzählen muß ich, und wenn nur der Mann des Kindermädchens zuhört. Ich kann morgen ausschlafen, Sie hoffentlich auch. Die Holzköpfe, die Sie heute fotografiert haben, kommen noch früh genug in die Zeitung.«

Mit zwanzig Jahren, nach abgeschlossener Elektrikerlehre und Gesellenzeit in einem Betrieb für Stark- und Schwachstromtechnik, trat Manfred Schneider 1960 in die Böhmersche Fabrik ein. Bald gab es den ersten Ärger: Der Meister beschwerte sich über ihn bei Heinrich Böhmer. Schneider habe behauptet, in der Fabrik werde mit vorsintflutlichen Methoden gearbeitet, und der Meister gehöre eher in eine mittelalterliche Zunftwerkstätte.

Böhmer ließ sich den jungen Bengel, wie er ihn nannte, kommen und kanzelte ihn erst mal ab. Dann forderte er ihn auf, genau zu erklären, was ihn im Betrieb störe. Schneider entwickelte ein Konzept der Produktion und Personalpolitik, das den bisherigen Gepflogenheiten widersprach. Böhmer hörte eine Stunde aufmerksam zu, unterbrach ihn nur selten und wenn, dann nur, um ihn zum Weiterreden zu ermuntern.

Später sagte er zum Prokuristen Gebhardt: Dieser Mann ist ein Genie, aber niemand darf es wissen, er am allerwenigsten, sonst taugt er nur noch zum Hilfsarbeiter.

Manfred Schneider war zu diesem Zeitpunkt schon verheiratet mit einer drei Jahre jüngeren Freundin aus der Nachbarschaft, die er, als das Mädchen wenig mehr als sechzehn Jahre alt gewesen war, im Schrebergartenhäuschen ihrer Eltern entjungfert und geschwängert hatte. Die Schande wollten die Eltern des Mädchens nicht auf sich sitzen lassen, also wurde das Verhältnis durch die Hochzeit legalisiert. Schneiders Frau gab ihre Stelle als Lehrmädchen in einem Sportartikelgeschäft auf und war froh, unter die Haube gekommen zu sein. Fortan verwendete sie ihre Energie darauf, sich ein Nest zu bauen, und weil Schneider zu diesem Zeitpunkt noch nicht üppig verdiente, wurde das Nestbauen mühsam. Später, als er die Protektion Böhmers genoß, verdiente er weit über Tarif, seiner Frau fiel die Ausstattung des Nestes leichter. Sie kaufte alles, was teuer und kitschig war. Das Kind, das sie Mathilde tauften, wurde zum Mittelpunkt in der neunzig Quadratmeter großen Wohnung. Die Ehe funktionierte nach den gewohnten Regeln: Der Mann verdient das Geld, die Frau wirtschaftet damit.

Das ging so lange gut, bis Schneider die Politik entdeckte und der SPD beitrat. Seine Abende und Wochenenden gehörten hinfort mehr und mehr der Partei und der Gewerkschaft, der er schon früher beigetreten war. Ehe es Notwendigkeit und vielerorts Mode wurde, gründete er eine Bürgerinitiative gegen die Stadtverwaltung: »Baum ab – nein danke«, übte von unten einen so großen Druck auf das Stadtparlament aus, daß die Verantwortlichen eine Abholzungsaktion abbrechen ließen. In seiner Partei vergaß man ihm das nie. Sie war mit Mehrheit für das Abholzen gewesen, um eine zweispurige Straße auf vier Spuren erweitern zu können. Wer gegen die Stadt protestierte, lehnte sich zwangsläufig gegen die Beschlüsse der sie tragenden Partei auf.

Ihn auszuschließen, wagte man nicht. Schneider hatte sich zu viel Sympathie erworben. Mehr und mehr aber wurde er auf ein Abstellgleis geschoben und als notorischer Querulant diffamiert.

Seine Frau Gerlinde, die viele Kurven und wenig Verstand besaß, fühlte sich zu Hause bald vereinsamt. Auch das Fernsehprogramm war auf die Dauer kein Mannsersatz. Sie begann, war das Kind versorgt, ihre eigenen Wege zu gehen. Einmal landete sie für Wochen bei einem anderen Mann, manchmal auch nur für einen Tag, bis sie schließlich an eine grüne Uniform geriet. Der Mann darin war Fahrer des Polizeipräsidenten einer Nachbarstadt. Er konnte ihr zwar finanziell nicht das bieten, was Schneider ihr bot, aber er entschädigte sie reichlich mit dem, was der Ehemann ihr vorenthielt. Und sie war von der Wichtigkeit des Mannes in Uniform fasziniert, denn er benahm sich so, als kutschiere er nicht den Polizeipräsidenten, sondern sich selbst.

Schneider blieb das natürlich nicht verborgen. Er hatte seine Frau auch einmal verprügelt; dann resignierte er und sagte sich: Entweder ich spiele Ehemann und stelle die Frau zufrieden, oder ich setze mich für das ein, was ich als richtig erkannt habe. Er entschied sich für Beruf und Partei, und je mehr die Ehe zerbröckelte, desto erfolgreicher wurde er im Betrieb – oder umgekehrt: Je erfolgreicher er im Betrieb wurde, desto schneller verfiel seine Ehe.

Auch die promovierten Ingenieure, auch der Chefingenieur Adam suchten seinen Rat, und nach ein paar Jahren stand die ganze Belegschaft hinter Schneider, ohne daß er es je angestrebt hatte. Er war nur gegenüber allen ehrlich gewesen und verteidigte ihre Rechte, ohne selbst mehr als sein Recht zu fordern. Das jedoch wäre für ihn niemals so reibungslos gelaufen, hätte Böhmer seinen Weg nicht wohlwollend geebnet, ohne ihn vor anderen öffentlich herauszustellen. Für Böhmer wurde Schneider im Betrieb der Joker: überall einsetzbar, überall brauchbar, überall verläßlich, überall ideenreich.

Schneiders Konsequenz, manchmal auch seine Unerbittlichkeit in personellen Fragen waren für Böhmer keineswegs hemmend. Im Gegenteil, schließlich wußte er von vornherein, wie Schneider als Betriebsrat reagieren und argumentieren würde. Er war mit seinen Forderungen berechenbar; er kämpfte für die Interessen der Belegschaft und die Belange des Betriebes. Beides war mitentscheidend, daß es im Böhmerwerk vor allem im letzten Jahrzehnt, als die wirtschaftliche Flaute auch für Leichtgläubige und Berufsoptimisten absehbar wurde, ohne nennenswerte Konflikte abging. Das war Schneiders Verdienst. Jeder ordnete sich ihm unter, mancher widerwillig, aber einsichtig genug, daß es ohne seine ordnende Hand nicht lief.

Niemand, wie in anderen Betrieben üblich, bezichtigte Schneider, als er, ein seltenes Ergebnis, einstimmig zum Vorsitzenden des Betriebsrats gewählt worden war, der Kumpanei mit der Geschäftsleitung. Irgendwann sah jeder einmal ein, daß Schneiders Verhandlungen allen zugute kamen.

Trotzdem irritierte nicht wenige seine Selbstlosigkeit. Immer für andere da zu sein, das war eine Aufgabe für Ärzte und Pastoren, nicht jedoch für einen Betriebsrat.

Von der Verbindung seiner Tochter mit Böhmer erfuhr er durch einen Zufall.

Schneider besuchte eine Tagung von Betriebsräten mit Gewerkschaftsfunktionären im Gewerkschaftshaus in Bochum; nach der Tagung ging er mit Kollegen aus anderen Betrieben noch ein Bier trinken in eine Kneipe, die sich gegenüber einer bekannten Galerie befand. In dem Augenblick, in dem er seinen Kollegen in die Kneipe folgen wollte, öffnete sich die Tür der Galerie, und heraus traten Böhmer und Mathilde, die sich lachend bei Böhmer einhakte. Die beiden liefen zum geparkten Mercedes, Böhmer schloß den Wagen auf, hob Mathilde wie ein Kind hoch und setzte sie auf den Beifahrersitz. Er schloß die Tür; als er sich aufrichtete, sah er geradewegs in Schneiders Augen, der wie angewurzelt stehengeblieben war. Ein paar Sekunden blickten sich die Männer betroffen an, dann setzte sich Böhmer in seinen Wagen und fuhr ab.

Schneider war nicht zornig, nicht wütend. Ihn überfiel nur eine lähmende Müdigkeit und Trauer. Ohne sich von seinen Kollegen zu verabschieden, fuhr er nach Hause.

Einen Abend und eine Nacht vergrübelte er mit Hilfe einer Flasche Wodka. Spontan wollte er fristlos kündigen, das abnorme Verhältnis an die Öffentlichkeit zerren, die Belegschaft gegen Böhmer aufwiegeln. Mathilde hatte er so oder so endgültig verloren, was immer er tat.

Nach dieser durchwachten Nacht ließ er sich gegen Mittag bei Böhmer melden. Besonnen und ruhig betrat er das Büro und sagte, Böhmers Geste, sich zu setzen, ignorierend: »Ich ersuche Sie, Herr Doktor Böhmer, mit mir künftig im Betrieb und außerhalb des Betriebes nicht mehr unter vier Augen zu sprechen. Ich bestehe darauf, daß immer eine dritte Person dabei ist, wenn es etwas zu bereden gibt, egal, wer diese dritte Person auch ist.«

Darauf drehte er sich um und ging.

In der Belegschaft wurde nicht ruchbar, daß zwischen Gottvater – wie er von jedermann genannt wurde – und Schneiders Tochter eine Verbindung bestand. Der Gedanke schon wäre zu absurd gewesen. Wurde Schneider doch einmal von Kollegen gefragt, was seine Tochter jetzt mache, antwortete er leichthin, daß sie in einer großen Versicherung am Computer arbeite und mit einer gleichaltrigen Arbeitskollegin zusammenwohne. Das sei gut so, erwachsene Kinder gehörten außer Haus, damit sie beizeiten selbständig werden und früh genug lernen, wie teuer das Leben ist.

Vom Scheitern seiner Ehe wußte niemand.

Viel später, drei Tage vor Böhmers Tod, gab es doch noch einmal ein Gespräch unter vier Augen. Es war einer jener Abende, an denen die Schwüle an den Wänden klebte und man versucht war, in den erstbesten Tümpel zu springen, da rief Böhmer

Schneider im Betriebsratsbüro an, weil er um diese Zeit gewiß sein konnte, daß am anderen Ende der Leitung kein Fremder saß. Er bat Schneider in sein Büro, und als Schneider ihn schroff abfertigte, das sei gegen das Prinzip, das bis jetzt streng eingehalten worden war, antwortete Böhmer: »Herr Schneider, es ist eine Sache von äußerster Dringlichkeit und Diskretion. Bitte. Es geht um den Bestand der Fabrik. Genügt Ihnen das?«

Nach einigem Zögern sagte Schneider zu.

Die Tür zum Sekretariat stand offen, die Polstertüre zum Allerheiligsten war nur angelehnt, Böhmer rief, als er Schneiders Schritte hörte: »Kommen Sie rein und schließen Sie die Tür hinter sich.«

Er wies auf einen Sessel in der Sitzecke, er selbst blieb hinter seinem Schreibtisch sitzen und bot weder Getränke noch Zigaretten an. Schneider wunderte sich über Böhmers Verlegenheit: Unter dem Schreibtisch knetete der Chef die Hände, an Schneider vorbei sah er aus dem Fenster.

»Es ist längst Feierabend«, sagte Schneider. »Was wollen Sie von mir?«

Böhmer straffte sich hinter dem Schreibtisch und war wieder der, den jeder kannte.

»Ziehen Sie ruhig Ihren Rock aus, Sie sehen mich ja auch in Hemdsärmeln. Es ist ja kaum auszuhalten bei der Hitze. Und da tragen Leute im Büro noch Krawatten.«

»Wollen Sie mit mir über Krawatten reden?«

Schneider warf sein Jackett über die Lehne eines anderen Sessels.

»Ich habe Sie kommen lassen, weil ich nun in dem Alter bin, mein Haus zu bestellen.«

»Und was soll ich bei dieser Bestellung? Vielleicht den Dreck wegräumen?«

»Sie wissen ganz genau, daß ich Sie nicht hierher gebeten hätte, wenn nicht ungewöhnliche Umstände es erforderten. Hören Sie mir jetzt genau zu und unterbrechen Sie mich nicht ... Ich mache mir Sorgen um den Fortbestand der Fabrik, darum geht es. Natürlich habe ich Erben, zwei Söhne, sie sind intelligent, aber nicht konsequent. Ich brauche hier einen Mann, der alles im Griff behält, Wirklichkeitssinn mitbringt, kein Spinner ist. Ich will Sie, Ihr Einverständnis vorausgesetzt, zum Betriebsleiter mit Vollmachten ernennen. Ich werde Ihnen auch Vollmachten gegenüber meinen Erben einräumen, vor allem gegenüber meinen Söhnen. Ich muß diese Entscheidung treffen auf den Tag hin, an dem ich nicht mehr bin. Ich muß diese Entscheidung treffen, weil ich zu der Überzeugung gekommen bin, daß meine Söhne die Fabrik verkaufen werden – nicht deshalb, weil sie geldgierig sind, sondern weil sie hilflos und der Konkurrenz, dem harten Markt nicht gewachsen wären. Sie haben auch keine Ahnung von Menschenführung, weil sie selbst noch geführt werden müssen ... Meine Frau ist selbstverständlich Haupterbin und Testamentsvollstreckerin. Sie wird jedoch, wie ich sie kenne, ihre Aufgabe an Notare delegieren. Sie ist sozusagen eine stille Erbin und lebt ihr Leben in einem Land, in dem ich mich nie wohlgefühlt habe, obwohl ich ein Freund der französischen Literatur bin ... Sie sind mein Mann hier, der alles zusammenhalten wird. Ich habe also folgendes verfügt: Nach meinem Tod fließen fünfzig Prozent des Gewinns der Belegschaft zu, fünfzig Prozent meinen Erben. Damit haben sie immer noch mehr, als sie ausgeben können. Sie, Herr Schneider, sind mir Gewähr dafür, daß Gewinn erwirtschaftet wird und daß er gerecht verteilt wird. Ich werde nach Ihrem Jawort sofort meine Anwälte und Notare verständigen und dann meinen Namen unter die schon ausgearbeiteten Verträge und unter mein persönliches Testament setzen. Im Klartext heißt das: Nicht nur fünfzig Prozent des Gewinns gehen an die Belegschaft, auch fünfzig Prozent der Produktionsmittel gehören ihr, also die Hälfte der Fabrik. Selbstverständlich ist das in den Verträgen detailliert festgelegt.«

»Ich muß Sie trotzdem unterbrechen, Herr Böhmer«, sagte Schneider. »Ich sage nur drei Worte: Sie sind verrückt.«

Böhmer lächelte: »Das habe ich anfangs auch gedacht, als ich diesen Plan ausbrütete. Aber ich kenne Sie jetzt seit über zwanzig Jahren, und deshalb sage ich mit Nachdruck: Sie allein sind der Garant dafür, daß mein Lebenswerk nach meinem Tode nicht an einen Großkonzern verkauft wird, der die Fabrik noch zwei Anstandsjahre produzieren läßt und dann im Zuge einer Fusionierung meinem Werk die Luft abdrückt. Glauben Sie mir, das wäre so sicher wie das Amen in der Kirche. Ich bin kein Springinsfeld, ich habe mir alles über mehrere Jahre reiflich überlegt, ich spreche seit Monaten mit meinen Anwälten und mit meinem Wirtschaftsberater. Sie brauchen nur ja zu sagen. Ihre Einarbeitung ist ein Kinderspiel. Ich will zwar noch vierzig Jahre leben, ich will hundert Jahre alt werden, vielleicht aber lebe ich nur noch drei Wochen. Wenn jetzt nicht alles geregelt wird, hinterlasse ich einen Scherbenhaufen, der mir auf mein Grab nachgeworfen wird. Entscheiden Sie sich. Das ist keine Nötigung, das ist die Bitte eines Mannes, der keine andere Lösung sieht, sein Lebenswerk zu retten.«

Der Ventilator auf dem Rauchtisch schaffte zwar Wind, aber wenig Kühlung. Schneider war in seinem Sessel zusammengesunken; ihm war, als habe ihn in diesem Augenblick jemand gebeten, den Mount Everest abzutragen.

Tonlos sagte er: »Bei Ihrem praktischen Sinn wäre mir nie eingefallen, daß Sie auch Märchen erzählen könnten. Ich habe Sie stets für einen seriösen Geschäftsmann gehalten, und wenn Sie alles bedacht haben, wie Sie mir einzureden versuchen, dann haben Sie hoffentlich auch daran gedacht, daß Ihr Schritt –«

»Modell. Nennen wir es Modell, Herr Schneider.«

»– daß Ihr Modell, sollte es wirklich in die Praxis umgesetzt werden, Staub aufwirbelt – mal davon abgesehen, ob ich der Aufgabe überhaupt gewachsen wäre. Ihr Modell ist dazu angetan, die ganze Republik unter Atemnot leiden zu lassen. Ich bin nicht naiv genug zu glauben, daß die deutschen Unternehmer Beifall klatschen würden.«

»Hören Sie auf. Deutsche Unternehmer, wenn ich das schon höre. Bis auf ein paar, alles kurzsichtige und hechelnde Krämerseelen. Und die Gewerkschaften spielen ihnen noch in die Hände, indem sie von Partnerschaft schwafeln. Sie wissen das so gut wie ich. Nein: Wir, Sie und ich, wir könnten ein Modell schaffen, das vielleicht Schule machen wird. Ich biete Ihnen die Leitung und die Verwirklichung dieses Modells an. Nach Ihren eigenen Worten: In diesem Land wird sich erst etwas ändern, wenn sich die Eigentumsverhältnisse, die Besitzverhältnisse geändert haben. Also bitte, auf was warten Sie noch. Der Vertrag ist unterschriftsreif, sagen Sie einfach ja.«

»Warum jetzt? Warum nicht morgen, warum nicht übermorgen?«

»Ich kann Ihnen nicht erklären, weshalb ich nicht mehr warten will, weil ich es selbst nicht weiß. Aber Sie sind schließlich in meiner Fabrik groß geworden, und die Fabrik ist auch durch Sie und Ihre Tüchtigkeit und Ihren Einfallsreichtum zu dem geworden, was sie heute ist.«

»Hat das etwas zu tun mit meiner –«

»Nein. Wir haben eine Abmachung. Darüber haben wir nie mehr gesprochen und wollen es auch jetzt nicht tun«, sagte Böhmer.

Schneider stand auf und stellte sich mit dem Rücken zum Ventilator. Dabei hob er beide Arme über den Kopf; sein Hemd war durchgeschwitzt.

»Angenommen, ich sage ja, die Konsequenzen sind nicht auszudenken. Auch das wissen Sie so gut wie ich.«

»Die Konsequenzen sind nach allen Seiten abgeklopft und durchgespielt worden. Wie gesagt, ich beschäftige mich mit diesem Modell ernsthaft seit mehr als vier Jahren.«

»Die Branche wird toben. Das würde ein Skandal erster Ordnung.«

»Wer neue Ideen einbringt, verläßt immer den Boden der Solidarität. Er verhält sich unternehmerfeindlich, gewerkschaftsschädigend, parteischädigend, er wird zum Häretiker. Hören Sie mir mit diesen geistigen Eunuchen auf. Warum sind Sie zum Beispiel in der Hierarchie Ihrer Partei nicht nach oben gekommen, warum gehören Sie immer noch zum Fußvolk? Haben Sie darauf eine Antwort?«

»Ganz einfach: weil ich nicht will. Ich fühle mich wohl in meinen Schuhen.«

»Sie Heiliger. Schrumpfköpfen können Sie das erzählen, nicht mir. Warum sprechen Sie plötzlich gegen Ihre ureigensten Erfahrungen? Wollen Sie sich schützen und beruhigen mit einer von Ihrer Gewerkschaft verordneten Solidarität? Begreifen Sie endlich: Wir heben ein Modell aus der Taufe, über das viele die Zähne fletschen werden. Einige werden aber auch jubeln, und auf die kommt es an.«

»Ich komme mir vor wie in einem Tollhaus, Herr Böhmer.«

»Nennen Sie es, wie Sie wollen. Aber das Modell ist auch Ihre persönliche Chance.«

»Ich bin ein Nichts, auch wenn ich fünfhundert Arbeiter hinter mich bringen sollte. Und was ich am meisten fürchte, ist, ob diese fünfhundert Menschen noch hinter mir stehen werden, wenn Sie einmal das Zeitliche gesegnet haben. Ich bitte um Entschuldigung, wenn ich es so direkt sage.«

»Sparen Sie sich Ihre Entschuldigungen. Mit der Änderung des Eigentumbegriffs ändert sich auch das Bewußtsein der Leute. Darüber habe ich einmal mit meinen Jungs gesprochen, ohne Ihren Namen zu nennen. Sie sind keine verwöhnten Unternehmersöhnchen, wenn Sie das glauben sollten, die haben sich für diese idiotische Friedensbewegung engagiert, von der ich absolut nichts halte. Sie laufen mit der Taube rum, sie klebt blauweiß auf ihren Motorrädern, aber naiv sind sie nicht. Sie begreifen, daß ein Unternehmer in Zukunft nur verdienen kann, wenn jene, die den Gewinn erwirtschaften, daran angemessen beteiligt sind. Und gerade das ist mein Modell.«

»Sie sind ein Träumer, Herr Böhmer. Würde ich Sie nicht seit zwei Jahrzehnten kennen, würde ich glauben, vor mir sitzt ein linker Spinner. Oder ein reicher Mann hat eine Laune und will noch über das Grab hinaus triumphieren: Seht ihr, ohne mich geht es nicht. Und was mich betrifft: Wie stehe ich als Ihr Betriebsleiter da, wenn eines Tages herauskommt, daß meine Tochter Ihre Gespielin ist? Erfährt nur ein Mensch etwas von diesem Verhältnis, ist nicht nur Ihr guter Ruf im Eimer und der Ihrer Familie, dann können Sie die Fabrik vergessen, dann kann auch ich mir einen Strick suchen.«

Ehe Böhmer ein Wort der Erwiderung fand, war Schneider schon aus dem Büro gestürmt.

Plötzlich schwieg Schneider erschöpft. Er saß in einer Ecke der schmuddeligen Couch und war betrunken.

»Jetzt würde ich doch gerne einen Cognac trinken«, sagte ich.

Schneider schreckte auf und sah mich mit verschleierten Augen an, dann grinste er und wies auf die Flasche: »Pech gehabt, Herr Fotograf. Gottvaters letztes Geschenk ist leer.«

Ich ging, ohne mich zu verabschieden.

Ich lief zu meinem Wagen zurück, den ich auf dem Parkplatz der Gaststätte »Glückauf« abgestellt hatte. Auf dem Weg dorthin begriff ich den Sinn der Rede, die Schneider am Grabe Böhmers gehalten hatte.

Bei einem Kölner Verlag hatte ich einen Vertrag für einen Bildband mit dem Titel »Wasserschlösser Westfalens« unterschrieben, für den ich dreitausend Mark Vorschuß kassierte. Der Scheck in meiner Brieftasche beruhigte mich; auf der Rückfahrt fiel mir plötzlich Böhmers Villa im Ruhrtal ein. Ich verließ bei Schwerte die Autobahn und fuhr eine steile, serpentinenähnliche Straße hinauf bis zu dem Abzweig, der zur Villa führt. In einer Ausbuchtung parkte ich und stieg aus, obwohl ich mich fragen mußte, was ich hier zu suchen hatte. Von Christa, die gelegentlich mit den Zwillingen telefonierte, wußte ich, was in der Fabrik vor sich ging. Schneider war praktisch Betriebsleiter, Adam kümmerte sich um den technischen, Prokurist Gebhardt um den kaufmännischen Bereich, obwohl von der Grande Dame ein Treuhänder eingesetzt worden war. Klaasen, so hieß er, kümmerte sich aber wenig um die laufenden Geschäfte. Von der Villa war keine Rede gewesen.

Ich hängte mir eine Kamera um, denn als bummelnder Fotograf ist man unverdächtig. Es schneite, die Flocken fielen dicht und weich, die Autos auf der nahen Ruhrtalautobahn glichen Riesenkäfern mit Glühaugen. Auf der Zufahrt zur Villa waren frische Reifenspuren im Schnee.

Ich hatte etwa die Hälfte des Weges zurückgelegt, als in halsbrecherischer Fahrt ein Auto auf die Einfahrt zuraste. Ich war gezwungen, in den Straßengraben zu springen; dennoch wurde ich von Schneematsch getroffen. Kurz vor dem Tor zum Villengelände bremste der Wagen scharf und fuhr rückwärts, bis er auf meiner Höhe war. Der Fahrer, der etwa Anfang dreißig war, kurbelte das Fenster herunter und rief: »Suchen Sie was? Hier ist Privatgrund.«

»Stimmt«, antwortete ich, »aber ich habe kein Verbotsschild gesehen.«

»Fremde mögen wir nicht«, sagte der Mann unfreundlich.

»Ist das Haus nicht von Studenten bewohnt?« fragte ich.

»Das war einmal. Das Gesindel haben wir verjagt. Ohne Polizei. Die sind gesprungen wie die Hasen.«

Ohne ein weiteres Wort legte er den Gang ein und fuhr wieder wie ein Verrückter los.

Die Flügel des Eisentors waren weit nach innen geöffnet. Am rechten Pfeiler glänzte eine große rechteckige Kupfertafel mit eingravierter schwarzer Schrift: Wirtschafts- und Unternehmensberatung Anlagen Liegenschaften Auslandsinvestitionen Immobilien Zierer und Co. KG.

In den verwilderten Garten hineinzugehen, wagte ich nicht. Ich lief wieder zur Hauptstraße zurück und lehnte mich an meinen Wagen. Die Baum- und Strauchinsel rund um die Villa, die Hügel und das Tal waren weiß verhüllt; bald würde, was täglich vom Himmel rieselte, der Dreck und das Gift, schwarz auf dem Schnee zu sehen sein.

Auf dem kürzesten Weg fuhr ich nach Hause.

»Da war ein Anruf für dich«, sagte Christa, ohne sich zu erkundigen, ob ich Vertrag und Vorschuß in der Tasche hatte. »Es war eine Mädchenstimme, sie hat gefragt, ob du endlich die Vergrößerungen fertig hast. Die Person war sehr ungeduldig.«

»Ich habe den Vertrag in der Tasche und einen Scheck über dreitausend Mark dazu«, antwortete ich.

»Freut mich für dich.«

Das war alles, was Christa zu sagen hatte. Ihr Desinteresse verstimmte mich. Schon in den letzten Wochen hatte sie an meiner Arbeit wenig Anteilnahme gezeigt, mich kaum noch nach meinen Projekten gefragt. Immerhin mußten wir vierteljährlich dreitausend Mark Tilgung und Zinsen für die Hypothek zahlen, die auf unserem Haus lastete, und mein Einkommen war durch die Sparbeschlüsse der Kommunen und des Landes im Kulturbereich gesunken.

Das Telefon riß mich aus meinen Überlegungen.

»Das wird die Mädchenstimme wieder sein«, sagte Christa.

Ich hob den Hörer ab.

»Können wir uns heute noch sprechen? Kann ich zu Ihnen kommen?«

»Nein«, stieß ich hastig hervor.

Christa lag ausgestreckt in den Polstern und blätterte in einer Illustrierten.

»Es geht also nicht? Dann kommen Sie zu mir mit den Vergrößerungen. Aber bitte sofort, wenn es einzurichten geht.«

»Ich bin in einer halben Stunde bei Ihnen.«

Fünf der zehn Bilder vom Mann im Turm, wie ich den toten Böhmer nannte, hatte ich auf Format DIN A 4 vergrößert und in Ausschußmaterial versteckt, was unsinnig war, denn Christa betrat nie ungerufen meine Arbeitsräume im Keller. Sie waren für sie nicht von Interesse.

Mathildes Stimme zu widerstehen war unmöglich.

»Ich muß noch einmal weg, Christa«, sagte ich. »Vor lauter Arbeit habe ich die bestellten Vergrößerungen abzuliefern vergessen.«

»Was für Vergrößerungen? Kommst du spät? Ich gehe heute nämlich früh schlafen. Ich habe einen harten Tag hinter mir, und morgen muß ich schon um sieben antanzen. Zwei Tagungen sind im Haus. Kann ich morgen den Wagen haben?«

Ich holte aus dem Keller die Vergrößerungen und verschnürte sie zwischen zwei Pappdeckel, dann küßte ich Christa auf die Stirn. Sie blickte nur flüchtig auf.

»Laß bitte die Katze ins Haus, wenn du spät nach Hause kommen solltest.«

Auf der Fahrt in die Innenstadt fragte ich mich, was in unserem Haus los war. Noch niemals hatte Christa so viel Desinteresse an meiner Arbeit gezeigt wie heute mit den Sätzen »Schön für dich« und »Was für Vergrößerungen?« Sie hätte auch fragen können: Schneit es noch?

Kaum hatte ich die Klingel gedrückt, summte es auch schon in der Verriegelung der Haustür, als hätte Mathilde in der Wohnung neben dem Auslöseknopf gewartet. Ich drückte die Haustüre auf, das Treppenlicht brannte; ich ertappte mich dabei, daß ich, zwei Stufen auf einmal nehmend, die Treppe hochhastete. Erst auf dem letzten Treppenabsatz bewegte ich mich so, wie es einem Mann meines Alters anstand.

Mathilde stand in der Tür und erwartete mich in ihrem weinroten Hauskleid. Sie streckte mir beide Hände entgegen, sie drückte meine rechte Hand fest und schien bekümmert.

»War ich aufdringlich? War es Ihnen unangenehm, daß ich angerufen habe?«

Sie zog mich in die Wohnung und wies auf den Sessel, in dem ich schon einmal gesessen hatte.

»Zeigen Sie mir die Bilder, bitte.«

»Es sind keine Ansichtskarten«, sagte ich.

»Auf mich brauchen Sie keine Rücksicht zu nehmen.«

Ich kniete mich auf den Fußboden und legte die fünf Fotos nebeneinander. Dabei beobachtete ich Mathilde, die sich neben mich gekniet hatte, verstohlen. Keine Regung war in ihrem Gesicht zu lesen, nur in ihren Augen flackerte es eine Sekunde auf. Ein Bild nach dem andern nahm sie in die Hand und betrachtete es wie ein Käufer die Ware, die er kaufen will.

»Das ist nicht seine Kleidung, aber ich bin mir nicht absolut sicher. Es fiel mir schon bei den normalen Fotos auf. Ich hab aber vergessen, Ihnen das zu sagen.«

Sie setzte sich im Schneidersitz auf den Fußboden und nahm abermals ein Foto nach dem andern auf und legte es wieder weg. Gefaßt betrachtete sie den Erhängten, der viele Jahre ihr Liebhaber gewesen war, ihr Vater und Großvater; zärtlich, liebkosend strich sie mit dem rechten Handrücken über die Bilder.

Diese Geste machte mir Angst.

»Das sind nicht seine Schuhe, das alles gehört einem fremden Menschen. Sie sollten die Bilder der Kriminalpolizei geben. Vielleicht erkennt sie etwas, das ihr weiterhilft.«

»Dafür ist es zu spät.«

»Ist es nicht Ihre Pflicht, die Bilder der Polizei auszuhändigen?«

»Ich kann nicht. Wie stellen Sie sich das vor? Da knipse ich seelenruhig einen Mann im Turm, schweige wochenlang, tanze an, lege Fotos auf den Tisch und sage: die Bilder bringen euch vielleicht weiter. Außerdem würde ich, würden Sie in die Ermittlungen einbezogen, womöglich meine Frau – nein, das kann ich ihr nicht antun.«

»Wenn Sie die Bilder nicht der Polizei übergeben wollen, werden wir eben zusammenarbeiten – ihm zuliebe«, sagte Mathilde und wies auf das halbmeterhohe Foto mit Trauerflor.

Ihre Entschiedenheit, ihr ungewöhnlich harter Ton verhießen nichts Gutes, aber sie hätte von mir fordern können wer weiß was, ich wäre ihr gefolgt.

Unser Vorort wird von einer Durchgangsstraße in zwei Orte geteilt: in ein sogenanntes altes Dorf, in dem es noch sieben Bauern gibt mit Schweinezucht und Milchwirtschaft, und in die Satellitenstadt »Neue Heimat« mit einer Ladenstraße, Post und Sparkasse, zwei Supermärkten, einer Speisewirtschaft und einem Blumenladen, einer Drogerie und einem Elektroladen. Die Uniformität der Siedlung wird durchbrochen von bungalowähnlichen Häusern und vierstöckigen Mietshäusern, dazwischen viele Grünanlagen, Bäume und Sträucher, weitläufige Rasenflächen, auf denen die Kinder auch spielen dürfen. Es ist ein beschaulicher und ruhiger Vorort, der als Kleinstadt für sich bestehen könnte und nicht nur im Verbund einer Halbmillionenstadt.

Seit zwei Jahren sind die Anzeichen einer schleichenden Verarmung nicht zu übersehen. Sie ist am augenfälligsten in den Läden, vor allem in den Supermärkten: die Billigangebote nehmen zu, teure Joghurtsorten fehlen, ebenso Frischgemüse aus dem Ausland, weil es den Leuten zu teuer ist. Ein Haushaltswarengeschäft hat schon geschlossen, ebenso zwei von vier Tankstellen; die abendliche Thekenrunde in der Kneipe mit den gewohnten und auch liebgewordenen Gesichtern hat sich gelichtet, die Männer stehen nicht mehr jeden Abend am Tresen, höchstens noch ein- oder zweimal die Woche; die Friseure entließen Kräfte, weil ihre Kundschaft, vorab die weibliche, nicht mehr so häufig zur Verschönerung erscheint, die Frauen sich zu Hause von einer Freundin oder Nachbarin die Haare richten lassen. Über zwanzig Prozent Arbeitslose zählt unser Vorort. Die meisten dieser »Abgebauten« oder »Freigesetzten« müssen mit weniger als zweihundert Mark die Woche auskommen, und es gibt nicht wenige Familien, denen sogar das Geld für den Kindergarten fehlt. Sie lassen ihre Kinder unbeaufsichtigt auf der Straße und in den Anlagen spielen oder setzen sie einfach vor den Fernsehschirm, da hat man sie wenigstens unter Kontrolle.

Ich erschrecke darüber, wie unser Vorort, in dem überwiegend Männer wohnen, die in einer niedergehenden Industrie, bei Kohle und Stahl, beschäftigt waren, in weniger als zwei Jahren sein Gesicht verändert hat, wie sich das Mit- und Nebeneinander der Menschen verschiebt, wie Mißgunst und Futterneid auf jene, die Arbeit haben, zur Feindschaft wird. Sogar die Klingelbeutel und Opferstöcke sonntags in den Kirchen beider Konfessionen klingeln nicht mehr so hoffnungsvoll, zum Leidwesen der Pfarrer. Der Bäcker um die Ecke mußte den Brötchenausstoß reduzieren, weil die Kunden das relativ billigere Brot bevorzugen; der Sparkassenleiter sieht besorgt auf die schwindenden Einlagen, denn es wird doppelt soviel Erspartes abgehoben wie eingezahlt. In einem Gespräch, das wir zwischen Tür und Angel führten, sagte er: »Einmal ist Schluß, einmal ist das Eingemachte aufgebraucht. Was dann? An den Kontenbewegungen kann ich ablesen, wie gut oder wie schlecht es den Leuten heute geht.«

Christa verschloß vor dieser Entwicklung die Augen. Berichtete ich, in der Kneipe werde es immer leerer, erwiderte sie: »Gut so, es wurde sowieso zu viel gesoffen.« Sagte ich, die Qualität der Waren im COOP werde immer dürftiger, gab sie zur Antwort: »Gut so, die Leute wußten ja schon nicht mehr, was sie fressen sollten.« Und erzählte ich, das Konfektionsgeschäft neben der Ladenstraße schließe, hörte ich sie fast schadenfroh sagen: »Gut so, müssen die Leute eigentlich zweimal im Jahr eine verrückte Mode mitmachen, am Jahresende werfen sie dann die Fetzen vor die Haustüre, damit das Rote Kreuz sie einsammelt.«

Christa betrat nie eine Kneipe, beteiligte sich nicht am Vereinsleben des Ortes, in die Kirche ging sie nicht und auch nicht in kirchliche Frauengruppen. Sie pendelte von der Wohnung zum Hotel, vom Hotel zur Wohnung mit Bus und Straßenbahn, saß in öffentlichen Verkehrsmitteln stumm und abweisend oder fuhr mit dem Wagen, wenn ich ihn nicht brauchte. War sie immer so gewesen? Oder hatte ich ihre abweisende Härte erst in letzter Zeit bemerkt? Erkannte ich erst seit Böhmers Tod, der mich Dinge und Menschen schärfer sehen ließ, ihre Veränderung? Hatte sie der Tod ihres Halbbruders verändert und sie eine Rolle annehmen lassen, die sie hart machte? Was war passiert, mit ihr, mit mir?

Ich wunderte mich auch darüber, daß sie seit Wochen Spekulationen über den Fortbestand der Fabrik anstellte, und ich war gewiß, sie wußte von den Zwillingen mehr, als sie an mich weitergab.

Ich verzog mich in den Keller, den ich mit Christas Unterstützung eingerichtet hatte. Niemals hatte sie dazu ein Wort des Vorwurfs geäußert, im Gegenteil, sie war es gewesen, die für teure Anschaffungen eintrat und mich bedrängte: »Kauf dir, was du brauchst. Das Handwerkszeug muß stimmen.« Das war immerhin zu einer Zeit gewesen, in der ich daran zweifelte, ob ich je als freier Fotograf würde leben können. Christa hatte mich stets dazu ermuntert, und das hat sich ausgezahlt: Ich lieferte pünktlich Qualität und Originalität. Wir waren ein zufriedenes Paar geworden, ohne drängende Sorgen, außer der Hypothek auf dem Haus.

Ich versuchte, ein Konzept zu erarbeiten für meinen Bildband »Wasserschlösser Westfalens«, fand aber keinen Einstieg, weil ich wieder an Mathilde denken mußte.

Wollte sie schlauer sein als die Polizei? Was hatte sie im Sinn? Aufklärung oder Rache?

Christa pochte an die Tür: »Du wirst dringend am Telefon verlangt. Beeil dich.«

»Muß das sein?« rief ich. »Ich kann die Arbeit nicht einfach hinschmeißen.«

»Es ist Sascha. Er will dich sprechen, nicht mich.«

»Deine Verwandtschaft verfolgt mich«, sagte ich.

Im Wohnzimmer nahm ich den Hörer auf und meldete mich.

»Herr Wolff, können Sie morgen um fünfzehn Uhr in unsere Stadtwohnung kommen?«

Es war eine Frage, aber es klang wie ein Befehl. Als Sascha mein Zögern bemerkte, fügte er schnell hinzu: »Es ist sehr wichtig. Für uns und für Sie.«

»Darf ich erfahren –«

»Sie werden alles morgen erfahren.«

Während ich den Hörer auflegte, sah mich Christa erwartungsvoll an. Ich zuckte nur mit den Schultern und machte eine unbestimmte Handbewegung: »Er will mich sprechen, morgen nachmittag in der Stadtwohnung.«

»Und was ist der Grund?«

»Ich weiß es nicht. Er hat gesagt, ich werde alles morgen erfahren.«

Vier in dunkle Anzüge gekleidete Herren saßen mir gegenüber und dicht beieinander, obwohl die aus Sitzelementen bestehende Couch lang genug war und eine Wand des riesigen Wohnraums füllte.

Sascha, der mich eingelassen und förmlich begrüßt hatte, hatte mich zu einem Sessel geleitet und sich dann zu den vier Männern auf die Couch gesetzt. Lars war aus einem Nebenraum dazugekommen; auch er hatte mich förmlich begrüßt, als sei ich ein Fremder, und sich in einen Sessel gesetzt.

Die vier Herren blickten mich ernst und forschend an, als solle hier etwas verhandelt und entschieden werden, das mich ganz persönlich betraf. Der einzige, den ich bei meinem Eintritt sofort erkannt hatte, war der Prokurist Gebhardt, aber auch er verhielt sich reserviert. Alle Herren gaben sich gemessen kühl, als sei ich zwar nicht erwünscht, aber notwendig, und sie musterten mich, als wollten sie mich auf eine bestimmte Tauglichkeit prüfen. Ich griff mir dauernd an die Brust, um mich an einer Kamera festzuhalten, aber ich trug keine Kamera bei mir.

Ein weißhaariger Herr, der Ähnlichkeit mit dem früheren Fußballnationaltrainer hatte, nahm von der dicken Onyxplatte eines eiförmigen Tisches einen Schnellhefter und sagte näselnd: »Es ist unsere Pflicht, Sie darüber zu informieren, Herr Wolff, daß wir einen Brief besitzen, der auch Sie betrifft. Es ist ein Brief des verstorbenen Herrn Böhmer an seine Frau, der leider zu spät geöffnet worden ist.«

Er nahm die Brille ab und sah mich an.

»Darf ich erst mal fragen, wer das ist: Wir?« sagte ich. »Ich komme mir vor, als säße ich vor einem Tribunal. Herr Sascha Böhmer bittet mich zu einem Stelldichein, ich komme hierher und weiß nicht, warum. Wenn Sie schon nicht höflich sein wollen, dann geben Sie wenigstens Auskunft. Bis jetzt kenne ich Sie nicht.«

Sascha erhob sich betreten.

»Sie müssen entschuldigen, Herr Wolff, die Hektik der letzten Wochen hat uns alle etwas durcheinandergebracht. Das hier ist Doktor Pauls, der langjährige Wirtschaftsberater unseres Vaters« – er wies auf den Derwallähnlichen –, »das ist Herr Gebhardt, Prokurist unserer Firma, das ist Herr Wohlfahrt, Anwalt und Notar unseres Vaters.«

»Und was habe ich in diesem erlauchten Kreis zu tun?« fragte ich. »Beauftragt mich die Geschäftsleitung, zum Jubiläum der Firma einen Bildband zusammenzustellen?«

»Und das ist Herr Zierer«, ergänzte Sascha, »ein Unternehmensberater und ebenfalls Freund unseres Hauses.«

»Sparen Sie sich Ihre Scherze, Herr Wolff«, sagte auch schon dieser Zierer.

»Mir hat niemand Vorschriften zu machen«, antwortete ich bockig und sah mir Zierer genauer an. Er war ein Mittvierziger, trug bis zur Schulter fallendes braunes Haar, hatte fleischige Lippen und ein nach vorn strebendes Kinn: der Typ des Erfolgsmenschen, verbindlich, energisch und rücksichtslos zugleich. Und plötzlich wußte ich ihn einzuordnen: am rechten Pfeiler der Böhmerschen Villa im Ruhrtal prangte sein Name auf einer Kupfertafel.

»Darf ich jetzt bitte fortfahren«, sagte Doktor Pauls. »Herr Wolff, ich muß Sie offiziell von einem Vorgang in Kenntnis setzen, der Sie direkt betrifft. Dazu muß ich etwas ausholen, dann werden Sie verstehen, warum Herr Böhmer junior Sie hierher gebeten hat.«

Doktor Pauls berichtete in väterlichem Ton und ohne zu stocken; manchmal blätterte er in seinem Schnellhefter und las wörtlich vor, zuerst aus einem Brief Heinrich Böhmers an seine Frau in Avignon.

»Liebe Clara, ich werde einen Vertrag unterzeichnen, der beispielhaft sein wird in der deutschen Unternehmensgeschichte. Du hast meine Schritte immer gebilligt, billige auch diesen, der vielleicht der letzte sein wird, aber auch der erfolgreichste und folgenreichste. Ich habe mit den Anwälten und Notaren einen Vertrag aufgesetzt und ausgearbeitet, der einem Testament gleichkommt. Er sichert den Bestand der Firma, Dein Auskommen und das unserer Söhne. Dein Privatvermögen wird nicht berührt.«

Es folgte eine längere Auslassung über die Leitung der Fabrik nach Böhmers Tod und die fünfzig zu fünfzig Prozent Anteile Belegschaft – Erben, dazu Einzelheiten über sein Modell. Der Schlußsatz lautete: »Morgen habe ich einen Termin mit den Anwälten und Doktor Pauls. Ich werde meine Unterschrift unter den Vertrag setzen, daß er nach meinem Tode in Kraft treten kann.«

Der Brief war datiert vom 10. August 1983, also vom möglichen Todestag Heinrich Böhmers, vielleicht vom Tag davor.

Im Nachsatz fand sich die Erklärung, warum ich hierher bestellt worden war.

»Ich möchte an meiner Halbschwester Christa Versäumtes gutmachen. Nicht mit Geld, das wäre billig. Ich verfüge deshalb, daß stellvertretend für meine Halbschwester ihr Mann Edmund Wolff in das zu bildende und im Vertrag genau fixierte Geschäftsgremium berufen wird. Ich hoffe, noch lange zu leben, aber ein kluger Mann bestellt sein Haus vor seinem Tod.«

Darauf folgten wieder Erläuterungen von Doktor Pauls; diesmal aber berichtete er stockend.

»Dieser Brief ist in Avignon an dem Tag eingegangen, an dem sich Frau Böhmer schon auf dem Flug nach Düsseldorf zur Beerdigung ihres Mannes befand. Nach ihrer Rückkehr hat sie den Brief erst nicht beachtet, sich wohl ein wenig gefürchtet, ihn zu lesen. Jedenfalls hatte sie Scheu davor, den Brief eines Toten zu öffnen. Das geschah erst Wochen später. Als dann das Büro Zierer ihr telefonisch pflichtgemäß mitteilte, ihre Söhne betrieben nun ernsthaft den Verkauf an den amerikanischen Konzern Worldelectric, dessen deutscher Resident Herr Wagenfuhr in Düsseldorf ist, ein alter Freund von Herrn Böhmer, wurde Frau Böhmer unruhig. Herr Zierer bat sie um ihr Einverständnis zum Verkauf, er versicherte, selbstverständlich würden sich alle Beteiligten bemühen, die Forderungen in die Höhe zu schrauben. Sie beriet sich mit einem früheren Justitiar, der in ihrer Nähe seinen Lebensabend verbringt, ihrem Mann und ihrem Vater freundschaftlich verbunden war, und dieser Justitiar drängte Frau Böhmer, das letzte Schreiben ihres Mannes als Testament zu verstehen und auf Einhaltung seiner Verfügung zu bestehen, auch wenn der Brief keine juristische Rechtskraft besitzt. Frau Böhmer schickte Kopien an das Büro Zierer und an mich, Herr Zierer informierte die Herren Sascha und Lars Böhmer, kurz darauf ließ Frau Böhmer die Verkaufsverhandlungen stoppen. Ihren Söhnen ist dieser Schritt bis jetzt unverständlich.«

Ich merkte Doktor Pauls an, daß er sich in seiner Rolle unwohl fühlte, andererseits aber den Zwillingen verpflichtet war. Vermutlich war er, wie ich, vom Sinneswandel der Grande Dame überrascht. Sie, der in der Vergangenheit die Fabrik wenig bedeutet hatte, entdeckte plötzlich ein Herz für den letzten Willen ihres Mannes. Die Zwillinge wiederum mißbilligten das Zögern ihrer Mutter, konnten sie aber nicht einfach übergehen.

Doktor Pauls sagte: »Ich persönlich halte das Modell Böhmer, obwohl ich an der Ausarbeitung beteiligt war, für unglücklich und nicht realisierbar. Herr Böhmer hatte sozialromantische Anwandlungen. Wir bitten Sie also, Herr Wolff, auf die Position zu verzichten, die Ihnen Herr Böhmer in seinem letzten Brief zugedacht hat. Und wir bitten Sie, sich jetzt zu entscheiden, die Zeit drängt.«

Verdammt, dachte ich, da soll sich einer zurechtfinden. Von Christa wußte ich, daß die ewig kränkelnde Grande Dame für die Fabrik nie einen Funken Interesse zeigte, ihre echten oder eingebildeten Krankheiten sie aber nie davon abhielten, die Oper in Paris oder Mailand zu besuchen und Mäzen für junge Maler und Bildhauer zu spielen. Und nun dies.

»Ich verstehe, Sie wollen die Geschichte schnell über die Bühne bringen, das habe ich begriffen«, antwortete ich. »Aber ich stehe vor einer für mein Leben völlig neuen Situation. Sie hatten Zeit zum Überlegen, ich brauche diese Zeit auch.«

Vielleicht, dachte ich, war Schneider schon vorgeladen worden und hatte verzichtet, vielleicht saß er eben zu dieser Stunde anderen Männern gegenüber.

Während ich noch überlegte, sagte Lars: »Sie würden uns einen großen Gefallen erweisen, Herr Wolff, wenn Sie jetzt klipp und klar erklären würden: Ich verzichte auf das, was Herr Böhmer in seinem letzten Willen mir zugedacht hat, um einen von ihm nicht unterschriebenen Vertrag nicht in Kraft zu setzen.«

»Einfach so?« antwortete ich. »Wie in der Kirche: Sprechen Sie mir nach?«

Ich sah die Männer vor mir forschend an, dann wandte ich mich direkt an Pauls: »Mir ist das, Herr Doktor Pauls, was mir hier eröffnet worden ist, erst mal ganz fremd. Ich bin Herrn Böhmer in meinem Leben nur einmal begegnet, und trotzdem sage ich jetzt mit aller Deutlichkeit: Ich werde wahrzunehmen versuchen, was der Verstorbene und seine Witwe von mir erwarten. Ob ich das kann oder nicht, das vermag ich jetzt nicht zu sagen. Gezählt und aufgerechnet wird immer erst hinterher. Jedenfalls lehne ich nicht ab. Im Gegenteil. Ich werde mich mit Herrn Schneider beraten und Kontakt zu Frau Böhmer aufnehmen. Guten Tag, meine Herren.«

Mir war, als spiele um Doktor Pauls Mund ein feines, zufriedenes Lächeln, während die anderen Herren, die Zwillinge eingeschlossen, betreten dreinsahen.

Als ich auf dem Parkplatz meinen Wagen aufschloß, erinnerte ich mich, daß ich mich mit einer leichten Verbeugung verabschiedet hatte.

Nach dieser Vorladung begann mich Böhmers Tod, die Umstände seines Todes doch zu interessieren, mehr jedenfalls als früher. War ich früher entschlossen gewesen, mich aus allem herauszuhalten, wollte ich mich jetzt bewußt in einen Kreis hineinwagen, der mir zwar fremd war, den ich aber zu durchschauen glaubte, obwohl ich ahnte, daß es für mich gefährlich werden könnte.

Aus einer Telefonzelle rief ich Mathilde an; mein Besuch war ihr willkommen. Ich gewann sogar den Eindruck, sie freute sich über meinen Anruf.

Sie empfing mich in dem wohlvertrauten weinroten Hauskleid, das ihr bis zu den Knöcheln reichte. Ich erzählte ausführlich, was ich in Böhmers Stadtwohnung gesehen und gehört hatte. Ich schilderte ihr das Verhalten der Männer auf der Couch, das befremdliche der Zwillinge, das joviale von Doktor Pauls. Ich beschrieb Zierer und welche Aufgaben ihm aufgetragen worden waren, nämlich den Verkauf der Fabrik zu managen. Vor allem erzählte ich ihr, was mir Heinrich Böhmer in seinem Modell zugedacht hatte.

Mathildes Gesicht blieb ausdruckslos, sofern Schönheit überhaupt ausdruckslos werden kann.

»Was hat Heinrich Böhmer über diesen Zierer gesagt?« fragte ich. »Und wie stand er zu Doktor Pauls, zu Gebhardt und Wohlfahrt? Bitte, denken Sie genau nach. Versuchen Sie, sich an die kleinste Kleinigkeit zu erinnern, auch wenn es Ihnen unbedeutend vorkommen sollte. Haben Sie im Verhalten Böhmers Tage oder auch Wochen vor seinem Tod etwas Ungewöhnliches bemerkt, etwas, das nicht in Ihr vertrautes Bild paßte? Nur Sie, niemand sonst auf der Welt kann das beantworten. Sie haben mir doch selbst angeboten, Ihr Verbündeter zu sein. Also bitte.«

Wie sie mir gegenübersaß, das konnte einem schon den Atem verschlagen. Ihr Gesicht drückte leichtes Staunen aus, ihr Mund war wie schmollend, das Blau ihrer Augen verschleiert. Sie rauchte in langen Zügen und inhalierte den Rauch genüßlich.

»Was glauben Sie, was ich in den letzten Wochen und Monaten getan habe«, antwortete sie. »Ich habe stundenlang auf der Couch gelegen und mich nur erinnert, an jede Minute der vergangenen vier Jahre und vor allem an die Tage vor seinem Tod. Ich habe nichts Außergewöhnliches gefunden. Er war ausgeglichen wie immer, ruhig, obwohl er ein Energiebündel war. Manchmal hat er Sorgen geäußert, aber das gehörte zu seinem Beruf.«

»Hat er in letzter Zeit Namen genannt, die Sie nicht kannten?«

»Er hat immer irgendwelche Namen genannt. Ich habe sie meistens sofort wieder vergessen, weil es für mich eben Namen waren, keine Menschen.«

»Hat er Ihren Vater erwähnt?«

»Zwangsläufig. Aber mein Vater ist ein Mensch und kein Name.«

»Wie hat er von Ihrem Vater gesprochen?«

»Was wollen Sie hören? Er hat von meinem Vater stets gut gesprochen, über Zierer dagegen nicht. Heinrich sagte, Zierer sei ein Agent, der für diverse Firmen Geschäfte abwickelt, so eine Art Makler.«

»Ein Agent?«

»Es gibt Agenten, die im Dienst einer Regierung stehen, es gibt welche, die im Dienst eines Konzerns stehen, hat Heinrich gesagt. Ich glaube, er hat diesen Mann verachtet. Einmal hat er ihn einen Gauner, einen Gangster genannt. Aber daß Sie mit in das Gremium hinein sollen, das erstaunt mich nun doch. Davon hat Heinrich nie gesprochen. Und ich glaube nicht an dieses Gremium, die Fabrik wird verkauft werden, die Zwillinge werden die Grande Dame überzeugen, daß es die beste Lösung sein wird.«

»Sie hatten mich gebeten, Ihr Verbündeter zu sein«, sagte ich, »deshalb stelle ich so viele Fragen. Und um ehrlich zu sein: Anfangs war mir Böhmers Tod gleichgültig. Ich war nur aufgewühlt durch die Tatsache, daß ich ihn morgens im Kirchturm entdeckt habe. Das machte mich betroffen – die Umstände des Auffindens, nicht so sehr die Person. Er war mir fremd, so wie Sie mir fremd waren. Ich tauge auch nicht zum Detektiv, obwohl ich in meiner Eigenschaft als Fotograf manchmal detektivisch vorgehen muß. Jetzt aber interessieren mich die Umstände seines Todes. Wer hat Heinrich Böhmer umgebracht? Wer hatte an seinem Tod ein so starkes Interesse, daß er vor einem Mord nicht zurückschreckte? Die Kriminalpolizei findet kein Motiv, gut, aber wenn es eins gibt, will ich es herausfinden.«

Da sie nicht antwortete, schlug ich einen flapsigen Ton an.

»Nehmen wir mal an, der Mörder war Ihr eigener Vater, weil er niemals das Verhältnis seiner Tochter mit seinem Chef verwunden hat. Was würden Sie dazu sagen?«

»Ich? Nichts würde ich sagen. Ich würde meinen Vater umbringen, eigenhändig. Mit Wonne.«

Sie sagte es nicht nur so daher, sie meinte es mit jeder Silbe ernst. Sie glühte, sie war schön, viel zu schön.

»Also, wenn Sie einen Plan haben, reden Sie. Kommen Sie mit in die Küche, ich richte uns ein paar belegte Brote. Im Kühlschrank gibts auch Bier. Gucken Sie nicht so erstaunt, manchmal stehe ich auf Bier, aber eine ganze Flasche schaffe ich nie.«

Während wir uns in der Küche gegenübersaßen und aßen, überlegte ich, welchen Plan ich ihr auftischen sollte, denn ich hatte keinen. Ich hatte nicht einmal die Vermutung eines Plans.

»Schießen Sie los«, sagte Mathilde.

»Wer weiß von Ihrem Verhältnis mit Böhmer?«

»Mein Vater natürlich. Meine Mutter weiß nichts. Der habe ich immer Märchen erzählt. Sie glaubt jede Lüge, deshalb fällt sie ja dauernd auf windige Männer herein. Sie war mit ihren Verhältnissen so beschäftigt, daß sie mein Verhältnis gar nicht wahrnehmen konnte.«

»Wer wußte noch Bescheid? Sie können doch nicht vier Jahre wie ein Eremit gelebt haben, und Böhmer war ein bekannter Mann und bei seiner Körpergröße nicht unsichtbar. Sein Wagen parkte zu bestimmten Zeiten vor Ihrer Wohnung.«

»Er war ein bekannter Mann für jene, die mit ihm zu tun hatten. In einer Zeitung war sein Bild nie.

Und hier im Haus halten sie mich vielleicht für eine Edelnutte, was solls. In der Öffentlichkeit waren wir selten, aber das wissen Sie schon. Nein, niemand, außer meinem Vater, wußte etwas von unserer Beziehung. Vielleicht ahnte Gebhardt etwas. Er hat lange Zeit auch die privaten Geschäfte Heinrichs abgewickelt, aber in den letzten zwei Jahren hat Heinrich ihm alles aus der Hand genommen. Ich glaube, er hat ihm mißtraut. Genau weiß ich es nicht. Ich habe auch nie danach gefragt, auf bestimmte Fragen reagierte Heinrich ungehalten.«

»Die nächsten zehn Jahre, in denen Sie sorglos leben dürfen: Wie wird das abgewickelt, wer weiß davon? Wer begleicht die Miete? Das kann nur jemand tun, der über Ihre Existenz Bescheid weiß.«

»In Zürich sitzt ein Anwalt, der gibt an eine dortige Bank die Anweisungen, und alles läuft wie am Schnürchen. Ich bin ganz sicher, in der Fabrik gibt es keine Zeile über mich. Heinrich war ein umsichtiger Mensch. Er hat ja einmal gesagt: Kitz, alles wird über meinen Tod hinaus geregelt sein, damit du nicht kompromittiert wirst, wenn keiner mehr da ist, der dich schützt. Dabei fiel übrigens zum ersten Male Ihr Name. Natürlich bin ich polizeilich gemeldet mit dieser Wohnung, ich führe auch einen soliden Lebenswandel. Ich errege kein öffentliches Ärgernis, ich falle keiner Fürsorge zur Last, ich putze meine Wohnung und den Hausflur, ich mache keinen Lärm, ich habe keine Kinder und keine Haustiere, ich zahle pünktlich meine Miete, das heißt, sie wird bezahlt: Kurzum, ich bin ein idealer

Deutscher. Verdächtig könnte nur sein, daß ich keine Steuern zahle, weil ich in keinem Arbeitsverhältnis stehe. Ich lebe von privaten Zuschüssen, ich werde ausgehalten von einem Toten, das ist steuerfrei. Zufrieden?«

»Entschuldigen Sie«, sagte ich.

Sie stampfte mit dem Fuß auf und rief: »Hören Sie doch endlich mit diesen verlogenen Floskeln auf. Verzeihen Sie, entschuldigen Sie. Das ist doch Heuchelei. Wir wollen schließlich beide dasselbe, wenn auch aus unterschiedlichen Motiven. Heinrichs Tod bringt Ihnen etwas, mir hat er etwas genommen.«

»Ich habe einen Verdacht«, sagte ich, »und eine unbestimmte Vorstellung von einem Plan.«

»Heinrich hat immer gesagt: Sollte ich einmal Pläne wälzen, sie taugen nichts, wenn ich nicht weiß, wohin ich will.«

»Wenn es nicht indiskret ist: Was treiben Sie eigentlich den ganzen Tag?«

»Ich höre Musik, ich lese Bücher und Zeitschriften und mache vor dem Spiegel Gymnastik. Ich gehe selten aus, denn alle Männer starren mich an, als wollten sie mich kaufen. Ich lese auch Zeitungen, aber was drin steht, ist nur ärgerlich.«

»Haben Sie tatsächlich keine Freunde, zu denen Sie gehen könnten?«

»Ich hatte Heinrich, das genügte. Er genügt mir immer noch, auch wenn er nicht mehr ist.«

»Was werden Sie Weihnachten machen?« sagte ich und wußte nicht, woher ich den Mut zu dieser Frage nahm.

»Was interessiert Sie das?«

»In drei Wochen ist Weihnachten, deshalb.«

»Ich werde keinen Baum schmücken, ich werde Bach hören.«

»Ich stelle gerade einen Bildband zusammen über westfälische Wasserschlösser. Dafür brauche ich noch melancholische Winterbilder, Bilder ohne Schnee habe ich genug. Ich bitte Sie mitzufahren. Ich möchte, daß Sie hier herauskommen für einen oder zwei Tage. Es ist eine Bitte.«

»Das ist lieb von Ihnen, aber unnötig. Ich gehöre zu den Menschen, die mit sich selbst etwas anzufangen wissen. Auch das ist Heinrichs Verdienst. Und fragen müßte ich mich«, fügte sie spöttisch hinzu, »was Ihre Frau sagt, wenn ich mit Ihnen verreisen würde.«

Wie beiläufig antwortete ich: »Ich bin freier Fotograf, ich reise viel herum. Und meine Frau hat zu den Feiertagen Dienst und ist nach Dienstschluß froh, wenn sie nicht mehr außer Haus muß. Verstehen Sie mich bitte recht: Ich will nur, daß Sie die Feiertage hier nicht versauern.«

»Hören Sie, Herr Wolff, Mitleid ist die übelste Form der Heuchelei. Ich bin lieber zu Haus – vielleicht, vielleicht nicht. Die Leute im Haus, wenn sie es überhaupt bemerken, werden sowieso sagen: Der eine alte Knacker kommt seit Monaten nicht mehr, jetzt hat sie einen anderen alten Knacker.«

Der alte Knacker traf mich. Trotzdem verließ ich fast fröhlich ihre Wohnung.

Die Katze empfing mich vorwurfsvoll; sie war den ganzen Tag außer Haus gewesen, ihre gewohnte Freßzeit längst überschritten. Christa würde nach ihrem Schichtplan erst gegen Mitternacht kommen.

Ich setzte mich ins Wohnzimmer und blätterte in Fotomagazinen; beim Blättern versuchte ich, mir noch einmal Gesichter, Sätze, Gebärden in Erinnerung zu rufen, die ich tagsüber wahrgenommen hatte. Mathilde vertraute mir, vermutlich, weil sie niemanden anderen hatte, mit dem sie sprechen konnte, aber wie sie, und das verband uns, ahnte ich, daß Böhmers Tod mit Geschäften zu tun hatte. Das wäre ein Motiv. Aber beging man wegen Geschäften einen Mord?

Ich war froh, als Christa gegen halb zwölf nach Hause kam; nach der Spätschicht wurde sie in der Regel von einer Kollegin vor unserem Haus abgesetzt.

»Erzähle! Erzähle!« sagte sie.

Stockend berichtete ich, nun schon zum zweiten Mal an diesem Tag, und bemühte mich, keine Einzelheit auszulassen, zu vergessen. Christa unterbrach mich mit keinem Wort. Ihr Gesicht spiegelte Staunen und Ungläubigkeit, vor allem, als ich vom Vermächtnis Böhmers erzählte und welche Rolle er mir in einem zu gründenden Gremium zugedacht hatte.

Mathilde verschwieg ich. Ihre Existenz mußte Christa verborgen bleiben, denn wenn sie davon wußte, würden es auch die Zwillinge erfahren.

»Das alles ist ein Irrsinn«, sagte sie endlich. »Du mußt ablehnen, keine Frage. Dieser Mann hat vor seinem Tod den Verstand verloren. Und ich käme mir gegenüber seiner Familie wie ein Erbschleicher vor, wenn du annehmen würdest. Wer bin ich denn, daß man dich mir zuliebe in eine Funktion hebt, von der du nichts verstehst? Ich war zehn Jahre in Böhmers Haus, zehn Jahre Magd in gehobener Stellung mit Familienanschluß, mehr nicht. Du darfst unter keinen Umständen annehmen. Du würdest dich und mich lächerlich machen. Du bist Fotograf, einer Fabrik wärst du nicht gewachsen. Böhmer treibt seine Possen noch über den Tod hinaus.«

»Ich habe aber schon angenommen«, sagte ich. »Ich werde doch nicht auf etwas verzichten, über das noch gar nicht entschieden ist.«

»Du hast nicht abgelehnt? Das kannst du mir nicht antun. Niemals. Wer bist du denn? Was der Tod doch alles durcheinanderbringt . . .«

»Also, hör zu, Christa: Die Zwillinge wollen die Fabrik verkaufen, an einen amerikanischen Großkonzern, und der wird die Fabrik noch zwei Jahre laufen lassen, dann macht er die Bude zu, einmal, weil er endlich die lästige Konkurrenz los ist, zum anderen, weil ihm die Kunden ja erhalten bleiben, die Preise darf er dann konkurrenzlos bestimmen. Und was mich betrifft: Du selbst hast den Zwillingen gesagt, man kann sich in alles einarbeiten, auch in eine Fabrik. Ich kann es auch.«

»Lars und Sascha schon – aber doch nicht du, ein Fotograf . . .«

»Ich war viele Jahre Buchhalter, bevor ich die Kamera nahm. Das weißt du so gut wie ich. Ich könnte heute Prokurist sein, wenn meine Firma nicht Konkurs angemeldet hätte.«

»Was verstehst du schon von Elektromotoren.«

»Aber viel von Soll und Haben. Begreif doch: Dein Halbbruder wollte an dir etwas gutmachen, nichts sonst.«

»Ich verlange keine Wiedergutmachung. Ich wünsche nur Ruhe. Der Herr Bruder hat sich das glänzend ausgedacht: mich erst als Kindermädchen beschäftigen und dann bestimmen, mein Mann wird einer der Oberaufseher in seiner Fabrik. Über seinem Grab noch läßt er die Puppen tanzen. Aber ich bin nicht seine Puppe.«

»Ich werde morgen mit diesem Schneider sprechen«, sagte ich.

»Das wirst du nicht tun!« rief sie und lief in die Küche.

Ich hörte, wie sie ihre Taschen auspackte und den Kühlschrank öffnete; vermutlich hatte sie wieder eine Menge Eßbares mitgebracht aus ihrem ersten Haus am Platze.

»Es war ein schlimmer Tag«, sagte sie, als sie sich wieder zu mir setzte. »Hetze, nur Hetze. Laß uns morgen weiterreden. Was schenkst du mir zu Weihnachten?«

»Ich werde die Feiertage nutzen und Bilder von den Wasserschlössern schießen. Du hast ja sowieso Dienst. Hoffentlich schneit es, dann ist mein Band so gut wie fertig.«

»Aber ich habe frei über Silvester und Neujahr.«

»Dann fahren wir für drei, vier Tage ins Sauerland.«

»Da ist doch seit Wochen alles ausgebucht. Laß uns lieber zu Hause bleiben. Du arbeitest deine Bilder auf, und ich schlafe. Silvester brate ich uns eine schöne Gans.«

Sie lehnte sich an mich und war gleich darauf eingeschlafen. Ich wagte nicht, mich zu rühren. Erst als meine Beine einzuschlafen drohten, stupste ich sie wach.

Der Pförtner war ein kleiner, kahlköpfiger Mann Anfang sechzig mit einer dicken Hornbrille; sein rechtes Bein schleppte er nach. Er beschrieb mir freundlich den Weg ins Betriebsratsbüro, nachdem ich behauptet hatte, ich hätte eine Verabredung mit Herrn Schneider, den ich für die Zeitung ablichten wollte. Man kommt ziemlich leicht in einen Betrieb hinein, wenn man seinen Presseausweis vorzeigt und zwei Kameras um den Hals trägt. Die Leute glauben nur zu gern an ihre eigene Wichtigkeit, wenn sie Genehmigungen erteilen, die sie nicht erteilen dürfen.

Ich überquerte den Hof und versuchte mich zu erinnern, wie es hier vor zehn Jahren aussah. Das Pflaster immerhin war das gleiche wie damals.

Hinter dem dreigeschossigen Bürotrakt fand ich schnell den Eingang zum Betriebsratsbüro. An der Tür hing ein Schild: »Eintreten ohne anzuklopfen.« Im Flur baumelte von der Decke ein grüner Pfeil mit der Aufschrift »Besuchszimmer«. Es war ärmlich möbliert, auf dem Tisch lagen Zeitungen und Zeitschriften, »Welt der Arbeit« und die Zeitschrift der IG Metall. An der Stirnwand, dem Eingang gegenüber, hingen schwarzweiß zwei Porträts: Eines zeigte Heinrich Böhmer, vielleicht in seinem vierzigsten Lebensjahr, daneben hing ein älterer Herr mit Bakkenbart, in dem ich Böhmers Vater vermutete. Die Ähnlichkeit jedenfalls überzeugte, und an Christa erinnerte mich sein Mund und die Nase.

Ich setzte mich und legte meine Kameras auf einen Tisch. Noch bevor ich überlegen konnte, was nun zu tun wäre, öffnete sich die Tür, und ein junger Mann trat ein.

»Was wünschen Sie? Haben Sie eine Verabredung?« fragte er.

»Ich warte auf Herrn Schneider.«

»Weiß er, daß Sie hier sind?«

»Nein, aber es ist trotzdem wichtig. Mein Name ist Wolff.«

»Er ist in der Auslieferung und kann nicht weg.«

»Sagen Sie ihm bitte Bescheid. Ich warte, ich habe es nicht eilig.«

Ich zündete mir eine Zigarette an; der blauweiße Dunst kringelte zur Decke. Je länger ich wartete, desto verzagter wurde ich. Die Sicherheit, mit der ich eingetreten war, schwand, ich hatte einen flauen Magen. Alles, dachte ich, ist irgendwie verrückt, Gottvater ist vier Monate tot, und in seiner Fabrik läuft alles wie am Schnürchen, als säße er noch in seinem Büro an seinem Schreibtisch.

Um mich abzulenken, holte ich einen Zettel aus meiner Brieftasche und begann zu rechnen, Mathildes Plattenvermögen auszurechnen. Sie hatte gesagt, sie könne ein ganzes Jahr jeden Tag sechs Stunden Musik hören, ohne dabei auch nur eine Platte zweimal aufzulegen. Auf einer Platte sind in der Regel zweimal zwanzig Minuten, eher mehr, also rund fünfzig Minuten auf einer Langspielplatte; bei sechs Stunden am Tag waren das rund gerechnet elf Platten. Rechnete ich nur zehn Platten am Tag, so waren das dreitausendsechshundertfünfzig Platten. Den Durchschnittspreis einer Langspielplatte setzte ich mit zwanzig Mark an, das ergab ein Plattenvermögen von rund dreiundsiebzigtausend Mark.

Donnerwetter, ein generöser Liebhaber.

Da stand außer Atem Schneider in der Tür.

»Sie?!« Er war ehrlich verwundert.

»Ich persönlich, ja.«

»Wie sind Sie hereingekommen?«

»Mit einer einfachen Lüge: daß ich nämlich mit Ihnen verabredet bin.«

Er setzte sich an das andere Ende des langen Tisches, an dem ich saß, und legte seinen Schutzhelm auf einen Stuhl.

»Wir sind nicht verabredet«, sagte er.

»Aber jetzt sind wirs. Sie wissen wie ich, was geschehen ist, deshalb bin ich zu Ihnen gekommen ... Ganz offen: Haben Sie angenommen? Haben Sie verzichtet? Ich vermute, Sie haben wie ich vor dem Tribunal gesessen.«

»Tribunal ist gut. Haben Sie vielleicht angenommen? Sie wären der Letzte, den wir hier brauchen könnten.«

»Sollte Böhmers letzter Wille Wirklichkeit werden, ziehen wir beide am selben Strang. Ich habe nicht abgelehnt, weil ich nicht will, daß die Fabrik verkauft wird. Ich biete Ihnen meine Hilfe an.«

»Hilfe? Wollen Sie unsere Produktion fotografieren?«

»Warum nicht. Eine gute Werbung ist immer noch der halbe Verkauf.«

»Bringen Sie mir lieber Aufträge für die nächsten Jahre oder einen konkurrenzlosen Motor. Wir haben zwar für ein halbes Jahr die Bücher voll, denn Böhmer war ein umsichtiger Mann, aber wir haben auch vertraglich noch nicht abgesicherte Aufträge, siebzig Prozent davon aus Ostblockländern. Diese Aufträge können über Nacht storniert werden. Was können Sie noch außer fotografieren?«

»Ich war jahrelang Buchhalter und hätte es wahrscheinlich zum Prokuristen gebracht, wäre die Firma nicht pleite gegangen.«

»Sie meinen, die Firma ist pleite gegangen, weil Sie Buchhalter waren.«

»Ich habe mir mal die Prospekte Ihres Betriebs angesehen, sie sind einfach zum Weinen. Sie fallen so mies aus, wenn man keine Werbung betreiben muß, weil die Auftragsbücher voll sind. Aber das wissen Sie so gut wie ich, und Sie werden auch alles andere längst durchschaut haben.«

»Sie brauchen mir keinen Nachhilfeunterricht zu geben, falls Sie das vorhaben sollten.«

»Na, dann verstehen wir uns beide ausgezeichnet.«

»Was für ein Interesse haben Sie an der Fabrik? Geld? Macht? Bleiben Sie beim Knipsen und nähren Sie sich redlich.«

»Böhmer hat mir eine Aufgabe verpaßt, und die will ich wahrnehmen. Ich weiß zwar nicht genau, was gespielt wird, aber ich ahne etwas.«

»Und ich sage Ihnen schlicht und ergreifend: Gottvaters Modell ist ein totgeborenes Kind. Machen Sie mal fünfhundert Arbeiter und Angestellte zu Teilhabern, das gibt ein Chaos. Jeder will dann nur kommandieren, keiner will mehr arbeiten. Böhmer hat geherrscht wie ein Provinzfürst, mit verbindlicher Rücksichtslosigkeit, jeder hat ihn immer im Nacken gespürt und gehorcht. Wenn sein Modell aus der Taufe gehoben würde, müßten sich alle selbst gehorchen. Darauf können wir eine Ewigkeit warten. Ich bin zu lange im Betrieb, als daß ich Ihnen davon nicht nur ein Lied singen könnte, nein, einen ganzen Choral – und von der Grande Dame auch. Sie kommt zum Jahresende aus Frankreich zurück. Auf ihren Auftritt dürfen wir uns ganz besonders freuen.«

»Von wem haben Sie diese Nachricht?«

»Gebhardt hat es mir gesagt.«

»Hat sie überhaupt schon mal ihren Fuß in die Fabrik gesetzt?«

»Muß sie das? Sie hat tüchtige Mitarbeiter.«

Schneider lächelte und spielte mit seinem Schutzhelm; dabei sah er mich an, als mache er sich über mich lustig.

»Sie haben mir ja auch Ihre Hilfe angeboten, Herr Fotograf. Und ich habe Menschen erlebt, die wachsen über sich hinaus, wenn man ihnen eine Aufgabe gibt. Vielleicht wächst auch die Grande Dame.«

»Sie ist also fest entschlossen, nicht zu verkaufen, wenn ich Sie richtig verstanden habe.«

»Wozu sie wirklich entschlossen ist, das weiß ich nicht. Aber sie scheint plötzlich ihr Herz für den Betrieb entdeckt zu haben, genau wie Sie. Sie bieten mir ja auch an, fünfhundert Seelen vor einem Großkonzern zu retten.«

»Kennen Sie die Grande Dame? Ich meine: näher, nicht nur vom Friedhof.«

»Kennen? Ich zweifle sogar daran, daß Böhmer sie gekannt hat. Einmal habe ich sie zum fünfundsiebzigjährigen Bestehen erlebt. In der Auslieferungshalle war ein großes Buffet aufgebaut, dreißig Meter lang, jeder durfte fressen und saufen, soviel er wollte. Die Grande Dame mittendrin, einen Kopf kleiner als Gottvater. Alle zwei Minuten kam von ihren Lippen ein Satz des Entzückens: Nein, Heinrich, wie interessant, was für prächtige Leute. Dabei kotzten die ersten schon hinter die Verpackungskisten. Und jedesmal, wenn sie so einen Freudenschrei ausstieß, schob sie eine blaue Weintraube zwischen ihre roten Lippen. Hernach wischte sie sich die Hände an einem feuchten Handtuch ab, als wäre die Weintraube vergiftet gewesen. Sie können sich ausrechnen, wie oft sie sich die Hände abgewischt hat. Jetzt kommt sie und will das Heft in die Hand nehmen – vielleicht, um die Söhne zu ermuntern, daß Unternehmer trotz alledem ein ehrenwerter Beruf ist und Geld nicht stinkt. Ich jedenfalls freue mich auf dieses Fest: die Zwillinge als Unternehmer, dahinter die Mutter.«

»Wir müssen nicht nur mit ihr auskommen, wir müssen, wenn das Modell Wirklichkeit wird, mit ihr arbeiten, Herr Schneider«, sagte ich.

»Kennen Sie die Grande Dame?« fragte er lauernd.

»Nur vom Begräbnis. Und da war sie verschleiert.«

»Haben Sie eine Ahnung, warum Böhmer ausgerechnet Sie in das zu bildende Gremium berufen hat?« fragte er.

»Ich war selbst der Überraschteste. Vielleicht ist es nur diese etwas verquere Verwandtschaft. Es soll Menschen geben, die sich irgendwann einmal besinnen, daß Blut dicker als Wasser ist.«

»Warum haben Sie, als Sie vor dem Tribunal saßen, wie Sie es nennen, nicht sofort abgelehnt? Alles wäre reibungslos und so über die Bühne gegangen, wie es die Zwillinge und, wie ich vermute, ihre Hintermänner es wünschen.«

»Haben Sie abgelehnt?«

»Nein. Ich werde tun, was Böhmer mir aufgetragen hat. Aber im Gegensatz zu Ihnen muß ich nicht umsatteln, und ich bin kein Umsteiger, der woanders einsteigen will. Sind Ihnen die fünfhundert Seelen im Betrieb wirklich so wichtig? Sie täuschen mich nicht, da steckt noch mehr dahinter.«

»Und wenn? Warum leugnen Sie Ihre Tochter?«

Schneider wurde bleich und erhob sich mühsam. »Rufen Sie mich in den nächsten Tagen an, Herr Wolff. Wir müssen wohl oder übel zusammenarbeiten.«

Am ersten und zweiten Weihnachtsfeiertag fuhr ich mit Mathilde die wichtigsten Wasserschlösser des Münsterlandes ab. Beide Male hatte ich sie von ihrer Wohnung abgeholt und wieder zurückgebracht.

Das Licht draußen konnte nicht besser sein, auch ein paar Millimeter Schnee waren gefallen; der weiße Schleier auf Dächern und Wiesen täuschte einen Winter vor, der bislang auf sich hatte warten lassen. Die Bilder für mein Buch würden dem Betrachter einen winterlichen Reiz vermitteln, den es in Wirklichkeit so nicht gab. Es sollten Bilder von melancholischer Harmonie werden aus feudaler und großbürgerlicher Zeit, in der man es sich noch leisten konnte, für die Schönheit zu bauen und nicht nur für den Nutzen.

Ich arbeitete konzentriert, jedoch nur mit zwei Kameras. Meine beste hatte ich zur Reparatur geben müssen, ich wartete seit vierzehn Tagen darauf.

Alles, was ich sah, war mir vertraut, denn in den letzten Jahren hatte ich diese Schlösser und Parks nicht nur zum Fotografieren aufgesucht. Schloß Nordkirchen, das westfälische Versailles, wie es genannt wird, gehörte für mich und Christa zum bevorzugten Ausflugsziel, dahin waren nur dreißig Minuten Autofahrt. Jetzt weideten auf den Koppeln hinter dem Schloß die Pferde des nahen Gestüts. Der Schnee schmerzte den Augen nicht, er war eher dunkel, weil durch den weißen Film der dunkle Untergrund durchschimmerte. Die kahlen Eichen und Buchen ragten in den bedeckten Himmel wie unfertige Skulpturen.

Mathilde war unaufdringlich elegant gekleidet, mit grüner Hose und einer knapp bis zu den Knien reichenden Rotfuchsjacke. Darunter trug sie einen kragenlosen Pullover von der Farbe der Hose. Ich genoß die bewundernden Blicke der Spaziergänger, Mathilde aber bewegte sich leichtfüßig und tat so, als würde sie die Bewunderung nicht im geringsten berühren.

Während meiner Arbeit fragte sie knapp und sachkundig, als sei sie zur Fotografin ausgebildet worden. Dabei hatte sie, wie sie gestand, noch nie einen Fotoapparat bedient, aber sie besaß ein Auge für das Detail, im Banalsten fand sie immer noch Außergewöhnliches. Sie machte mich auf einen Kamin aufmerksam, auf einen verschnörkelten Sims, auf ein Treppengeländer, das mir erst nach ihrem Hinweis wert schien, es zu fotografieren.

»Die Grande Dame kommt zurück«, sagte ich. »Ich weiß es von meiner Frau, meine Frau weiß es von den Zwillingen.«

»Und? Glaubt sie wirklich, daß sie im Werk den Chef spielen kann?«

»Immerhin ist sie die Witwe und eine Garantie dafür, daß die Fabrik nicht verkauft wird. Ich war auch bei deinem Vater, ich habe ihn im Betriebsratsbüro aufgesucht, einfach so. Ich habe ihm meine Hilfe angeboten.«

»Und wie war er?«

»Zuerst nicht erbaut über meinen Besuch. Dann war er nüchtern, aber nicht gerade optimistisch.«

»Warum nicht? Er hat doch alles erreicht, was er wollte. Er müßte doch jetzt jubeln.«

»Vielleicht. Aber er fürchtet, die fünfhundert Arbeiter werden nicht jubeln, wenn sie erst einmal alles erfahren, was in den vorbereiteten Verträgen steht.«

Mathilde ging nachdenklich neben mir; dann blieb sie plötzlich stehen und sah mich groß an.

»Vater hat recht mit seiner Sorge, er kennt seine Pappenheimer«, sagte sie. »Ich weiß noch, wie er oft von einer Gewerkschaftsversammlung kam und in der Wohnung herumlief wie aufgezogen, dabei hat er immer nur gesagt: Verstand ist was Kostbares, deshalb gehen meine Kollegen auch so sparsam damit um . . . Laß uns irgendwo einkehren, mich friert, und ich habe Appetit auf Kuchen und Kaffee.«

Als wir uns in einem Café gegenübersaßen, blickte sie nachdenklich an mir vorbei zum Fenster. Ich wollte sie in ihren Gedanken nicht stören; dann legte sie die Kuchengabel auf den Teller und sagte, ohne mich anzusehen: »Die Grande Dame wird alles durcheinanderbringen, und du solltest dich mit dem Gedanken vertraut machen, daß du bald deine Kameras einmotten kannst. Wenn mein Vater dir eine Aufgabe im Gremium überträgt, dann bist du vierundzwanzig Stunden im Dienst. Wer für meinen Vater arbeitet, der muß auf alles verzichten, nur auf die Arbeit nicht.«

Sie hatte du zu mir gesagt, dabei blieb es.

Die Katze war ein Trost. Ich beneidete sie um ihren Schlaf. Setzte sich Christa, sprang sie nach kurzem Zögern auf ihren Schoß, ließ sich streicheln und schnurrte dabei wie ein Diesel so laut. Gottlob verlor sie im Winter keine Haare.

Christas Geschäftigkeit füllte das Haus. Sie kochte, backte, sie putzte, nähte und bügelte an Silvester bis in den frühen Abend. Hausarbeiten waren ihr Lust und nicht Last, und ich vermied es, in meinem Keller zu arbeiten. Ich glaubte, ihr meine Gesellschaft schuldig zu sein, denn gewöhnlich hatten wir während der Woche kaum einen gemeinsamen Abend, während ihrer Spätschichten schon gar nicht.

Wir genossen unsere Zweisamkeit. Ich durfte sogar, was selten erlaubt war, in der Küche helfen. Kurz vor Mitternacht zogen wir dann die Jalousien hoch. Vieltausendmal knallte es draußen, das neue Jahr wurde mit Raketen, Donnerschlägen und Kirchenglockengeläute empfangen. Zu Beginn der Knallerei war die Katze unter die Couch geflüchtet; es bedurfte schmeichelnder Worte, sie nach dem Spektakel wieder hervorzulocken.

»Diese Narren!« rief Christa. »Millionen verpulvern sie in die Luft, den Deutschen geht es immer noch zu gut.«

Aber sie sah genußvoll dem Feuerwerk zu. Die ganze Stadt war erleuchtet wie bei einem Bombenangriff.

»Die Leute freuen sich einfach«, antwortete ich. »Und lieber solche Raketen als andere, die einen Sprengkopf tragen.«

»Freuen? Auf was bitte?«

»Auf die Zukunft«, sagte ich und ich wußte, daß meine Antwort dumm war.

Die Flasche Pommard, die ich geöffnet hatte, weil Christa Sekt nicht vertrug, war um ein Uhr leer. Ich wollte eine zweite Flasche öffnen, fürchtete aber böse Blicke.

Der Neujahrstag plätscherte mit Nichtstun dahin. Ich mußte immer wieder an Mathilde in ihrem goldenen Käfig denken und beneidete sie um ihr Vermögen an Schallplatten; die Gespräche mit Christa waren Wiederholungen dessen, was wir längst ausdiskutiert hatten. Wir wärmten Erkaltetes auf, sprachen über Nachbarn und deren Verschrobenheiten. Das, worüber wir hätten sprechen müssen, verschwieg ich. Ich spürte deutlich, wie ich mich in dieses Schweigen verstrickte; dennoch schob ich meine Beichte auf in der Hoffnung, es werde sich schon eine günstigere Gelegenheit ergeben. Ich war verliebt in einen Traum, aber er war aus Fleisch und Blut und hieß Mathilde.

Am Neujahrsabend, ich hatte eine Ananasbowle angesetzt, fragte Christa, ohne von ihrer Stickerei aufzusehen: »Edmund, sag mal, leidest du sehr darunter, daß wir keine Kinder haben?«

»Nein. Du weißt, wir haben uns damit abgefunden. Laß uns nicht wieder darüber reden.«

»Ich habe mich nicht damit abgefunden. Ich leide. Versteh das bitte richtig. Ich hasse meine Arbeit im Hotel, ich bin sie so satt, ich kann dir meinen Ekel nicht beschreiben. Ich träume davon, jeden Tag zu

Hause zu sein. Ich möchte Nurhausfrau sein und Kinder um mich haben.«

»Auf einmal? Ich habe immer geglaubt, du bist zufrieden und glücklich mit deiner Arbeit in deinem ersten Haus am Platze, jedenfalls hast du das immer gesagt. Jetzt auf einmal –«

»Nicht auf einmal. Immer schon. Soll ich dir vielleicht jeden Tag vorsingen, daß mich das Hotel ankotzt, der Betrieb dort und die Leute mich nerven? Ich dachte, du wüßtest das längst.«

»Nein. Ich bin ehrlich erschrocken über das, was du jetzt gesagt hast.«

»Ich hatte dich für feinfühliger gehalten.«

Christa hatte solche Zustände oder Anfälle, sie entsprangen der Sehnsucht, allein über ihre Zeit zu bestimmen. War sie aber mehrere Tage hintereinander zu Hause gewesen und hatte sie alles, was sie anfaßte, zielstrebig zu Ende gebracht mit geringstem Aufwand und ohne ein Wort der Klage, klappte sie auf einmal zusammen und fiel in Schwermut, als fehle ihr die Arbeit im Hotel doch.

Ich war froh, als sie aufstand und gähnend sagte: »Ich gehe schlafen. Das neue Jahr habe ich noch lange genug vor mir. Kommst du auch?«

Kein einziges Mal in den letzten Tagen hatten wir über Böhmer und die Fabrik gesprochen. Alles blieb in der Schwebe. Meine Frau schwieg sich aus, obwohl ich sicher war, daß ein reger Gedankenaustausch mit den Zwillingen stattfand.

Drei Tage später bestätigte sich meine Vermutung, denn Christa berichtete mir eines Abends, was sie von Sascha und Lars erfahren und was Schneider mir schon erzählt hatte: Die Grande Dame war aus Avignon zurückgekehrt und hatte ein längeres Gespräch mit ihren Söhnen geführt.

Am Neujahrstag war sie aus Frankreich kommend auf dem Flughafen Düsseldorf gelandet. Sascha und Lars empfingen sie; die Zwillinge erlebten zu ihrer großen Verwunderung eine Frau, die ihrer Mutter nur äußerlich ähnelte. Die früher ewig Kränkelnde war elegant gekleidet, ungeschminkt und braun gebrannt und kehrte zurück wie ein Mensch, der mit Entschiedenheit etwas zu ordnen hat. Ihren Söhnen trat sie mit festem Händedruck entgegen, ohne die sonst üblichen Umarmungen.

»Da bin ich wieder. Nehmt bitte die Koffer, ich habe nur die beiden. Ist in der Stadtwohnung alles in Ordnung?«

Die Zwillinge antworteten ein wenig eingeschüchtert, von der energischen Art ihrer Mutter verblüfft, in der Wohnung sei bestens vorgesorgt, die Putzfrau habe ganze Arbeit geleistet und die Küchenhilfe ein Abendessen vorbereitet.

»Ich lechze geradezu nach einfacher deutscher Küche nach so langer Zeit französischer Verwöhnung«, sagte die Grande Dame.

Während der einstündigen Fahrt vom Flughafen nach Dortmund blieb sie wortkarg. Sie hörte zu, als die Zwillinge vom Studium erzählten, und schien nicht sonderlich interessiert. Mit keinem Wort berührte sie den Grund ihrer Rückkehr. Erst als sie aus dem Auto stieg, sagte sie: »Eine komische Generation seid ihr. Als euer Vater noch Student war, waren ihm die Tage zu kurz und die Nächte nicht lang genug. Aber davon werden wir nach dem Essen reden.«

Sie aß mit Appetit, lobte die Küchenhilfe und besichtigte schließlich alle Räume der großen Wohnung, die mit englischen Möbeln eingerichtet war, mit wertvollen alten Teppichen auf den Böden und modernen Gemälden an den Wänden. Manchmal blieb sie inmitten eines Raumes stehen, als betrete sie ihn zum erstenmal.

Ins Wohnzimmer zurückgekehrt, ließ sie sich in einen Sessel fallen und sagte mit Nachdruck: »Ich bin zurückgekommen, um den Willen eures Vaters in die Tat umzusetzen. Ich weiß, er hat die vorbereiteten Verträge nicht mehr unterschrieben, aber ich erachte seinen letzten Brief an mich als sein Testament. Auch juristisch, bis auf seine fehlende Unterschrift ist alles einwandfrei, und ich hoffe, meine Söhne beabsichtigen nicht, gegen mich zu prozessieren. Ich bin der Testamentsvollstrecker, und ich bin nicht verrückt, ich bin im Vollbesitz meiner geistigen Kräfte – damit das von vornherein klar ist. Ich werde in den kommenden Tagen die notwendigen Gespräche führen: mit Doktor Pauls, diesem Herrn Schneider und auch mit dem Mann eurer Tante Christa. Vom Verlauf dieser Gespräche werde ich euch selbstverständlich unterrichten, aber ich werde nicht mit mir handeln lassen, geschweige denn über den Verkauf der Fabrik mit mir reden lassen. Was euer Vater gewollt hat, und was ich hoffe, in die Tat umsetzen zu können, ist, zugegeben, ungewöhnlich, zumindest hierzulande. Würde mein Vater noch leben, er ließe mich in eine Anstalt stecken und entmündigen, weil ich abtrünnig geworden bin. Ich habe auch keinen blassen Schimmer von der Fabrik und verstehe nichts von Technik, dafür aber eine Menge von Geld. Und in der Fabrik arbeiten hochqualifizierte Leute, auf die ich mich verlassen kann: vorab dieser Schneider, der eine so ungewöhnliche Grabrede hielt, dann Adam, der Cheftechniker – nein, mir ist nicht bange, mich hinter den Schreibtisch zu setzen, hinter den eures Vaters. Er hat Schneider als technisches und organisatorisches Genie bezeichnet, das wie ein Berserker arbeiten kann und sich bei der Arbeit etwas denkt: darauf vertraue ich . . . Das wärs erst mal. Ich werde euch telefonisch auf dem laufenden halten, und an den Wochenenden kommt ihr sicher nach Hause, ich würde mich sehr darüber freuen. Der Mercedes bleibt zu meiner Verfügung. Einen mit Chauffeur will ich nicht, auch wenn er mir zusteht . . . Warum habt ihr die Villa vermietet?«

»Das war Doktor Pauls auf Drängen von Gebhardt«, antwortete Sascha. »Beide haben sich dabei auf eine weit zurückliegende Anweisung von Papa bezogen. Und sie waren der Ansicht, wenn in der Villa nicht bald geregelte Verhältnisse einkehren, wird nach zwei Jahren das Anwesen nur noch ein Butterbrot wert sein.«

»Irgendwie mußte die Villa genutzt werden, ich mache euch keinen Vorwurf. Aber der Mietpreis von dreitausend Mark pro Monat scheint mir unangemessen. Man hätte das Doppelte verlangen können. Ich werde den Mietvertrag noch einmal genau durchlesen, denn mittlerweile habe ich mit der Villa etwas anderes vor. Ich will sie wiederhaben, schließlich braucht die Firma eine repräsentative Residenz ... Und nun etwas, das mir nicht behagt: weshalb habt ihr versucht, Herrn Wolff und Herrn Schneider in getrennten Gesprächen zu bewegen, auf das Angebot eures Vaters zu verzichten? Ich hätte euch für klüger gehalten und auch mehr Takt zugetraut.«

»Doktor Pauls, Herr Zierer und vor allem Herr Gebhardt haben uns dazu gedrängt«, antwortete Lars. »Wir wollten uns nicht dagegen wehren, weil wir nicht damit rechnen konnten, daß du wirklich die Zügel der Firma in die Hand nehmen willst, Mama.«

»Jedenfalls war es eine Dummheit. Es gibt schließlich nach Avignon eine Telefonleitung. Ihr benutzt sie doch sonst auch, wenn ihr etwas auf dem Herzen habt. Ich werde das Gefühl nicht los, daß sich hinter meinem Rücken ein Komplott etabliert hat, um den Verkauf der Fabrik durchzuboxen. Gut, ich gebe zu, auch ich wollte die Fabrik loswerden, aber jetzt habe ich es mir anders überlegt, und zwar reiflich. Ich habe mich fachkundig beraten lassen ... So, meine Herren Söhne, diese Lektion war ich euch schuldig. Ich sehe, ihr seht etwas niedergeschlagen und mitgenommen aus, aber besser jetzt den Aufwasch als später das Porzellan kitten. Es ist mein Versäumnis, mich nie um die Fabrik gekümmert zu haben, obwohl mich Heinrich in den ersten Jahren unserer Ehe dazu drängte. Euer Großvater hat die Fabrik aufgebaut, euer Vater hat sie, dank meiner Mitgift, ausgebaut, es war sein Lebenswerk, es wäre ein Verbrechen, sie zu verkaufen. Ich habe mir alles reiflich überlegt.«

Die Einladung war auf Firmenpapier geschrieben und hatte folgenden Wortlaut: »Sehr geehrter Herr Wolff, Frau Böhmer bittet Sie, am 16. 1. 84 um 16 Uhr zu einer Sie persönlich betreffenden Besprechung zu erscheinen, und zwar im dritten Stock des Bürohauses an der Hannöverschen Straße. Melden Sie sich bitte beim Pförtner, er wird Ihnen den Weg weisen. Hochachtungsvoll Gebhardt, Prokurist.«

Ich erhielt die Einladung drei Tage vor dem angegebenen Termin mit der Post. Am 16. dann parkte ich in der Hannöverschen Straße auf dem firmeneigenen Parkplatz und wartete, weil ich zu früh gekommen war, eine Weile im Auto und fand keinen klaren Gedanken. Was ich mir auch ausdachte, ich verwarf es wieder, weil ich jeden Gedanken an eine betriebliche Mitarbeit absurd fand und trotzdem längst begonnen hatte, mich in eine wie auch immer geartete Rolle hineinzuleben. Einmal kam mir der Verdacht, in Wirklichkeit hatte Böhmer, wer wird es je erfahren, Schneider nur Genugtuung verschaffen wollen, weil er ihm die minderjährige Tochter gestohlen hatte; möglich war es, sicher nicht und Böhmer nicht mehr befragbar. Seine Witwe jedenfalls glaubte an das Testament und an das Modell, teilte womöglich die romantischen Vorstellungen ihres Mannes. Wer Geld in Hülle und Fülle besitzt, kann es sich leisten, generös zu sein und fabelhafte Modelle zu erfinden.

Genau fünf Minuten vor sechzehn Uhr passierte ich das Pförtnerhaus und zeigte dem Pförtner, den ich schon kannte, das Einladungsschreiben vor.

»Dritte Etage, sechste Tür links. Nehmen Sie den Aufzug.«

Im Fahrstuhl dachte ich: Wolff, du bist größenwahnsinnig. Warum hast du nicht gleich abgelehnt. Was hast du mit dieser Lawine zu schaffen.

Ich war pünktlich und trotzdem der letzte.

Um einen ovalen Tisch saßen Doktor Pauls, Schneider, Gebhardt, ein Herr, den ich nicht kannte, und die Grande Dame. Sie trug ein himmelblaues Kleid und einen Hut in derselben Farbe, wirkte jung und nicht wie eine Frau um die sechzig. Die Zwillinge fehlten.

»Sie sind also Herr Wolff«, sagte sie und gab mir die Hand. »Setzen Sie sich bitte dorthin.«

Sie wies auf einen Sessel Schneider gegenüber und nickte mir freundlich zu.

»Sie sind pünktlich, Herr Wolff, ich schätze Pünktlichkeit. Wir sind vollzählig, wir fangen an.«

Schneider hatte mich bei meinem Eintritt abwesend angesehen und mich wenig später spöttisch angelächelt.

Der mir unbekannte Herr war der bisherige Treuhänder und hieß Klaasen.

Auf dem Tisch standen Tassen, Gläser, Sprudelflaschen und eine Kaffeekanne. Schneider grinste mich an, als erheitere ihn meine Anwesenheit. Ich war erleichtert, als die Grande Dame die Sitzung eröffnete.

»Meine Herren, ich habe Sie herbestellt, weil ich den letzten Willen meines Mannes zu verwirklichen entschlossen bin. Die Verträge, die er nicht mehr unterschreiben konnte, sind rechtskräftig: Ich will es so. Was ich hier dazu noch vorbringe, wird ergänzend Inhalt eines Vertrages sein, der bei den Notaren Wohlrabe und Grosser hinterlegt ist. Er bedarf noch der Zustimmung meiner Söhne – und natürlich der der gesamten Belegschaft. Stimmt die Belegschaft nicht zu, wird erst einmal alles so bleiben, wie es derzeit ist. Ich wüßte jedoch nicht, weshalb die Belegschaft ablehnen könnte. Im Vertrag ist festgelegt, daß jeder Teilhaber der Firma werden kann, der mindestens drei Jahre dem Betrieb angehört. Es liegt nun an Herrn Schneider, den mein Mann ausdrücklich zum Betriebsleiter bestimmt hat, der Belegschaft den Vertrag in allen Einzelheiten zu erläutern, damit jeder sich seiner Verantwortung bewußt wird. Die Notare haben zu diesem Zweck in einer für jedermann verständlichen Sprache ein Papier erarbeitet, das jedem Arbeiter und Angestellten in den nächsten Tagen zugestellt wird. Die später einzuberufende Belegschaftsversammlung wird darüber Aufschluß geben, ob der Vertrag Rechtsgültigkeit erlangt oder nicht. Herr Wolff, der noch etwas hilflos in unserer Runde sitzt, ist laut Willen meines Mannes bei allen die Fabrik betreffenden Entscheidungen hinzuzuziehen. Er wird dementsprechend honoriert, das Salär wird zwischen Herrn Schneider und Herrn Gebhardt auszuhandeln sein. Herr Wolff ist zwar betriebsfremd, aber mein Mann hatte seine Gründe, ihn zu berufen.«

Es folgten Festlegungen, Paragraphen, Ausführungsbestimmungen, Gesellschafterkompetenz und mehr, das aber alles an meinen Ohren vorbeirauschte wie fremde Musik. Die Frau, von der ich nur durch Erzählungen Dritter ein Bild hatte, insbesondere durch Christa, nämlich das Bild einer verwöhnten, kränkelnden und exaltierten Person mit gelegentlichen Anfällen von Hysterie, sprach ruhig und sachkundig. Natürlich war ihr alles von Juristen vorformuliert worden, und ob sie, wie ich auch, alles in seiner Bedeutung verstand, bezweifelte ich. Trotzdem trug sie es vor wie ein Anwalt, der vor Gericht seinen Mandanten glaubwürdig verteidigt.

Insgeheim bewunderte ich ihre Ruhe und Entschlossenheit, und immer wieder schielte ich zu Schneider, der ernst und konzentriert auf seinem Platz saß und sich auf einem Block Notizen machte. Ich versuchte, die Bedeutung dieser Sitzung zu begreifen: Ein erfolgreicher Unternehmer verschenkt die Hälfte seines erwirtschafteten Gewinns und verfügt, daß alle Belegschaftsmitglieder zu Teilhabern werden – ein unglaublicher Vorgang in einem Land, in dem die Regierung nichts unversucht läßt, die sozialen Errungenschaften der letzten dreißig Jahre abzubauen.

Die Grande Dame schwieg. Sie schlug die Akte, aus der sie vorgetragen hatte, entschlossen zu und legte beide Hände darauf.

»Was meinem Mann zu unterzeichnen verwehrt worden ist, werde ich in dieser Woche als seine

Rechtsnachfolgerin nachholen. Mit meinen beiden Söhnen, versteht sich. Sonst noch Fragen?«

Wir blickten uns an, bis Doktor Pauls das Wort nahm: »Gnädige Frau, es ist alles gesagt. Jetzt ist Herr Schneider am Zuge. Es ist vorgesehen, daß der Vertrag am 1. April dieses Jahres in Kraft tritt.«

Ich nahm meinen ganzen Mut zusammen und fragte: »Gnädige Frau, eine ganz bescheidene Anfrage, auch wenn ich als einziger betriebsfremd bin: Wenn man etwas schenkt, wenn man etwas vererbt, dann muß doch Erbschaftssteuer oder Schenkungssteuer bezahlt werden. Wer bezahlt die eigentlich? Der Erblasser oder die fünfhundert Beschäftigten? Ich habe entweder nicht richtig zugehört, oder es war tatsächlich noch nicht die Rede davon.«

Alle sahen mich erstaunt, ja erschrocken an, und es war so still geworden, daß man die berühmte Stecknadel hätte fallen hören können. Endlich räusperte sich die Grande Dame und sagte, wobei sie mit den Fingern der rechten Hand auf den Aktenordner trommelte: »Da hat man Juristen, Fachberater und sonstwelche, die in allem das Gras wachsen hören, und von einem Laien muß man sich elementare Dinge sagen lassen. Danke, Herr Wolff.«

Schneider nickte mir respektvoll zu, Doktor Pauls notierte eifrig, Klaasen sah durchs Fenster und Gebhardt rückte unruhig auf seinem Stuhl hin und her.

»Ich bin der Ansicht, gnädige Frau, daß das vorher geregelt sein muß, um nachträglichen Ärger zu vermeiden«, sagte ich.

»Sie haben völlig recht, Herr Wolff. Selbstverständlich muß die Belegschaft die Erbschafts- oder Schenkungssteuer bezahlen, oder die Anwälte finden eine Hintertüre, um diese Steuern zu umgehen. Ich werde das nächste Woche mit den Anwälten klären. Auch wenn die Belegschaft die Erbschaftssteuer zu bezahlen hat, dürfte das nicht gar so viel sein, wenn es auf fünfhundert Leute umgelegt wird. Jedenfalls danke ich Ihnen, Herr Wolff – danke, meine Herren«, sagte die Grande Dame und erhob sich. »Sie können jetzt gehen. Herr Schneider, Herr Wolff und Herr Gebhardt bitte noch in mein Büro.«

Dort nahm sie nicht in der Sitzecke Platz, sondern hinter Gottvaters Schreibtisch.

»Ich bin noch eine Erklärung schuldig«, sagte sie, »Ihnen, Herr Schneider, und Ihnen, Herr Gebhardt, warum Herr Wolff in diesem Kreis ist. Er wird in dem zu bildenden Gremium sitzen als Familienmitglied. Herrn Wolffs Frau ist die Halbschwester meines Mannes.«

»Frau Böhmer, ich habe mich nicht dazu gedrängt, und meine Frau erst recht nicht«, sagte ich.

»Sie brauchen sich nicht zu entschuldigen«, antwortete die Grande Dame lächelnd.

»Aber Sie nehmen, was Ihnen geboten wird«, sagte Gebhardt.

Das war eine Unverschämtheit, und ich brauchte ein paar Sekunden, um erwidern zu können: »Ja, damit Sie mich nicht mehr unter unwürdigen Umständen vor ein Tribunal laden können.«

»Herr Gebhardt«, warf die Grande Dame ein, »es wäre töricht von Herrn Wolff gewesen, das Angebot meines Mannes auszuschlagen. Und mein Mann verfolgte immer langfristige Absichten, deren Effektivität oft erst später sichtbar geworden ist. Herr Schneider, wir werden uns in den nächsten Tagen damit beschäftigen . . . Bitte, Herr Gebhardt?«

»Trotz des Respektes und der Hochachtung für Ihren verstorbenen Mann –«

»Ermordeten Mann«, unterbrach ihn die Grande Dame freundlich, aber ihr Gesicht war steinern.

»Ihren Gemahl, gnädige Frau – trotz meiner Hochachtung muß ich Ihnen in aller Offenheit sagen, daß ich die angestrebte Lösung nicht gutheißen kann, im Interesse des Werkes. Ich muß das sagen, damit man mir später nicht vorwirft –«

»Was vorwirft, Herr Gebhardt? Sie sind Angestellter der Firma Böhmer, ein langjähriger und verdienstvoller Angestellter. Nach Inkrafttreten des Vertrages werden Sie Herrn Schneider als Betriebsleiter zu respektieren haben und mit ihm genauso vertrauensvoll zusammenarbeiten, wie Sie mit meinem Mann gearbeitet haben.«

»Gnädige Frau, ich bin nun vierzig Jahre in dieser Firma, und ohne mich herausstellen zu wollen: Ich war auch etwas der Vertraute Ihres Mannes. Ich will seinen letzten Willen nicht in Zweifel ziehen –«

»Kommen Sie zur Sache. Was wollen Sie sagen?« Die Grande Dame war ungeduldig geworden.

»Ich will lediglich wissen, wer in Zukunft mein Chef ist. Weiter nichts. Das muß doch geklärt werden. Oder? Ich muß wissen, wem ich verantwortlich bin.«

Es war einige Sekunden still, dann lachte die Grande Dame: »Wer Ihr Chef ist? Ist das Ihre einzige Sorge?«

»Gnädige Frau, ich finde das nicht zum Lachen, ich will wissen, wo die Kompetenzen liegen. Ich will ganz offen sein: Es wäre mir unerträglich, wenn Herr Schneider, der meine Wertschätzung hat, allein weisungsberechtigt wäre.«

»Wie alt sind Sie jetzt, Herr Gebhardt?«

»Ich bin knapp sechzig. Warum?«

»Soweit ich unterrichtet bin, könnten Sie bald in Pension gehen, in drei oder vier Jahren. Sie können natürlich auch bis zum Fünfundsechzigsten bleiben, wenn Ihnen daran liegt.«

Gebhardt verfärbte sich; seine Hände suchten einen Halt an den Sessellehnen. Dabei blickte er die Grande Dame entgeistert an.

»Herr Gebhardt, mißverstehen Sie mich nicht. Wir wollen Sie auf keinen Fall loswerden. Ihre Erfahrungen und Ihre Umsicht sind unbezahlbar. Aber Herr Schneider wird nun mal Betriebsleiter mit unbeschränkten Vollmachten. Er ist mir allein verantwortlich, also sind Sie ihm verantwortlich. Und was ich nicht vergesse und aufs schärfste mißbillige, ist Ihre Rolle bei den Vorgesprächen mit Herrn Schneider und Herrn Wolff. Das war ein Vertrauensbruch mir gegenüber und auch gegenüber meinem Mann. Sie hätten meinen Söhnen davon abraten müssen.«

»Ihre Herren Söhne haben mir Weisung gegeben, und Doktor Pauls rief mich an und sagte, meine Teilnahme an den Gesprächen mit Herrn Schneider und Herrn Wolff sei unbedingt erforderlich. Es gehe schließlich um den Bestand der Firma.«

»Dort auf dem Schreibtisch steht ein Telefon, Sie hätten mich in Avignon anrufen können.«

»Angenommen, gnädige Frau«, erwiderte Gebhardt, »die Belegschaft akzeptiert nicht, daß Herr Schneider ihre Interessen vertritt – angenommen, die Belegschaft entzieht ihm das Vertrauen und will einen anderen Betriebsleiter, das wäre theoretisch doch ohne weiteres möglich, oder?«

Die Grande Dame gab sich nicht einmal Mühe, ihr Erstaunen zu verbergen. Es dauerte eine Weile, bis sie sich gefaßt hatte und aufstand.

»Ganz recht, Herr Gebhardt, dieser Fall ist in den Verträgen nicht vorgesehen, und ich werde veranlassen, daß er in die Verträge eingebaut wird. Aber Sie vergessen eins: Herr Schneider übt seine Funktion nicht deshalb aus, weil er von der Belegschaft gewählt wird, er ist von meinem Mann ausdrücklich eingesetzt, das ist elementarer Bestandteil seines Testaments. Und damit und bei dem Vertrauen, das Herr Schneider bei meinem Mann genoß und bei der Belegschaft genießt, erübrigt sich jede Diskussion. Nur wenn Herr Schneider – wie jeder von uns – durch Unfall, Krankheit oder durch Tod ausfallen würde, müßte ein neuer Betriebsleiter gewählt werden. Bis dahin bleiben Sie Prokurist mit eingegrenzten Vollmachten – es sei denn, Sie wollen vorzeitig ausscheiden . . . Ich danke Ihnen. Herr Schneider, Sie bleiben bitte noch hier.«

Sie reichte mir die Hand und nickte Gebhardt zu, der hinter mir das Büro verließ und mich draußen einholte. Vor der Tür zu seinem Büro am Ende des Flurs packte er mich fest am Arm und flüsterte, als verrate er ein Geheimnis: »Glauben Sie mir, Herr Wolff, diese Frau und Herr Schneider werden alles in Grund und Boden wirtschaften, davon bin ich überzeugt, aber ich möchte nicht Totengräber sein.«

»Sie mögen Herrn Schneider nicht?«

»Hier geht es nicht um Sympathie und Antipathie, hier geht es um Grundsätzliches. Spüren Sie denn nicht, daß dieser Schneider ein verkappter Kommunist ist? Ich sage das frei heraus, weil ich ihn seit zwanzig Jahren kenne. Er ist raffiniert genug, um sich nicht offen zur DKP zu bekennen, er ist Mitglied der SPD. Das ist unverfänglicher. Glauben Sie mir, die klugen Kommunisten sind in der SPD. Deshalb ist Schneider nicht zu packen, deshalb ist er gefährlicher als die Partei, in die er gehört. Die Grande Dame lebt meistens in Frankreich, die hat doch keinen Schimmer, was bei uns wirklich vorgeht. Und ich soll vorzeitig in Pension gehen: das mir, vierzig Jahre habe ich mich für diesen Betrieb aufgeopfert. Es stimmt schon: Hütet euch vor den Erben, sie sind tausendmal schlimmer als die Gründer.«

Er ließ mich stehen und ging in sein Büro. Ich sah ihm ziemlich verwirrt nach; zum Lachen war mir nicht zumute. Auch Klügere als der in Ehren ergraute und in seinem Fach zweifellos tüchtige Mann dachten wie er, und er grämte sich, weil die Wände, in denen er zu leben gewohnt war, verschoben wurden.

Draußen schneite es in dichten Flocken, die auf dem Boden gleich wieder schmolzen. Der Pförtner verbeugte sich devot in seinem Glashaus, als ich an ihm vorbeiging und ihm zunickte.

Neben meinem Wagen parkte so eng, daß es unmöglich war, die linke Tür zu öffnen, ein roter Ford Fiesta. Ärgerlich besah ich mir die Bescherung und wollte schon die rechte Tür aufschließen, da tauchte in dem Fiesta ein schönes, spitzbübisch lächelndes Gesicht auf: Mathilde.

Ich fuhr hinter ihr her, verlor sie einmal im Gewühl, und als ich ankam, wartete sie schon vor der Haustür. Sie trug schwarze, bis zu den Knien reichende Lederstiefel, einen mausgrauen Hosenrock und eine schwarze Pelzjacke, dazu eine weiße Schirmmütze aus Filz.

»Ich weiß, was du sagen willst. Später. Komm ein paar Minuten mit rauf.«

In ihrer Wohnung bat ich, mir die Hände waschen zu dürfen. Das Badezimmer war rundum und bis zur Decke veilchenblau gekachelt; als ich in der Tür stand, fiel mein erster Blick auf den Spiegel über dem Waschbecken. Neben dem Spiegel hing der Mann im Kirchturm, das Foto, das ich geknipst und vergrößert hatte. Ich blieb wie angewurzelt stehen.

»Was ist?« sagte Mathilde und tippte mir auf die Schulter. »Erschreckt dich das Bild?«

»Nimm es wieder ab«, sagte ich.

»In einem Buch habe ich gelesen: Wenn man über einen längeren Zeitraum täglich mehrmals das Gesicht eines Ermordeten betrachtet, verschwindet es langsam, und das Gesicht des Mörders wird sichtbar.«

»Und du glaubst an diesen Schwachsinn?«

»Das ist kein Schwachsinn, das ist von den alten Chinesen überliefert. Wenn du schwache Nerven hast, wasch dir die Hände zu Hause.«

»Wir sind keine Chinesen.«

Im Wohnzimmer ließ ich mich in einen Sessel fallen und zündete mir eine Zigarette an.

»Willst du was trinken?« fragte Mathilde.

»Danke«, antwortete ich.

»Komm bloß wieder zu dir, schließlich hast du ihn fotografiert und vergrößert. So schrecklich, wie du tust, kann es weiß Gott nicht sein.«

Ich sagte sarkastisch: »Hast du an dem Bild schon Veränderungen wahrgenommen?«

»Ja. Heinrichs Gesicht verblaßt von Tag zu Tag mehr, das des Mörders bekommt Konturen. Aber sie sind noch nicht so, daß man eine bestimmte Person erkennen könnte. Erst wenn Heinrich überhaupt nicht mehr zu sehen ist, wird der Mörder klar zu erkennen sein.«

Mir verschlug es die Sprache; ihr ernstes Gesicht sagte mir, daß sie glaubte, was sie sich vorstellte.

»Willst du wissen, warum ich neben dir geparkt habe?« fragte sie.

»Deswegen bin ich ja mitgekommen.«

»Wir hatten ausgemacht, daß wir Verbündete sind. Also bin ich nicht untätig. Ich höre nicht jeden Tag sechs Stunden Mozart, falls du das geglaubt haben solltest. Ich fahre spazieren, manchmal gehe ich ins Kino, aber nie hier in der Stadt. Vor ein paar Tagen habe ich mir Heinrichs Villa von außen angesehen, ich kannte sie ja nicht, und sah einen Mann durchs Tor fahren, der mir bekannt vorkam. Ich kann dir jetzt nicht mit Bestimmtheit sagen, wo und wann ich den Mann gesehen habe, auf einer Fotografie oder in Heinrichs Umgebung, aber ich bin mir absolut sicher, ihn von irgendwoher zu kennen. Ich habe ein Gedächtnis für Gesichter. Und heute, auf dem Rückweg aus Bochum, ich war dort in einer

Galerie, habe ich wieder einen Umweg gemacht und bin an der Fabrik vorbeigefahren. Das tue ich oft. Ich parke dann in der Nähe der Fabrik und stelle mir vor, Heinrich sitzt an seinem Schreibtisch und telefoniert mit mir. Ich steige aber nie aus. Heute parkte derselbe Porsche, den ich vor der Villa gesehen hatte, in meiner Nähe, und im Wagen saß derselbe Fahrer. Er schaute ständig auf das Bürogebäude. Das allein hätte mich noch nicht stutzig gemacht. Mißtrauisch bin ich erst geworden, als der Mann ab und zu ein Fernglas vor die Augen hielt. Ich habe dann meinen Sitz zurückgelegt und den Rückspiegel so gedreht, daß ich im Liegen den Porsche im Blick hatte, bis er plötzlich abgefahren ist. Dann bist du gekommen, zu meiner Überraschung. Eine Minute später wäre ich nicht mehr dagewesen.«

»Kannst du den Mann beschreiben?«

»Nicht genau: ein junger Mann von etwa Mitte zwanzig mit gelben Handschuhen. Er hat Pfeife geraucht.«

»Warum beobachtet ein Mann mit einem Fernglas eine Fabrik«, sagte ich. »Eine Fabrik ist keine nackte Frau.«

»Warum warst du eigentlich in der Fabrik?«

»Die Grande Dame hat die erste Sitzung des Gremiums einberufen, sie war sehr souverän und hat sie energisch geleitet. Die Lawine wird endgültig nicht verkauft, falls die Zwillinge der Grande Dame im letzten Moment nicht noch einen Strich durch die Rechnung machen sollten, was ich persönlich nicht glaube. Dein Vater ist als Betriebsleiter bestätigt, was meine Aufgabe im Gremium sein wird, das weiß ich noch nicht, darüber wurde noch nicht gesprochen.«

»Ich bin mir nicht sicher, ob mein Vater seiner Aufgabe gewachsen sein wird. Er ist unbeherrscht, weil er ungeduldig ist, weil er fanatisch sein kann. Hat er sich einmal etwas in den Kopf gesetzt, muß es so sein und nicht anders. Vielleicht ändert er sich mit seiner Aufgabe. Weißt du, ein guter Vater war er eigentlich immer. Er hat sich in jeder freien Minute mit mir abgegeben, nur hatte er zu wenige freie Minuten. Wenn meine Mutter nur einen Funken von Verstand gehabt hätte, wäre sie ihm nicht weggelaufen ... Manchmal male ich mir aus, was aus mir geworden wäre, wenn ich Heinrich nicht begegnet wäre. Wahrscheinlich wäre ich im Büro geblieben und schon verheiratet und hätte einen dicken Bauch. Wenn nicht, würde ich einen Kassettenrecorder durch die Gegend schleppen, damit jeder auf mich aufmerksam wird oder sich über mich ärgert ... Hoffentlich setzt sich mein Vater bei der Belegschaft durch, hoffentlich begreift sie, was Heinrichs Modell für sie bedeutet. Ich möchte gerne daran glauben, meinem Vater zuliebe. Heinrich hatte es leichter. Er hat sein Modell entworfen aus der Position eines Mannes, hinter dem ein großes Vermögen steht. Er mußte niemanden beneiden. Wer alles hat, der kennt keinen Neid. Er hat die Gier der anderen nie verstanden, und Heinrich hatte ja alles, mich eingeschlossen.«

Nach einer Pause fügte sie hinzu: »Und wie steht es mit dir, Wolff? Hast du Geschmack auf mich?«

Es dauerte, bis ich begriffen hatte. Mein Gesicht brannte, ich fühlte mich in meinen geheimsten Wünschen ertappt. Sie hatte unschuldig und schamlos gefragt, ob ich Heinrich Böhmers Nachfolger werden wolle.

Meine Verwirrung amüsierte sie. Sie legte eine Hand auf meinen Arm und küßte mich auf den Mund.

»Natürlich hast du Geschmack auf mich. Das wußte ich von Anfang an, so was spürt jede Frau. Es würde mich sogar verletzen, wenn du kein Verlangen nach mir hättest. Wolff, laß die Finger davon, ich brauche keinen Mann. Ich habe einen, auch wenn du es nicht begreifst. Für Heinrich gibt es nur einen Ersatz, nämlich Heinrich.«

Sie deutete auf das Bild mit dem Trauerflor am linken oberen Rahmen.

»Natürlich könntest du fragen, wie eine Frau, die so jung ist wie ich, ohne Mann auskommt. Männer glauben doch immer, sie seien unentbehrlich. Meine Antwort ist einfach: Wenn mich nach einem Mann verlangt, sehe ich Heinrichs Bild an und befriedige mich selbst. Mehr brauche ich nicht.«

Als ich sie verließ, fühlte ich mich gedemütigt.

Christa war erschöpft, als sie um elf nach Hause kam, zwei Stunden nach mir. Aus ihrem ersten Haus am Platze brachte sie Wurst und Schinken mit; in wenigen Minuten trank sie eine Flasche Sprudel leer.

»Ich muß mich mal untersuchen lassen, vielleicht habe ich Zucker«, sagte sie. »Menschen, die ewig Durst haben, könnten Diabetiker sein.«

»Unsinn, du arbeitest einfach zu viel. Bei deiner Rumrennerei in der heißen Küche bekommt man zwangsläufig Durst. Ich habe auch Durst, wenn ich viel rumrase.«

»Du? Du trinkst nicht, weil du Durst hast, du trinkst aus Gewohnheit.«

»Ich trinke, weil es mir schmeckt.«

»Das ist dasselbe. Du würdest noch im Sarg trinken. Hast du deine Wasserschlösser fertig? Das Schöne wollen die Leute immer kaufen – ohne Rücksicht auf den Preis. Du solltest mal wieder andere Bilder schießen, häßliche vielleicht.«

»Die kauft mir keiner ab. Ich muß liefern, was verlangt wird, die Konkurrenz ist hart genug. Die jungen Leute von der Werkkunstschule machen es für zwanzig Mark, wofür ich fünfzig verlange und sogar hundert. Sie wollen ins Geschäft und drücken die Preise. Ich verstehe das sogar, ich lag anfangs auch nicht auf Rosen.«

»Aber jetzt«, sagte Christa, »und den Ärger habe ich.«

»Welchen Ärger? Mit mir?«

»Wir haben seit einem Vierteljahr eine Siebzehnjährige, die muß nach den gelockerten Jugendschutzgesetzen manchmal bis nachts um elf arbeiten. Sie weiß dann nicht, wie sie nach Hause kommen soll, denn sie wohnt in Frohlinde, ganz im Westen. Ein Moped hat sie nicht, kann sich noch keins leisten, und einen Freund, der sie abholen könnte, hat sie auch nicht. Um diese Zeit noch eine Straßenbahn kriegen, dann Busanschluß, und von der Haltestelle muß sie noch zehn Minuten laufen: Da ist es weit nach Mitternacht. Als sie mir das in der Küche erzählte, wollte ich gleich mit ihr zum Chef gehen. Sie hat mich angefleht: Um Gottes willen nicht, Frau Wolff, ich will meine Stelle nicht verlieren, ich bin schon einmal rausgeflogen, weil ich mich auf den Jugendschutz berufen habe ... Da bin ich aber allein zum Chef gegangen – und weißt du, was er mir gesagt hat? Mischen Sie sich nicht ein, Frau Wolff, das ist allein meine Sache. Es wird höchste Zeit, daß sich in unserem Lande die Zeiten ändern und diesem jungen Volk endlich gezeigt wird, wer das Sagen hat. Überlassen Sie die Lehrlinge mir. Noch gilt der alte Satz: Lehrjahre sind keine Herrenjahre ... Ich sag dir, das ist derselbe Mann, der früher neue Lehrlinge mit einem Glas Sekt begrüßte. Heute würde er, wenn das Mädchen auf dem Heimweg überfallen und vergewaltigt worden wäre, eiskalt sagen: Selber schuld, warum wackelt sie mit ihrem Hintern nachts ohne Begleitung durch die Stadt ... Hast du heute überhaupt schon was Warmes gegessen? Warum holst du dir nicht etwas aus der Tiefkühltruhe? Da sind fertige Gerichte drin.«

»Mach dir deswegen keine Sorgen«, antwortete ich. »Die Fabrik wird übrigens nicht verkauft, das Modell Böhmer wird verwirklicht.«

»Ach«, rief Christa und sah mich überrascht an. »Und von wem weißt du das?«

»Von der Grande Dame höchstpersönlich. Ich war heute nachmittag zu einer Konferenz in der Fabrik. Die Einladung hatte ich vor drei Tagen erhalten und vergessen, es dir zu sagen. Das Gremium wird gebildet, ich gehöre ihm an, wenn ich auch noch nicht weiß, welche Funktion man mir überträgt. Bald geht eine Belegschaftsversammlung über die Bühne, um das Modell abzusegnen.«

Christa schritt langsam auf mich zu und blieb einen halben Meter vor mir stehen. Sie sah verschreckt aus, wie heiser sagte sie: »Du warst bei dieser Konferenz? Du hast es mir verschwiegen? Du hast vergessen, es mir zu sagen? Das soll ich dir glauben? Edmund, ich warne dich, du schlitterst in etwas hinein, später wirst du es bitter bereuen . . . Aber auf diese Weise erfahre ich einmal wenigstens etwas von dir und nicht von den Zwillingen.«

Sie drehte sich um und ging zur Treppe.

Während Christa die Treppe zum Schlafzimmer hochstieg, klingelte das Telefon.

»Das ist etwas Unangenehmes, ich höre es schon am Klingeln«, rief sie. »Um diese Zeit rufen nur Idioten oder Trunkenbolde an.«

Ich hörte, wie sie die Badezimmertüre hinter sich schloß; als die Tür eingeschnappt war, hob ich den Hörer ab und meldete mich.

Eine Stimme sagte langsam und klar: »Lehnen Sie ab, noch ist es Zeit. Nehmen Sie das Angebot von Heinrich Böhmer nicht an. Wenn Sie sich zurückziehen, werden Sie ein geruhsames Leben führen können. Wir sind nicht kleinlich, eine sechsstellige Summe ist Ihnen sicher. Aber denken Sie daran: Sie haben von Ihrem Haus eine gute Aussicht auf den Kirchturm.«

Der Anrufer legte auf.

Ich holte mir aus dem Keller eine Flasche Rotwein auf die Gefahr hin, daß Christa noch einmal ins Wohnzimmer herunterkommen und mir Vorwürfe machen würde. Als ich die Flasche in der Küche geöffnet hatte, hörte ich Christa das Badezimmer verlassen, über den Flur schlurfen und die Schlafzimmertür hinter sich schließen.

Auf der Couch im Wohnzimmer trank ich in kleinen Schlucken meinen Wein und rätselte der Stimme nach. Ich hatte sie schon einmal gehört: aber wo, bei welchem Anlaß? Ich stellte mir Gesichter, ich stellte mir Stimmen vor, und gerade als ich dachte, zur Stimme das passende Gesicht gefunden zu haben, klingelte abermals das Telefon. Längst war Mitternacht vorbei.

»Haben Sie vorhin einen Anruf bekommen?« fragte Schneider.

»Ja, vor einer knappen Stunde.«

»Hat Ihnen der Anrufer eine sechsstellige Summe geboten?«

»Ja, eine sechsstellige.«

»Das war kein nächtlicher Jux. Mir hat er dasselbe Angebot gemacht. Die Dinge sind in Fluß gekommen, früher, als ich gedacht hatte. Die haben es jetzt eilig, deshalb müssen sie aus ihren Löchern. Keiner hat mit der Grande Dame gerechnet, und nun wollen sie uns ködern: Abwerbung wie beim Fußball. Die Fabrik soll verkauft, das Modell Böhmer verhindert werden, und wir sind im Wege. Können Sie morgen abend zu mir kommen in meine Wohnung? Um sieben?«

»Ja, ich werde kommen.«

»Na, dann bis morgen.«

Ich blieb im Wohnzimmer sitzen, bis ich die Flasche geleert hatte. Ich war angetrunken, meine Beine wurden schwer, und die Zimmerdecke drehte sich. Trotzdem versuchte ich, mich noch einmal zu erinnern, wer der anonyme Anrufer gewesen sein könnte. Ich wußte, daß ich ihm schon einmal begegnet war, daß ich die Stimme schon einmal gehört hatte.

Leicht taumelnd stieg ich die Treppe zum Schlafzimmer hoch. Christa schlief fest mit friedlichem Gesicht.

Als Schneider mir die Tür öffnete, sah er aus wie seine Wohnung: ungepflegt und trist, und nach Schnaps roch er auch. Er ließ mich ohne Gruß eintreten, er deutete nur auf einen braunen Sessel mit Kunststofflehnen, die fettig glänzten.

»Wenn Sie als Betriebsleiter bestätigt sind, können Sie hier nicht wohnen bleiben«, sagte ich. »Das wäre ja Geschäftsschädigung.«

»Sie haben recht«, antwortete er, »ich hause in einem trostlosen Loch. Fremde müssen glauben, ich sei ein Schwein. Ich habe nun mal keinen Nerv für Hausarbeit – und deswegen gleich eine Frau ins Haus holen: nein. Ich bleibe lieber solo, auch wenn es mir stinkt. Meine Frau war vorgestern hier, gucken Sie nicht so entgeistert, ich kam gerade von der Arbeit. Sie saß da, wo Sie jetzt sitzen. Sie hat zum Steinerweichen geflennt, denn der Bulle, mit dem sie damals abzog, sitzt ja nun ohne Bewährung. Sie hat einfach gefordert, ich müßte sie in Ehren wieder aufnehmen – so, als hätte ich sie jemals weggeschickt. Anfangs war ich ganz ruhig, ich ließ sie reden und flennen, obwohl ich wußte, daß sie nicht wirklich weint. Wenn bei ihr der Verstand, falls sie je einen besessen hat, aussetzt, fließt das Wasser. Als sie merkte, daß mich das nicht beeindruckt hat, wollte sie sich ausziehen, und da hat mich die Wut gepackt. Ich bin beileibe kein gewalttätiger Mensch, aber ich hab sie einfach vor die Tür gesetzt und ihr den Pulli hinterhergeworfen, schließlich ist man den Nachbarn ab und zu ein Schauspiel schuldig. Ich bin überzeugt, sie waren mir dankbar für meinen Auftritt. Keiner hat sich beschwert oder hat bei mir protestiert ... Trotzdem, ich muß hier weg, in eine Dienstwohnung vielleicht.«

»Wenn Sie an Böhmers Villa denken, die ist vermietet.«

»Gott behüte. Ich wäre gleich bei der Belegschaft unten durch. Aber über die Villa wollte ich mit Ihnen sprechen. Ich möchte, daß Sie dort einbrechen und etwas herausholen oder meinetwegen nur finden.«

»Sie sind wohl verrückt! Einfach einbrechen? Wie man einkaufen geht: aussuchen und mitnehmen?«

»So ungefähr, Sie haben es erfaßt.«

»Warum gehen Sie nicht selbst und suchen Ihren Schatz?«

»Ich lasse mich nicht gerne erwischen und verhaften, in der momentanen Situation schon gar nicht. Ich bin für den Betrieb wichtiger als Sie, und Sie können sich leicht rausreden, falls Sie geschnappt werden sollten. Sie sind Berufsfotograf, Sie müssen von Haus aus neugierig sein ... Spaß beiseite: Ich bin sicher, daß in der Villa etwas zu finden ist, vielleicht auch Hinweise auf Böhmers Tod. Seit sie an Zierer vermietet ist, kommt mir die Villa vor wie ein Rattennest.«

»Und was könnte ich dort Ihrer Meinung nach finden?«

»Ich habe den Verdacht, ich bin mir ziemlich sicher: Zierer bekommt Informationen aus dem engsten Kreis der Betriebsleitung. Die Frage ist: Wer informiert ihn, und an wen gibt er die Informationen weiter. Er selbst ist nichts, da bin ich mir sicher, ein Mittelsmann, vermute ich, der einen Auftraggeber hat. Der Auftrag scheint mir klar: Zierer soll Wege finden, die Fabrik allen Widerständen zum Trotz doch noch zu verkaufen, also Böhmers Modell unter allen Umständen zu verhindern. Wer weiß davon? Wer weiß von der festen Absicht der Grande Dame, den letzten Willen ihres Mannes in die Tat umzusetzen? Die Notare Wohlrabe und Grosser, Doktor Pauls, Gebhardt, die Zwillinge, Sie und ich – und wohl noch einige, die ich nicht kenne. Das macht alles so undurchsichtig. Ihre Frau natürlich auch, sie weiß alles von den Zwillingen oder von Ihnen. Sind Sie eigentlich dicht?«

»Sie beleidigen mich.«

»Sie werden das überleben. Solange wir aber Zierers Auftraggeber nicht kennen, seine Hintermänner nicht finden, solange ist das Modell Böhmer gefährdet, und wir sind es, Sie und ich, die jetzt auf der Abschußliste stehen. Der gestrige Anruf hat das mit aller Deutlichkeit bestätigt. Haben Sie das kapiert? Sie hängen mit drin, Sie stehen nicht mehr draußen.«

»Ich wäre wirklich nur Fotograf, wenn ich das nicht längst begriffen hätte.«

»Wissen Sie, Herr Wolff, wenn man lange in einem Betrieb arbeitet, kennt man die Mechanismen, wie Informationen weitergegeben werden. Ich werde das Gefühl nicht los, daß es bei uns jemanden gibt, der diesem Zierer oder Zierers Hintermännern zuarbeitet ... Verrückt? Meinetwegen. Sie sind es nicht, Sie haben keine Insiderkenntnisse, noch nicht.

Weiß der Teufel, ich traue Gebhardt nicht, das ist absurd, ich weiß, ich traue schon bald keinem mehr, nur noch mir selber. Ich habe Ahnungen, meine Ahnungen sind keine Hirngespinste, sie gründen sich auf Erfahrungen. Adam ist es nicht, er ist eine treue und geniale Technikerseele, ohne Ehrgeiz. Dann kommt lange niemand, dann doch wieder Gebhardt, obwohl das Blödsinn ist. Gebhardt ist vierzig Jahre im Betrieb, er war Gottvaters Gedächtnis und seine rechte Hand. Solche Menschen lassen sich lieber enthäuten, als daß sie Verrat begehen würden. Gäbe es nicht Menschen seines Schlages, die Verwaltungen der Industrien könnten einpakken . . . Ich weiß, daß er mich nicht besonders mag, aber das fördert die Zusammenarbeit.«

Schneider wanderte mit auf dem Rücken verschränkten Armen im Zimmer auf und ab, fünf Schritte vom Fenster, auf dessen breiter Bank kein Blumentopf zu sehen war, zur Tür, fünf Schritte von der Tür zum Fenster.

»Ich habe den Verdacht«, sagte er, »daß Zierer ein Agent von Worldelectric ist und seine Firma eine Scheinfirma. Und auch die Zwillinge sind nicht so naiv, wie sie tun. Immerhin haben sie versucht, hinter dem Rücken ihrer Mutter die Fabrik zu verkaufen. Das ist ausgekocht, das ist raffiniert. Wenn ich nur daran denke, was man uns, was man Ihnen und mir für einen Verzicht geboten hat: für die Zwillinge wäre ein Verkauf erst recht ein Bombengeschäft gewesen. Und wir sollten endlich begreifen, daß Böhmer mit seinem Modell eine einmalige

Chance geschaffen hat: ein Kapitalist bis ins Mark will beweisen, daß wir keine Aktionäre im üblichen Sinne brauchen, keine Profitgeier. Adenauer hat einmal gesagt, die Sozis können mit Geld nicht umgehen, deshalb dürfen sie nie an die Macht. Nun, mit unserem Modell haben wir das Geld, und wir können damit umgehen. Wir stehen schon im Lift, wir brauchen nur noch den Knopf zu drücken, dann fährt er ab nach oben.«

»Oder nach unten.«

»Bei uns kanns nur aufwärts gehen. Herr Fotograf, es ist die Zeit gekommen, in der Sie nicht mehr mitspielen dürfen, sondern mitarbeiten müssen. Kommen Sie, wir gehen erst mal in die Kneipe einen trinken. Ich habe nichts mehr im Haus, weil ich keine vollen Flaschen stehen sehen kann. Und in meiner Lage ist die verräuchertste Kneipe die gemütlichste Wohnung.«

Am 1. Februar '84, einem Mittwoch, wurde jedem Belegschaftsmitglied der Böhmer-Werke der Teilhabervertrag per Post zugestellt mit einem von Juristendeutsch befreiten Begleitbrief, in dem vom letzten Willen des Firmeninhabers berichtet wurde. Kernpunkt des Briefes war, daß jeder Beschäftigte zum Miteigentümer des Unternehmens wurde, wenn er seine Unterschrift unter den Vertrag setzte. Eine Belegschaftsversammlung wurde für den 18. Februar vormittags zehn Uhr anberaumt, Versammlungsort sollte die Versandhalle der Fabrik sein.

Obwohl einiges durchgesickert war und Gerüchte kursierten, hielten doch viele den Brief, der von der Grande Dame und Doktor Pauls unterschrieben war, etwas ratlos in den Händen. Nicht wenige argwöhnten, mit ihnen werde gemauschelt und sie seien dieser Mauschelei nicht gewachsen. Sie wollten einfach nicht glauben, daß jemand die Hälfte seines Vermögens verschenkt. Bis zum 18. Februar glich die Fabrik einem Debattierklub; Schneider fürchtete sogar um den reibungslosen Ablauf der Produktion. Er sah sich täglich gezwungen, beruhigend auf die Leute einzureden, und mußte seine Betriebsräte zusammenrufen, um ihnen den Vertrag zu erläutern. Viele spekulierten, daß ein Betriebsrat womöglich überflüssig wird, wenn die Belegschaft zum Teilhaber und der Betriebsratsvorsitzende selbst Betriebsleiter wurde. Das war für die meisten fast undenkbar: Schließlich waren sie in der Vorstellung erzogen worden und lebten damit, daß sich der Schwächere gegen den

Stärkeren zur Wehr setzen müsse und daß die Gewerkschaft notwendig sei, um wenigstens die Krümel vom großen Kuchen zu retten. Sollten sie also zukünftig nicht mehr die Schwächeren sein, sondern alle gleich stark oder gleich schwach? Oder steckte hinter Böhmers Modell nur Bosheit über das Grab hinaus: Nun zerfleischt euch mal schön?

Chefingenieur Adam suchte seinen Anwalt auf, die Angestellten riefen nach Dienstschluß eine Versammlung ein, zu der sie Gebhardt baten. Er war aber nicht bereit, mehr zu sagen als das, was allen schon bekannt war. Mit einer Geste der Ergebenheit äußerte er sich so: »Es ändert sich im Grunde genommen nichts, nur wird der Buchhalter mit dem Hofarbeiter und dem Lehrling gleichgestellt, der Pförtner mit dem Kraftfahrer, der Chefingenieur mit dem Hilfsarbeiter. Ihr bekommt euer Gehalt und euer Weihnachtsgeld wie all die Jahre auch, und am Jahresende wird der erwirtschaftete Gewinn – nach Abzug der Rücklagen – an euch ausbezahlt. Sonst läuft alles wie gewohnt, mit dem Unterschied, daß Herr Schneider dort sitzen wird, wo Herr Böhmer gesessen hat, und die Richtlinien der Politik des Werkes bestimmen wird.«

Er lachte über seinen Vergleich; süffisant fügte er hinzu: »Künftig entscheidet ein Arbeitnehmer über das Schicksal des Werkes, nicht mehr ein gelernter Unternehmer.«

Einer der Teilnehmer an der Versammlung hatte es Schneider hinterbracht, und Schneider bebte vor Zorn, als er mir davon erzählte.

Bis zum Tag der Belegschaftsversammlung durchschritt er unermüdlich die Werkshallen, erläuterte, beschwor, schmeichelte, wickelte trotzdem mit rastloser Energie die Geschäfte ab und mischte sich auch, zum Unwillen Gebhardts, in den kaufmännischen Bereich ein. Er war so emsig, daß ihm nicht einmal Adam, der zu den Skeptikern gehörte, seinen Respekt versagen konnte. Beide Männer kamen sich in diesen Tagen näher: Schneider wußte, daß ein so erfindungsreicher Mann wie Adam schwer zu ersetzen war, und Adam begriff, daß das Modell Böhmer jedem Vorteile brachte und keiner den Betrieb besser führen konnte als Schneider.

Wenige Tage vor dem 18. Februar betrank sich Schneider zu Hause so, daß er morgens mit einem Brummschädel aufwachte und eine Viertelstunde unter die Dusche mußte. Nach außen gab er sich überlegen und selbstsicher wie nie zuvor; allein erst grübelte er wieder.

»Die Tage bis zur Entscheidung kosten mich ein paar Jahre meines Lebens, Herr Wolff«, sagte er am Telefon, »denn ich weiß, wie unberechenbar eine Belegschaft sein kann. Ich bin mir nicht einmal meiner Betriebsräte sicher. Seien Sie bloß kein Optimist, ich jedenfalls spiele ihn nur. Alles kann anders laufen. Ich baue aber auf den Verstand der Grande Dame, ich bewundere diese Frau. Wenn alles schiefläuft, sie wird es wieder geradesetzen.«

Mathilde saß in einem weißen, fast durchsichtigen Hauskleid mit Spitzenbesatz vor mir, die Beine bis zu den Knöcheln bedeckt. Ich vermied es, sie direkt anzusehen, ich sah starr auf das große Foto mit Trauerflor.

»Nun ist es öffentlich«, sagte sie und warf die Zeitung, in der sie gelesen hatte, auf den Fußboden. »Heute weiß es die Stadt, morgen das ganze Land. Ich fürchte für meinen Vater. Er hat etwas mit Heinrich gemeinsam: Sie jagen Träumen nach, ach, so schönen Träumen.«

Sie zog die Knie an die Brust und kuschelte sich in ihr Kleid; zusammengekauert in einer Sesselecke wirkte sie traurig. Ich wünschte, dreißig Jahre jünger zu sein und reich, um ihr all das bieten zu können, was sie längst als selbstverständlich hinnahm.

Plötzlich stand sie auf und ging, wieder war sie barfuß, auf das Bild Heinrich Böhmers zu, streifte die Trauerschleife ab und warf sie in den Papierkorb, der unter der Klappe des Schreibschranks stand.

»Es ist genug. Man darf nichts überspannen, sonst reißt der Faden. Heinrich hat einmal zu mir gesagt: Kitz, wenn mir etwas zustoßen sollte, dann trauere nicht. Das Leben geht weiter.«

Als sie sich wieder in den Sessel gesetzt hatte, fügte sie hinzu: »Und für dich erst recht, obwohl du deine schönen Kameras einmotten kannst. Keine Zeitung, kein Magazin wird dir mehr einen Auftrag geben, sei dir darüber klar. Dein Name wird bald in jeder Zeitung zu lesen sein, als Berufsfotograf hast du ausgespielt. Hoffentlich wird dir der Betrieb genau das zahlen, was du verlieren wirst.«

»Ich hoffe, dein Vater wird mir einen Vertrag anbieten, daß ich zumindest so leben kann wie bisher. Und wenn wir eines Tages doch Heinrich Böhmers Mörder finden sollten, dann –«

»Was dann?« fragte sie schnell. Nachdenklich fügte sie hinzu, aber mehr zu sich selbst: »Bald werde ich das andere Gesicht erkennen, und ich werde es dir beschreiben. Du kannst es ja nicht sehen, weil du nicht daran glaubst. Und nun geh bitte. Es war lieb, daß du auf einen Sprung vorbeigekommen bist, aber ich habe gleich eine Verabredung.«

»Du? Du siehst doch sonst niemanden.«

»Bin ich dir Rechenschaft schuldig?«

»Natürlich nicht. Ich dachte nur, weil wir Verbündete sind, würdest du mir alles sagen.«

»Ich bin deine Komplizin, nicht deine Sklavin. Ich habe eine Verabredung mit meinem Vater, wenn du es unbedingt wissen willst. Wir treffen uns im Römischen Kaiser. Ich habe einen Tisch reservieren lassen für heute abend. Ich denke, daß die Zeit gekommen ist, mit meinem Vater wieder ins Gespräch zu kommen. Vielleicht hilft es ihm. Ich habe ihn einfach im Betrieb angerufen, er hat sofort zugesagt, heute abend mit mir zu essen. Er wird in seinem besten Anzug kommen und mit einer scheußlichen Krawatte. Geschmack hat er noch nie gehabt, er wird dasitzen und nicht wissen, wohin mit seinen großen Händen. Trotzdem habe ich Angst vor diesem Gespräch. Schließlich war ich vier Jahre die Geliebte seines Chefs, und wenn es jemand erfährt, kann er meinen Vater und damit dem ganzen Modell einen Strick drehen. Es genügt schon, zu behaupten, mein Vater habe meinem Verhältnis zu Heinrich Böhmer Vorschub geleistet, um sich persönliche Vorteile zu verschaffen. Niemand würde die Wahrheit glauben, niemand, jeder nur an eine Bettgeschichte denken. Und der wird allemal noch mehr geglaubt als dem Sonnenuntergang. Vielleicht sollte ich aus dieser Stadt verschwinden, irgendwohin reisen, wo mich keiner vermutet und deshalb nicht findet.

In den letzten Wochen hatte ich begonnen, mir Aufzeichnungen über die Lawine zu machen: über Gespräche und Begegnungen, an denen ich entweder persönlich beteiligt gewesen war oder über die ich etwas von Dritten erfahren hatte. Ich notierte, was mir Mathilde von der Begegnung mit ihrem Vater im Römischen Kaiser erzählte; auch Schneider, den ich zweimal im Werk besuchte, um mit ihm über meinen Vertrag zu sprechen, hatte vom Treffen mit seiner Tochter mit einer geradezu verblüffenden Offenheit berichtet. Ich hatte sogar den Eindruck gewonnen, er habe nur darauf gewartet, im richtigen Moment mit der richtigen Person über alles reden zu können.

»Du bist schöner geworden.«

»Ich weiß, Vater. Du brauchst es mir nicht zu bestätigen, ich sehe mich jeden Tag im Spiegel an.«

»Das bewirkt der Luxus ... Er hat für dich gesorgt? Über das Grab hinaus?«

»Über das Grab hinaus. In den nächsten zehn Jahren habe ich keine Sorgen.«

»Wenn das jeder Mensch von sich sagen könnte. Aber nach zehn Jahren bist du über dreißig. Was dann?«

»Wenn ich nach zehn Jahren Sorgen bekommen sollte, werde ich alles Wertvolle verkaufen. Das reicht dann noch einmal für zehn Jahre.«

»Und dann?«

»Bin ich über vierzig und wahrscheinlich verblüht. Dann lohnt sich das Leben sowieso nicht mehr.«

»Andere fangen mit vierzig erst zu leben an.«

»Ich bin nicht andere. Darf ich dir auf der Karte etwas aussuchen?«

»Bitte. Ich lasse mich gerne verwöhnen. Wann wird ein Vater schon von seiner Tochter in ein teures Restaurant eingeladen.«

»Was macht Mutter?«

»Du weißt ja, ihre Uniform. Du hast es bestimmt in der Zeitung gelesen.«

»Sie tut mir leid.«

»Bitte, keinen Parteitag der Gefühle. Als sie ausgezogen ist, habe ich ihr auch nicht leid getan.«

»Auge um Auge?«

»Nein, sie ist mir gleichgültig. Kein Haß, keine Schadenfreude, überhaupt kein Gefühl. Verstehst du?«

»Es war immer schwer, dich zu verstehen. Willst du dich scheiden lassen?«

»Ich habe darüber noch nicht ernsthaft nachgedacht. Warum eigentlich nicht? Wenn schon getrennt, dann richtig, das schafft ein sauberes Haus.«

»Ich möchte dich warnen, Vater. Wenn Mutter erst einmal begriffen hat, welche Position du in Zukunft einnehmen wirst, dann wird sie sich wie eine Klette an dich hängen. Geld hat sie noch nie verachtet.«

»Wie du.«

»War das nötig?«

»Entschuldige. Aber ich möchte, daß du aus dieser Stadt verschwindest.«

»Ich habe erwartet, daß du es sagst. Wünschen darfst du, aber nicht mehr.«

»Mathilde, in deinem Interesse.«

»Das ist nicht wahr. Im Interesse der Fabrik, im Interesse deiner Stellung.«

»Du bist ganz schön spitz.«

»Wie du. Und ich bin genau, weil ich durch eine gute Schule gegangen bin. Ich habe jahrelang gelernt, Menschen und Vorgänge zu durchschauen. Ich bin nicht so naiv, wie du denkst.«

»Ich vergesse manchmal, daß du durch eine Schule gegangen bist, die ich zur Genüge kenne.«

»Und jetzt wirst du Betriebsleiter, Vollstrecker dessen, was Heinrich verfügt hat. Wie sich die Wege kreuzen.«

»Oder verknoten, wenn ich dich so vor mir sitzen sehe . . . Hast du eine Ahnung, wer ihn umgebracht hat?«

»Nein. Ich weiß nur, was in den Zeitungen steht. Manchmal habe ich gedacht, du bist es gewesen, um dich an ihm zu rächen.«

»Rächen? Wie kindisch. Ich hatte nie einen Grund. Du warst keiner, auch wenn es dich verletzen sollte. Manchmal hat es mich in den Fingern gejuckt, wenn ich daran dachte, daß er dich verführt hat – aber deshalb jemanden umbringen: nein.«

»Vielleicht habe ich ihn verführt. Ist das so undenkbar? Aber lassen wir das. Das Filet ist vorzüglich.«

»Für den Preis darf man auch was verlangen.«

»Hast du schon mal bemerkt, daß die Mehrzahl

der Menschen nicht mehr ißt, sondern sich nur noch ernährt?«

»Die Mehrzahl kann sich das Essen hier nicht leisten. Deine Ansprüche sind gestiegen.«

»Zu deiner Beruhigung: Ich esse zu Hause auch Käsebrot, ich mache mir ab und zu auch den Wurstsalat, den Großmutter immer gemacht hat mit Zwiebeln, Öl und Essig und einer halben Zehe Knoblauch.«

»Lobenswert. So verlierst du wenigstens nicht den Blick für die Mehrzahl.«

»Spott steht dir nicht. Ich bin nicht in deiner Partei, deshalb macht das auf mich keinen Eindruck.«

»Dein Vater möchte nur wissen, warum seine Tochter nach mehr als vier Jahren sich plötzlich wieder an den erinnert, der sie gezeugt hat.«

»Oma hat immer gesagt: Wenn der Bettelmann aufs Pferd kommt, dann ist er nicht mehr zu halten. Darüber wollte ich mit dir reden.«

»Gottvater hat dich wirklich gut erzogen, alle Achtung. Hat er vielleicht sein Modell deinetwegen geschaffen? In den Verträgen steht darüber nichts.«

»Das war geschmacklos, lieber Vater . . . Willst du beim Bier bleiben? Versuchs doch mal mit dem Wein, er ist hervorragend.«

»Ich bleibe beim Bier. In dieser Stadt kann man nur Bier trinken und nichts anderes.«

»Verstehe. Und zum Bier gehört das schreckliche blaue Hemd, das du trägst, gehört die schreckliche rote Krawatte und dieser unmögliche braune Anzug. Du bist ein Ausbund von Kitsch. Wenn du so stillos Heinrichs Betrieb führen willst, ist er bald pleite. Du wirst zwar ein großes Publikum haben, aber es lacht nur über dich. In der Stadt kenne ich ein gutes Herrengeschäft, Baehr und Eichenauer: Geh hin und kleide dich neu ein. Wunder fangen mit Äußerlichkeiten an. Deine guten Absichten kennt die Belegschaft, deine Anzüge werden ihr Respekt einflößen.«

»Ich werde nicht wegen meiner Anzüge respektiert, liebe Tochter.«

»Dann schau dich wenigstens mal um. Schau dir diese braven Bürger an, wie sie mich anglotzen, die Geilheit hängt ihnen aus den Augen. Mit solchen Typen wirst du künftig zu tun haben. Wähle den richtigen Anzug, die richtige Krawatte, geh nie auffallend modisch, das macht lächerlich, und leg dir eine attraktive Sekretärin zu, die auch den Mund halten kann und für dich manchmal denkt. Das ist schon der halbe Weg – vorausgesetzt, du bist tatsächlich entschlossen, die Leitung der Fabrik zu übernehmen.«

»Ich bin in die Pflicht genommen, und ich werde mich danach richten, es sei denn, du sagst mir klipp und klar, dein Heinrich hat sein Modell nur deinetwegen entworfen und mich als Hornochsen vorgespannt, vielleicht, um seine Schuldgefühle zu beruhigen.«

»Jetzt wirst du einfältig, Vater. Du unterschätzt diesen Mann, den du viel länger kennst als ich. Du hast ihn schon gekannt, als ich noch nicht geboren war . . . Was möchtest du zum Nachtisch?«

»Apfelkompott.«

»Das gibt es hier nicht.«

»Dann will ich gar nichts.«

»Ich nehme eine Käseplatte, die reicht für zwei . . . Und Mutter?«

»Sie hat mich kürzlich besucht. Ihr üblicher Auftritt: Wasser. Dann wollte sie sich ausziehen, und ich habe sie rausgeworfen.«

»Feinfühlig bist du nie gewesen. Du hast Mutter immer nur als Objekt benutzt.«

»Lebst du allein?«

»Ich bin nie allein.«

»Ich verstehe.«

»Du verstehst nichts. Auch wenn du es nicht zugibst, du bist überzeugt davon, daß ich Heinrich Böhmers Nutte war. Und wenn es so gewesen wäre? Es würde nichts daran ändern, daß er mir einen Kopf aufgesetzt hat. Er war der Mann, der für alles Verständnis hatte. Er hat sich wenigstens darum bemüht und sich um mich gekümmert.«

»Es ist nicht gerade schmeichelhaft, das von seiner eigenen Tochter zu hören.«

»Stimmt, aber ich kann jede Rechnung bezahlen, und heute bist du eingeladen. Bald wirst du auf Spesen essen können, die Firma zahlt. Halte dabei aber ein Auge auf Gebhardt.«

»Wie kommst du auf den?«

»Er hat jahrelang Heinrichs Privatgeschäfte erledigt, und ich war eine Kontonummer, die er kannte.

Vor zwei Jahren hat Heinrich ihm alles Private aus der Hand genommen. Er hat angefangen, Gebhardt zu mißtrauen. Warum, weiß ich nicht. Heinrich ließ dann das Private durch Doktor Pauls erledigen. Ich würde Gebhardt genau auf die Finger sehen. Alt gewordene Prokuristen sind ehrgeizig und machthungrig.«

»Danke für deinen Rat. Ich hoffe, ich kann etwas damit anfangen.«

»Und denk an den Anzug. Ein weißes Hemd und eine blaue Krawatte stehen dir gut. Das Geschäft heißt Baehr und Eichenauer.«

Wenige Tage vor der Belegschaftsversammlung rief mich die Grande Dame an und bat mich zu sich in ihre Stadtwohnung. Sie hatte freundlich gefragt, wann ich Zeit hätte, sie zu besuchen; ich hatte Zeit und fuhr am späten Nachmittag zu ihr. Sie empfing mich an der Tür, geleitete mich in das große Wohnzimmer, das ich schon kannte, und fragte, ob ich lieber Kaffee oder Tee oder etwas Alkoholisches zu trinken wünsche. Ich bat um Tee, und als wir uns gegenübersaßen, musterte sie mich ungeniert und lächelte dann.

»Ich wollte Sie einfach einmal privat kennenlernen«, sagte sie, »ehe wir uns regelmäßig im Gremium begegnen werden.«

»Gnädige Frau –«

»Ich heiße Böhmer ... Ich habe damals sehr bedauert, daß Ihre Frau nach der Heirat den Kontakt zu mir und meinem Mann ganz abgebrochen hat – sehr bedauert. Sie war pflichtbewußt und – aber wem erzähle ich das.«

»So ganz war der Kontakt ja nicht abgebrochen. Die Zwillinge haben meine Frau regelmäßig besucht und besuchen sie heute noch, wenn es ihre Zeit erlaubt.«

»Natürlich, die sind in Ihre Frau ja ganz vernarrt ... Nun, Sie sehen, da kreuzen sich plötzlich unsere Wege auf eine sehr ungewöhnliche Weise, mein Mann hätte das nicht besser arrangieren können. Glauben Sie an den Erfolg seines Modells?«

»Ja. Ich glaube daran, sonst hätte ich von vornherein abgelehnt.«

»Herr Schneider ist ein tüchtiger Mann.«

»Davon bin ich überzeugt, sonst hätte Ihr Mann ihn wohl nicht zu seinem Nachfolger bestellt.«

»Ja, mein Mann hat da gewiß seine Gründe gehabt. Nur schade, daß meine Söhne so gar keine Antenne für die Fabrik haben. Mein Mann hätte die beiden früher an das Werk binden müssen.«

»Das kann alles noch kommen. Sie sind jung, ich kann verstehen, daß den beiden das Studium mehr am Herzen liegt als eine Fabrik, in der Elektromotoren hergestellt werden.«

»Vielleicht ist es gut so ... Und Ihrer Frau geht es gut? Ich habe sie schon lange nicht mehr gesehen.«

»Wir waren auf der Beerdigung.«

»Ich weiß, man hat es mir erzählt. Trotzdem, wir sollten den privaten Kontakt wieder aufnehmen. Ich habe Ihre Frau immer geschätzt, schon weil sie, als ich zu kränkeln begann, an meinen Söhnen Mutterstelle vertreten hat.«

»Meine Frau ist sehr eingespannt in ihren Beruf. Oft muß sie auch an Sonntagen und Feiertagen antreten.«

»Herr Schneider wird Ihnen einen Vertrag geben, der es Ihrer Frau erlauben könnte, ihre Tätigkeit aufzugeben. Sie ist ja auch nicht mehr die Allerjüngste. Wenn ich richtig gerechnet habe, ist sie jetzt über vierzig.«

»Ganz richtig. Da Sie aber meine Frau kennen, werden Sie auch wissen, daß sie ohne Arbeit nicht leben kann. Sie würde sich zu Hause langweilen.«

»Mein Mann war auch mit seiner Arbeit verheiratet. An sich sind das glückliche Menschen.«

»Wenn man weiß, wofür man arbeitet ... Ich hoffe sehr, daß ich im Gremium eine Aufgabe bekommen werde, die mich ausfüllt.«

»Dafür wird gesorgt werden. Jetzt wollen wir erst einmal abwarten, welche Ergebnisse die Belegschaftsversammlung bringt. Ich habe darauf gedrungen, daß meine Söhne daran teilnehmen, das bin ich der Belegschaft schuldig.«

»Sie ist verunsichert, denn was auf sie zukommt, Frau Böhmer, ist zu neu, als daß es mit Jubelrufen begrüßt werden könnte.«

»Manchmal muß man die Menschen zu ihrem Glück zwingen.«

Als ich wieder im Wagen saß, rauchte ich erst mal eine Zigarette und dachte nach. Was wollte die Grande Dame? Warum das plötzliche Interesse an Christa, nachdem beide über zehn Jahre kein Wort gewechselt hatten?

Es war ein trüber Februartag, alles erstickte in Nebel und grießeligem Regen, Straßen und Bürgersteige waren schmierig, die Stadt glich einem feuchten Keller; die Hannöversche Straße war wie eine milchige Wand, hinter der sich zahlreiche Gebäude von Klein- und Mittelbetrieben versteckten. Gegenüber dem Pförtnerhaus war auf dem Bürgersteig ein zeltähnlicher Blumenstand aufgebaut mit Sträußen in Plastikkübeln. Dahinter stand eine mollige Frau mit rotem Gesicht und einem bunten Kopftuch. Sie lächelte mir freundlich zu und rief: »Blumen, der Herr? Fünf Mark jeder Strauß. Für die Frau Gemahlin, für die Freundin, für die Sekretärin.«

Ich winkte ihr im Vorbeigehen zu; sie winkte wieder, als sei ich einer ihrer Stammkunden.

Der Pförtner stand vor seinem Häuschen und zeigte mir stumm den Weg zur Auslieferungshalle. Dort empfing mich die einhüllende Wärme, die fünfhundert Leiber verströmten. Dreiviertel der Belegschaft saß auf hölzernen Klappstühlen, die von irgendwo entliehen worden waren, ein Viertel saß auf Gestellen und Kisten, lehnte in Fensternischen oder hockte auf Fensterbänken. Eine Lautsprecheranlage war installiert, ein kleines hölzernes Podium mit Standmikrofon aufgebaut.

In der ersten Stuhlreihe saßen die Zwillinge, die Notare Grosser und Wohlrabe, Doktor Pauls, die Grande Dame, Schneider, Gebhardt und Adam, in der Reihe dahinter die kaufmännischen und technischen Angestellten. Obwohl für mich ein Platz in der ersten Reihe reserviert worden war – Schneider deutete, als er mich sah, auf einen freien Stuhl neben sich –, lehnte ich mich an einen Pfeiler; von dort hatte ich den besseren Überblick.

Es war ungewöhnlich still. Ich hörte kein Füßescharren, es wurde nicht laut gesprochen, nur geflüstert; die Stimmung war eher wie im Theater, wenn nach dem dritten Klingelzeichen das Heben des Vorhangs erwartet wird. Der letzte leise Laut verstummte, als Schneider aufstand, zum Podium schritt und vor das Mikrofon trat. Er brauchte nicht um Ruhe zu bitten, die Ruhe empfing ihn. In den Händen hielt er das Manuskript seiner Rede, die ich schon kannte. Er hatte sich mehrere Male telefonisch mit mir beraten, mich um Korrekturen und Ergänzungen gebeten.

»Sehr geehrte Frau Böhmer, sehr geehrter Herr Lars Böhmer, sehr geehrter Herr Sascha Böhmer, liebe Kolleginnen und Kollegen. Ich beabsichtige nicht, eine lange Rede zu halten und zu begründen, warum wir hier versammelt sind. Das weiß jeder nur zu gut. Das Ungewöhnliche dieser Zusammenkunft habt ihr alle dem Schreiben entnommen, das euch vor achtzehn Tagen zugestellt worden ist mit dem Vertrag, den wir heute, das Einverständnis aller vorausgesetzt, mit eurer Unterschrift in Kraft setzen wollen. Ihr habt genügend Zeit gehabt, darüber nachzudenken, euch mit Freunden und Sachkundigen zu beraten. Viele hier in der Halle haben in den letzten Tagen und Wochen auch mit mir mehr oder minder intensive Gespräche geführt. Bei dem einen oder anderen wurden Zweifel ausgeräumt, bei anderen wieder wurden Zweifel geweckt. Das ist nicht verwunderlich, denn das, was wir heute besiegeln wollen, ist so einmalig, daß – ich weiß es nur zu gut – nicht wenige verwirrt, ratlos oder mißtrauisch sind. Trotzdem wollen wir heute das Vermächtnis des von uns allen hochgeschätzten und zu früh von uns gegangenen Heinrich Böhmer in die Tat umsetzen, damit es Rechtskraft erlangt: Die Belegschaft wird mit fünfzig Prozent Miteigentümer der Elektromotorenfabrik Böhmer. Frau Böhmer hat mir vor dieser Versammlung versichert und mich ermächtigt, es hier auszusprechen: Falls dieses Modell reibungslos funktioniert, werden sie und ihre Söhne sich im Laufe der Jahre ganz aus der Firma zurückziehen und die restlichen fünfzig Prozent, die sich in Familienbesitz befinden, nach und nach an die Belegschaft abtreten, so daß – das ist ihr ausdrücklicher Wille über das Vermächtnis ihres Mannes hinaus – die Fabrik eines Tages zu hundert Prozent in die Hände der Belegschaft übergeht. Wir werden dann alle zusammen Eigentümer des Betriebes sein mit allen Rechten und allen Pflichten.

Das, verehrte Kolleginnen und Kollegen, heißt natürlich nicht, daß ab heute jeder tun und lassen kann, was er will im Betrieb. Es wird wie bisher weitergearbeitet – mit dem Unterschied, daß jeder nicht mehr für einen Einzelinhaber arbeitet, sondern für sich selbst und einer auch für den anderen. Erwirtschaften wir viel, dann haben wir viel, haben wir Verluste, hat jeder diesen Verlust mitzutragen.

Ich muß sogleich hinzufügen, weil ich das Wort Verlust in den Mund nahm: Lohn und Gehalt werden deswegen nicht angetastet. Nur wenn die Verluste das Tragbare übersteigen sollten, was keiner wünscht, wird verständlicherweise jeder zur Ader gelassen. Ich hoffe, dieser Fall wird nie eintreten.

Das Führungsgremium unseres Betriebes sieht nach dem letzten Willen von Herrn Heinrich Böhmer so aus, daß ich die Funktion des Betriebsleiters mit unbeschränkten Vollmachten übernehme. Hinzu kommen Frau Böhmer, die auch die Interessen ihrer beiden Söhne vertritt, Herr Gebhardt natürlich, der für den kaufmännischen Teil verantwortlich zeichnet, Herr Adam, der den technischen Teil zu verantworten hat, und der Betriebsratsvorsitzende, der nun neu gewählt werden muß. Außerdem kommt ein bislang Betriebsfremder dazu, Herr Edmund Wolff, der dort an einer Säule lehnt, weil er das lange Sitzen nicht vertragen kann. Er tritt, das muß ich betonen, auf ausdrücklichen Wunsch von Heinrich Böhmer in unser Gremium ein. Es tagt in der Regel einmal die Woche, jeden Montag um fünfzehn Uhr. Ab siebzehn Uhr kann jeder zu mir kommen und Auskunft verlangen.

Wir stehen vor einem großen, bislang nicht praktizierten Experiment. Ich bitte euch um euer Vertrauen. Wenn jeder nach seinen Möglichkeiten mithilft, werden wir unser Experiment gegen alle Widerstände durchsetzen. Wir stehen in Konkurrenz gegen die Macht der großen Konzerne, wir sind auch, das soll nicht verschwiegen werden, auf das Wohlwollen der

Banken angewiesen, aber unsere Arbeitskraft, unser Einfallsreichtum und die Qualität unserer Produkte werden jene Lügen strafen, die dieses Modell als absurd abtun und heute schon verurteilen, es belächeln oder verteufeln bis hin zu der lächerlichen Behauptung – einige mögen es in der Zeitung gelesen haben –, es sei kommunistisch unterwandert.

Ich hoffe, daß ich bei allen ein offenes Ohr gefunden habe. Ich stehe euch weiterhin zur Verfügung.«

In der Halle rührte sich kaum eine Hand zum Beifall. Vernehmlich klatschten nur ich und die erste Stuhlreihe, am lautesten klatschte die Grande Dame. Fast fünfhundert Menschen starrten schweigend auf das Podium, auf den einsamen Mann vor dem Mikrofon, der seine Rede leidenschaftslos, aber desto überzeugender vom Blatt abgelesen hatte. Die Grande Dame wurde unruhig, sie rutschte auf ihrem Stuhl hin und her und drehte sich einige Male nach hinten um; die Zwillinge saßen wie Puppen, Gebhardt wie ausdruckslos. Die Notare Wohlrabe und Grosser blickten zur Decke. Doktor Pauls schneuzte sich unablässig in ein großes Taschentuch, und Adam saß da, als habe ihn jemand in seinen Stuhl gequetscht.

Schneider ordnete seine Blätter. Er blickte betreten in die Halle, wollte das Podium verlassen, ging auch drei Schritte, kehrte aber wieder ans Mikrofon zurück und sagte: »Wir kommen jetzt zur Aussprache. Ich habe veranlaßt, daß in der Halle vier Mikrofone aufgestellt wurden, damit nicht jeder, der etwas sagen will, aufs Podium muß. Denkt aber bitte daran, daß die Redezeit auf drei Minuten beschränkt sein muß. Und würde jeder hier seine drei Minuten in Anspruch nehmen, wären es immer noch tausendfünfhundert Minuten, also fünfundzwanzig Stunden.«

»Ein schneller Rechner«, hörte ich jemanden sagen.

Einige lachten dazu, Schneider hatte es ebenfalls gehört und erwiderte: »Ja, ich bin ein schneller Rechner, weil wir auf Übernachtung hier nicht eingerichtet sind.«

Dann stand Adam kurzentschlossen auf und ging zum Mikrofon. Er räusperte sich lange, ehe er zu sprechen begann: »Verehrte Arbeitskollegen, daß sich wenige Hände zum Beifall rührten nach der Rede von Herrn Schneider, beweist mir wieder einmal mehr, wie unsicher, wie mißtrauisch ihr dem Modell immer noch gegenübersteht. Achtzehn Tage habt ihr Zeit gehabt, euch zu informieren, Gespräche zu führen, und ich gebe gern zu, daß auch ich bei meinem Anwalt gewesen bin. Heute nun müssen wir uns entscheiden. Heinrich Böhmer hatte Weitsicht, Verstand und Mut, sein Modell ist eine Herausforderung für uns. Nach reiflicher Überlegung gebe ich meine Stimme ohne jede Einschränkung für dieses Modell. Ich werde Herrn Schneider als Betriebsleiter nicht nur akzeptieren, ich werde ihn mit meiner ganzen Kraft und mit meinem Können unterstützen. Ich werde mit ihm so zusammenarbeiten, wie ich mit Herrn Böhmer zusammengearbeitet habe, zum Nutzen aller hier Versammelten.«

Nun klatschten alle, wenn der Beifall auch verhalten war. In der Halle standen einige auf und drängten zu den Mikrofonen; ein grauhaariger Mann, nahe sechzig, klammerte sich mit beiden Händen an einen Mikrofonständer, als suche er daran Halt, und brüllte, daß die Anlage zu pfeifen begann: »Kann mir hier in der Halle ein vernünftiger Mensch einen glaubhaften Grund dafür nennen, warum ein Unternehmer die Hälfte seines Vermögens verschenkt? Ich bin doch nicht bescheuert, ich sage deshalb, verständlich für alle: Dahinter steckt etwas, was man uns nicht sagen will. Ich habe Gottvater – Verzeihung: Herrn Böhmer – gut gekannt. Er war gerecht, zugegeben, aber er war auch unerbittlich, wenn es um das liebe Geld ging. Und jetzt das? Ich laß mich doch nicht verarschen. Jeder kennt mich, ich bin vierzig Jahre in der Firma und weiß nur zu gut, daß kein Mensch, ein Unternehmer schon gar nicht, etwas aus der Hand gibt, wenn er nicht genau weiß, daß er das Doppelte zurückbekommt. Das ist meine Logik, die stimmt allemal. Ich werde deshalb den Vertrag nicht unterschreiben. Es fehlt nämlich etwas, was mir und anderen wichtig ist: es fehlt der Grund, warum wir plötzlich beschenkt werden sollen.«

Schneider erwiderte beinahe heiter: »Lieber Kollege, wir können Heinrich Böhmer nicht mehr fragen. Ihr seid alle auf seiner Beerdigung gewesen. Wir müssen sein Vermächtnis einfach zur Kenntnis nehmen, auch wenn es für etliche unbegreiflich sein sollte. Jedenfalls kommen wir so nicht weiter. Bitte, hier hat sich der Kollege Baumann gemeldet.«

Baumann sagte: »Ich finde, es ist immer noch ein gutes Geschäft für die Inhaber: Die Hinterbliebenen, die Erben, bekommen eine Hälfte, fünfhundert zusammengenommen die andere Hälfte. Das ist doch Augenwischerei. Man kann mir sagen, was man will, da guckt ein Pferdefuß raus, und der wird uns eines Tages in den Hintern treten, und wir werden dabei ganz gehörig auf die Schnauze fallen und uns die Zähne ausschlagen. Das ist meine Meinung dazu.«

»Kollege Baumann«, erwiderte Schneider, »möchtest du, daß uns das ganze Werk auf einmal geschenkt wird? Wir haben darauf keinen Anspruch. Ich betone ausdrücklich: Wir haben auf nichts Anspruch. Einige Kollegen scheinen sich immer noch nicht über die Tragweite dieses Vermächtnisses klargeworden zu sein. Wir haben uns hier nicht versammelt, um ein Recht einzuklagen, sondern um abzustimmen, ob wir das Vermächtnis annehmen oder nicht. Es bringt jedem von uns Vorteile, auf Zeit gesehen sogar große Vorteile.«

»Ein halbes Geschenk!« rief einer.

»Auch wenn es erst fünfzig Prozent sind«, antwortete Schneider, »für uns sind sie ein Ganzes. Was uns Heinrich Böhmer hinterlassen hat, ist nicht zu seinem Nutzen, nein, es ist zu unserem Nutzen. Begreift das endlich.«

»Was kriegst du eigentlich im Monat als zukünftiger Betriebsleiter? Doch wohl den größten Brokken vom geschenkten Kuchen!« rief einer aus der Halle.

Noch ehe Schneider antworten konnte, erhob sich die Grande Dame und stürmte förmlich auf das Podium hinauf. Sie schob Schneider einfach beiseite und ergriff das Mikrofon. Langsam und eindringlich sagte sie: »Herr Zwischenrufer, ich möchte mich auf das entschiedenste gegen Ihren Einwand verwahren. Herr Schneider wird im Rahmen seiner auszuübenden Funktion bezahlt wie jeder im Betrieb. Keinen Pfennig mehr, keinen weniger. Das sage ich in aller Deutlichkeit. Herr Schneider hat sich zu seiner neuen Aufgabe nicht gedrängt, er ist von meinem Mann eingesetzt worden. Selbstverständlich können Sie Herrn Schneider als Vorgesetzten ablehnen, wenn Sie mir glaubwürdige Gründe nennen, daß er unfähig sei, einen Betrieb zu leiten, oder wenn Sie Belege vorbringen, daß er sich persönlich am Betrieb bereichert hat oder bereichert. Und ich will hier in aller Deutlichkeit sagen, daß kein Gesetz mich dazu zwingt, den letzten Willen meines Mannes zu erfüllen. Ich könnte, im Einvernehmen mit meinen Söhnen, die Fabrik auch verkaufen. Ich bin aber sicher, daß die große Mehrheit der Belegschaft hinter dem Vermächtnis meines Mannes und hinter Herrn Schneider steht und stehen wird.«

Nach diesen Worten, die niemand der Grande Dame zugetraut hatte, brach endlich der erwartete Beifall los.

Als es wieder ruhig geworden war, rief ein etwa dreißigjähriger Mann: »Das ist mir alles zu schön, um wahr zu sein: Herr Böhmer entpuppt sich plötzlich als Menschenfreund. Kein Mensch verschenkt aus

Jux und Tollerei ein Vermögen. Ich weiß nur eins, und das stimmt immer: Wer nichts hat, der will was haben, und wer was hat, der will nichts hergeben. Wer eine Million hat, der will eine zweite. Klar.«

Ein anderer rief: »Natürlich muß der Schneider für das Modell sein, ihm allein bringt es den dicksten Brocken!«

Wieder ein anderer rief: »Die Familie Böhmer soll ihren Betrieb behalten! Es ist bis jetzt gutgegangen, es wird auch weiterhin gutgehen.«

Und wieder einer: »Warum will man plötzlich das Oberste zuunterst kehren? Wir machen unsere Arbeit und wollen mit anderem Kram nicht belastet werden. Am Ende sollen wir womöglich noch einen Konkurs bezahlen.«

Nach diesen Zwischenrufen war es sehr unruhig geworden. Schneider wartete, bis es wieder still war, dann sagte er beinahe beschwörend: »Ich sage noch einmal: Was heute hier vor sich geht, das ist einmalig in diesem Land. Vielleicht will es deshalb etlichen nicht in den Kopf. Das ist verständlich und verzeihlich. Nicht verzeihlich ist es, mit Unterstellungen und Verdächtigungen zu argumentieren. Kolleginnen und Kollegen, machen wir doch etwas aus dem Geschenk, allen eingeleierten Erfahrungen zum Trotz. Die Auftragslage ist nicht schlecht, gemessen an der allgemeinen Wirtschaftslage stehen wir glänzend da. Für das nächste Jahr sind unsere Auftragsbücher voll. Unsere Kapazität ist ausgelastet, wir haben einen Vorsprung vor der Konkurrenz, unser Unternehmen ist gesund. Ich appelliere also an eure bessere Einsicht und bitte, jetzt nur zur Probe, um das Handzeichen. Wer für die Verträge ist, hebe bitte den Arm. Für die Vertragsunterzeichnung ist das Lohnbüro eingerichtet, dort kann jeder in Ruhe unterschreiben.«

Fast Dreiviertel der Belegschaft stimmte zu; die Grande Dame stand auf, die Zwillinge auch, und nach ihnen verließen alle, die in der ersten Stuhlreihe gesessen hatten, die Versandhalle. Nach und nach folgte die ganze Belegschaft bis auf einige Männer, die in einer Fensternische standen und heftig debattierten.

Während ich auf die kleine Tür im großen Schiebetor der Halle zuging, entdeckte ich hinter einem Mauervorsprung eine Gestalt in einem blauen Mantel und einem blauen Kopftuch. Ich rannte in die Halle zurück, vorbei an den erregt aufeinander einsprechenden Männern, aber die Gestalt war schon verschwunden, wie vom Erdboden verschluckt. Wenn ich mich nicht getäuscht hatte, war es Mathilde gewesen.

Am anderen Tag lag das Ergebnis der Abstimmung schriftlich vor: bis auf einen sechzigjährigen Arbeiter, der kurz vor der Pensionierung stand, hatten alle unterschrieben.

Das Modell Böhmer konnte zum 1. April 1984 in Kraft treten.

In meinem Fachgeschäft, in dem ich seit Jahren Kunde war, holte ich meine endlich reparierte Kamera ab. Dabei drängte mir der Inhaber ein Teleobjektiv auf: die große Neuheit aus Japan, ich brauche es auch nicht zu kaufen, er überlasse es mir für ein paar Wochen kostenlos, einfach nur zum Testen, das mache er nicht mit jedem, schließlich aber sei ich ein guter Kunde, und er sei einem guten Kunden etwas schuldig.

Ich schraubte das Tele auf und verließ zufrieden den Laden. Dieser Kundendienst konnte mir nur recht sein.

Dann suchte ich die Buchhandlung in der Krügerpassage auf, um mir neue Fotobände anzusehen, aber bei aller Auswahl fand ich nichts für meine Zwecke, und ich verließ die Buchhandlung bald wieder. Auf dem Rückweg zu meinem Wagen, den ich am Ostwall abgestellt hatte, hastete an der Reinoldikirche ein Mann an mir vorüber, ohne mich zu bemerken, lief die Treppe zur Ampelanlage in der Brückstraße hinunter und überquerte die Fahrbahn. Gleich darauf war er zwischen Passanten verschwunden. Ich hatte ihn auf den ersten Blick wiedererkannt, zu verwechseln war er nicht so leicht: es war der dicke Stiftenkopf, dem ich zum erstenmal vor unserer Kirche, einen Tag nach dem Mord begegnet war.

Plötzlich konnte ich die Stimme, die nachts erst bei Schneider und dann bei mir angerufen hatte, hören und erkennen. Wochenlang war sie mir durch den Kopf gegangen, hatte ich sie vergeblich gesucht.

Ich lief auf gut Glück die Brückstraße hinab und fand den Stiftenkopf vor der Hauptpost wieder. Obwohl ich auf der anderen Seite des Walls stand, konnte ich, während der Stiftenkopf zur Post hochstieg und sich mehrmals umdrehte, drei Bilder mit dem Teleobjektiv schießen. Dann wartete ich eine Viertelstunde, bis er wieder herauskam und den Weg zum Hauptbahnhof einschlug; er trug einen Kamelhaarmantel, der ihn noch unförmiger aussehen ließ als sonst. Ich rannte bei Rot über die Straße und die Straßenbahngleise, ich folgte ihm bis ins Bahnhofsgebäude, verlor ihn dort wieder und stellte mich vor die Fahrplankästen und tat, als suche ich eine Zugverbindung; ich lief dann von Bahnsteig zu Bahnsteig, aber die ein- und auslaufenden Züge versperrten mir die Sicht, und mein Mann blieb verschwunden.

Zu Hause ging ich gleich in den Keller und entwickelte den Film. Die Bilder waren zu meiner Überraschung scharf, aber nicht so gut, daß jemand, der den Stiftenkopf nicht kannte, ihn auf Anhieb hätte erkennen können. Ich arbeitete noch an den Vergrößerungen, als Christa an die Eisentür pochte.

»Bist du da? Wo ist die Katze?« rief sie.

»Ich komme gleich, nur noch ein paar Minuten. Die Katze habe ich heute noch nicht gesehen.«

»Das arme Tier kommt doch vor Hunger um . . .«

In der Küche legte ich die Vergrößerungen auf den Tisch.

»Kennst du diesen Mann?«

»Ich glaube nicht«, erwiderte Christa, nachdem sie die Bilder eingehend betrachtet hatte.

»Hast du ihn früher schon gesehen? Denke nach.«

»Ich bin mir nicht sicher. Gib mir einen Hinweis.«

»Böhmers Beerdigung.«

»Richtig. Das ist doch der Journalist, der uns nachgerannt ist und so geschwitzt hat. Ein aufdringlicher Mensch. Wo hast du ihn fotografiert und weshalb?«

»Ich sah ihn heute zufällig vor der Hauptpost.«

»Das ist doch kein Grund, jemanden zu fotografieren.«

»Ich bin mir ziemlich sicher, daß es der Mann ist, der kürzlich anonym angerufen hat. Nachts. Du warst gerade ins Bett gegangen. Er hat auch Schneider angerufen und uns aufgefordert, zu verzichten.«

»Verzichten? Auf was bitte? Was geht da hinter meinem Rücken vor?«

»Der anonyme Anrufer hat mir eine sechsstellige Summe geboten, wenn ich darauf verzichte, in das Gremium einzutreten.«

»Mein Gott, in was bist du da hineingeraten ... Und so etwas verschweigst du mir? Du hast mir auch nichts von der Betriebsversammlung erzählt.«

»Du weißt es aber trotzdem.«

»Von den Zwillingen. Ich möchte es aber von meinem Mann hören.«

»Es ist ja alles gelaufen. Ich bin im Gremium, ich habe der Grande Dame und Schneider mein Wort gegeben, der Vertrag für mich wird ausgefertigt.

Das ist alles – und diesmal hörst du es von mir, nicht von den Zwillingen.«

»Soso, Schneider auch«, sagte Christa wie abwesend. »Ich erzähle dir jetzt etwas, was ich für mich behalten wollte, weil ich dachte, es lohnt sich nicht, darüber zu sprechen, und weil ich nicht ahnen konnte, daß mein Mann eines Tages damit in Berührung kommen könnte. Und du sollst endlich verstehen, weshalb ich mich nicht darüber freuen kann, daß du in diesem Gremium sitzt ... Erinnerst du dich, daß ich vor anderthalb Jahren in Düsseldorf in unserem Stammhaus ausgeholfen habe, weil dort so viele wegen Grippe ausgefallen waren? Ich wohnte acht Tage in einer Mansarde fürs Personal, das Hin- und Herfahren war mir zu beschwerlich. Eines Abends saß Böhmer im Restaurant, er war wohl in Düsseldorf auf einer Konferenz. Mich hat er nicht zu Gesicht bekommen, aber ich ihn. Wer hinter den Kulissen arbeitet, der sieht alles viel besser. Er war unruhig und blickte dauernd zur Tür und auf seine Armbanduhr. Dann erschien kein Geschäftsfreund, sondern eine junge Frau, die wie ein Wirbelwind ins Restaurant stürmte, auf Böhmer zulief und ihn stürmisch umhalste. Ein Blinder hätte erkennen können, daß das kein Opa-Enkelin-Verhältnis war oder Onkel-Nichte. Es hätte mich auch nicht interessiert, wenn es nicht mein Halbbruder gewesen wäre. Viele Chefs führen ihre Sekretärin bei uns zum Essen aus, das ist alltäglich. Hernach habe ich an der Rezeption die Meldezettel eingesehen. Ich wollte doch wissen, mit wem er bei uns abgestiegen war.

Mathilde Schneider, Privatsekretärin, hieß es da, und mir ging ein Licht auf. Ich war völlig fertig, als sich die Perlen zu einer Kette reihten. Eine Schmierenkomödie – und das mit Böhmer, diesem klugen Mann. Seine Mathilde habe ich dann bei der Beerdigung wiedergesehen, und der Stiftenkopf hat gefragt, ob du die Heulsuse kennst. Du konntest darauf keine Antwort geben oder nur die, daß du sie nicht kennst. Ich kannte sie, aber ich hätte mir lieber die Zunge abgebissen, als das einzugestehen. Das herzzerreißende Flennen dieser Person war eine Glanzleistung, die der besten Schauspielerin Ehre gemacht hätte ... Eigentlich tut mir die Kleine leid. Sie ist, zugegeben, eine Schönheit. Wenn aber von dieser schlüpfrigen Komödie noch jemand weiß, dann fürchte ich das Schlimmste. Auch für dich. Erst recht für dich. Auch deshalb wäre es besser gewesen, die Fabrik zu verkaufen und nicht dieses Modell in die Welt zu posaunen. Es hat im Lotterbett seinen Anfang genommen.«

»Warum bloß hast du nicht früher davon erzählt?«

»Konnte ich denn ahnen, daß du eines Tages der Partner dieses Herrn Schneider wirst? Das war einfach undenkbar. Nun sieh du zu, wie du wieder rauskommst. Steig aus, vergiß das Testament. Etwas, das im Hurenbett gezeugt wird, kann nur eine Mißgeburt werden. Wenn du das nicht begreifst, bist du entweder blind oder gefällst dir schon so in deiner neuen Position, daß du nicht begreifen willst. Schneider hat doch seine Tochter verkuppelt. Du kannst mir nicht erzählen, daß ein Vater nicht weiß, mit wem seine Tochter Umgang hat über Jahre hinweg. Für mich jedenfalls steht fest, daß Schneider der Kuppler war und dafür kassierte. Jetzt ist er Betriebsleiter: Ich muß gestehen, ein tolles Geschäft.

Meinen Halbbruder hätte ich für klüger gehalten als alle die Männer, die in die Jahre kommen. Bei denen steht allerdings nicht eine Fabrik auf dem Spiel, höchstens das Scheitern einer Ehe ... Kehr um, noch ist es Zeit. Wenn es zur Katastrophe kommt, wird kein Mensch dir glauben, daß du von allem nichts gewußt hast.«

»Und wer hat Heinrich Böhmer umgebracht und in den Turm gehängt? Interessiert dich das überhaupt nicht?«

»Doch, schon. Aber das ist Sache der Polizei und nicht die deine.«

Die Zeitungen hatten ausnahmsweise einmal recht, als sie schrieben, wir hätten den kältesten Frühling seit fünfzig Jahren. Jeden Morgen mußte ich die Heizung höherstellen, die Katze saß dauernd auf der warmen Marmorbank unter dem großen Fenster im Wohnzimmer, gähnte und blinzelte gelangweilt in die wenigen Sonnenstrahlen, die ersten Schwalben ließen auf sich warten. Die Nachbarn arbeiteten verbittert mit Harke und Spaten, denn nach dem Kalender hätte die Gartenarbeit abgeschlossen sein müssen. Ihre verdrossenen Gesichter erleichterten es mir, der Versuchung zu widerstehen, ebenfalls in den Garten zu gehen.

Als ich am 30. März, einem Freitag, gegen Mittag die Redaktion der WAZ betrat und auf dem Flur meinem Redakteur begegnete, wurde ich unsanft an meine veränderten Verhältnisse erinnert. Der Redakteur kam mir mit ausgestreckten Händen entgegen und rief überschäumend freundlich, daß es in allen Büros zu hören war: »Na so was, Herr Wolff! Welch ein Glanz in unserer Hütte! Sie sind ja ein wichtiger Mann geworden – wie schön für Sie und noch in Ihrem Alter! Schade nur, daß wir so einen verdienstvollen Fotografen verlieren. Sie waren unser Bester und stets pünktlich und zuverlässig. Wer in Ihrem Alter noch einmal aussteigt und umsteigt, der verdient Respekt. So ist die Welt: Jetzt berichten nicht mehr Sie für uns, jetzt berichten wir über Sie.«

Er klopfte mir im Fortgehen auf die Schulter und fügte noch hinzu: »Tschüß. Viel Erfolg für Sie und für unsere Stadt. Höhere Aufgaben erfordern eben manchen Verzicht.«

Ich stand verdutzt im engen Flur und dachte nur: auch gut. Dann eben nur noch Bildbände oder Kaufhauskataloge oder Postwurfsendungen. Es wird schon werden.

Mathilde wohnte in der Nähe der Redaktion, auf dem Heimweg fuhr ich bei ihr vorbei. Sie begrüßte mich kühl, wie jemanden, der zur falschen Zeit kommt und den man schnell wieder loswerden will.«

»Ich wollte dir nur etwas zeigen«, sagte ich. »Und wissen möchte ich auch, warum du auf der Betriebsversammlung warst. Das war leichtsinnig und gefährlich, vor allem für deinen Vater.«

»Spar dir den Schulmeister. Was willst du mir zeigen? Mach schnell, ich bin in Eile.«

Ich öffnete meine Aktentasche und hielt ihr die Fotos hin, die ich vor der Hauptpost von dem Mann mit dem Stiftenkopf geschossen hatte.

Mathilde warf nur einen Blick darauf; dann hielt sie die Bilder weit von sich weg und stöhnte. Gleich darauf knickte sie in den Knien ein. Wäre ich nicht hinzugesprungen, wäre sie zu Boden gesunken. Ich trug sie mehr, als ich sie führte, zu einem Sessel und setzte sie ab.

»Er ist es«, sagte sie, »er ist es. Wo hast du diese Fotos her?«

»Ich habe den Mann vor ein paar Tagen in der Stadt gesehen und dann vor der Hauptpost fotografiert.«

»Warum? Kennst du ihn?«

»Er hat mich vor der Kirche angesprochen, als Böhmer im Turm hing, und bei der Beerdigung war er auch.«

Mathilde stand mühsam auf; dann wanderte sie im Wohnzimmer auf und ab. Endlich blieb sie vor mir stehen und sagte: »Und?«

»Vor der Kirche hat er sich als Reporter ausgegeben, nach der Beerdigung ist er mir und meiner Frau bis zur Hamburger Straße nachgelaufen, wo ich meinen Wagen abgestellt hatte, und hat sich nach dir erkundigt, ob ich dich kennen würde. Damals konnte ich ehrlicherweise verneinen. Er wußte auch, daß meine Frau die Halbschwester Heinrich Böhmers ist. Das hat mich doch ganz schön verblüfft. Vor einigen Wochen dann bekam ich nachts einen anonymen Anruf – dein Vater übrigens in derselben Nacht auch. Die Stimme versprach eine sechsstellige Summe, wenn ich darauf verzichte, in das Gremium einzutreten. Vor ein paar Tagen sah ich den Stiftenkopf in der Stadt und wußte sofort: Er ist der nächtliche Anrufer gewesen. Ich bin ihm nachgegangen, bis er sich im Hauptbahnhof in Luft aufgelöst hat.«

Mathilde zog mich an der Hand ins Badezimmer. Dort knipste sie alle Lampen an. Sie küßte Böhmers Bild neben dem Spiegel; dann deckte sie es mit einem Foto des Stiftenkopfes ab. Von Böhmer war nichts mehr zu sehen, an der Wand hing nun der Stiftenkopf.

»Hast du begriffen?«

»Ich denke: ja.«

»Es ist der Mann, den ich gesucht habe.«

Sie nahm aus dem Toilettenschrank eine Rolle Tesafilm und klebte den Stiftenkopf über Böhmers Bild fest.

»Viele Wochen habe ich dieses Gesicht aus Heinrichs Gesicht herauswachsen sehen. Ich war schon nahe daran, es genau beschreiben zu können. Es fehlte noch das Pünktchen auf dem I. Du hast es jetzt gebracht, das Pünktchen. Dieser Mann ist der Mörder, kein Zweifel. In die Belegschaftsversammlung habe ich mich eingeschlichen in der Hoffnung, ihn zu finden und zu erkennen; er war nicht da. Nun ist alles klar. Du hast mir sehr geholfen.«

»Und wie willst du beweisen, daß dieser Mann der Mörder sein soll?«

»Ich weiß nicht, wer er ist, aber ich weiß, daß er Heinrich auf dem Gewissen hat. Wir müssen ihn nur finden. Vielleicht wohnt er sogar hier in Dortmund. Möglich, daß ich den Mann schon einmal gesehen habe, auf einer Fotografie, vielleicht in Heinrichs Nähe, jedenfalls kommt er mir irgendwie bekannt vor. Gut, vielleicht rede ich mir alles nur ein, weil ich wochenlang sein Gesicht gesucht habe – trotzdem weiß ich, daß wir ihn finden müssen.«

»Und wenn wir ihn gefunden haben: Gehen wir dann zur Polizei und erklären, hier, wir liefern euch den Mann ab, den ihr seit Monaten vergeblich sucht?«

Ich wollte lachen, es glückte mir nur ein Grunzen.

»Keine Polizei«, sagte Mathilde. »Ich will den Mann dort aufhängen, wo Heinrich gehangen hat:

im Kirchturm, im selben Fenster. Du wirst mir dabei helfen.«

Sie lief vor mir ins Wohnzimmer zurück und schlug mit der rechten Faust in ihre linke Hand, daß es klatschte. Ich begriff, daß das kein Spiel mehr war, hier herrschte tödliche Entschlossenheit. Ich sah mich schon auf meiner Terrasse stehen, die Kamera in der Hand und den Stiftenkopf fotografierend, so, wie ich Böhmer fotografiert hatte: im Turmfenster hängend. Die Lust liegt in der Wiederholung dessen, was man schon einmal gemacht hat.

»Du wirst mir helfen«, sagte Mathilde. »Für mich allein ist er zu schwer. So, wie er auf dem Bild aussieht, wiegt er zweieinhalb Zentner.«

Nach Inkrafttreten des Vertrags wurde die erste Gremiumssitzung für Montag, den 2. April, einberufen. Ich war in einem Zustand von Anspannung und Unruhe, denn in den Tagen davor hatte ich von Schneider kein Wort gehört; nur der von Gebhardt unterzeichnete, persönlich gehaltene Brief informierte mich über die Sitzung.

Meine Unruhe übertrug sich auf Christa.

»Ich wünsche dir einen guten Start«, sagte sie, »aber du lügst, wenn du behauptest, du hättest die Stelle im Gremium meinetwegen angenommen. Du weißt selbst am besten, daß du sie deinetwegen angenommen hast. Du wolltest immer ein anderer sein, als du bist. Deine Fotografiererei hast du nur als Zwischenstation betrachtet, in Wirklichkeit hast du immer nach etwas anderem gesucht. Auch wenn du ein guter Fotograf geworden bist, du warst in deinem Beruf nie zufrieden. Hoffentlich wirst du nun nicht enttäuscht, hoffentlich zerstörst du nicht, was du dir mühsam, mit vielen Entbehrungen aufgebaut hast. Das wollte ich dir noch einmal in aller Deutlichkeit gesagt haben.«

Im Bürotrakt kam mir Schneider auf dem Flur entgegen, führte mich am Arm in sein Büro und zeigte auf seinen Schreibtisch.

»Hier liegt Ihr Vertrag«, sagte er. »Lesen Sie ihn in aller Ruhe durch, fragen Sie mich, wenn etwas unklar ist. Es ist, wenn ich es richtig sehe, eine Art Gnadenvertrag. Gott weiß, was den alten Herrn geplagt haben mag, als er Sie ins Gremium berief.«

Der Vertrag garantierte mir ein monatliches Gehalt von sechstausend Mark. Aufgaben waren nicht exakt beschrieben, es hieß lediglich, daß ich an allen den Betrieb betreffenden Sitzungen teilzunehmen habe und für besondere Aufgaben vorgesehen sei, die das Gremium oder der Betriebsleiter von Fall zu Fall vorschlagen solle. Schneider hatte nicht so unrecht: Es war ein Gnadenvertrag, der tausend Fragen aufwarf, aber es gab keinen Grund, nicht zu unterschreiben.

In Böhmers Büro waren anwesend Schneider, die Grande Dame, die wieder hinter dem Schreibtisch ihres Mannes saß, Gebhardt und der stellvertretende Betriebsratsvorsitzende Hötger, der dreinblickte, als sei er auf einer Beerdigung. Während Schneider begann, seinen Geschäftsbericht vorzutragen, kam noch Chefingenieur Adam dazu. Er setzte sich und hörte gelangweilt zu; die Fakten, die Schneider aufzählte, waren ihm bekannt.

Das Unternehmen stand gut bis bestens da. Die Auftragseingänge, insbesondere aus den Ostblockländern und aus der Dritten Welt, waren mehr als zufriedenstellend und die östlichen Geschäftspartner stets zuverlässig. Trotzdem gab es insofern ein Risiko, als ungewöhnlich lange Zahlungsfristen eingeräumt werden mußten, und das bedingte zeitweise kurzfristige Kreditaufnahmen bei den Banken mit nicht stabilen Zinsen.

Zu diesem Thema las Schneider einen Artikel aus einem Wirtschaftsmagazin vor. Die Überschrift lautete: »Weltbekannte Elektromotorenfabrik in Arbeiterhand.« Kleiner stand darunter: »Ein sozialistisches Modell?«

Alle Fakten in diesem Artikel stimmten, deren Deutung aber war klar gegen das Modell gerichtet: eine Kriegserklärung einflußreicher Wirtschaftskreise, natürlich im Mantel der Sachlichkeit und Ausgewogenheit. Der Schlußsatz hieß: »Welche Bank wird diesem Unternehmen noch Kredite gewähren?«

»Natürlich stecken dahinter Interessengruppen«, sagte Schneider, »der Artikel ist ohne Zweifel eine Auftragsarbeit, ein Schuß vor den Bug. Auch gut, jetzt wissen wir, woran wir sind. Eins aber irritiert mich doch: Mit mir hat kein Journalist gesprochen, und trotzdem stimmt alles haargenau, was in dem Artikel steht. Es sind da auch einige Dinge zu lesen, die nur Eingeweihte wissen.«

Er sah uns alle der Reihe nach forschend an; die Grande Dame nickte, Gebhardt malte Männchen auf ein Blatt Papier, Hötger blickte etwas ratlos von einem zum andern.

»Wir können nur hoffen«, sagte die Grande Dame, »daß wir längerfristige Kredite nicht gleich in Anspruch nehmen müssen, denn auf den guten Ruf meines Mannes können wir uns jetzt nicht mehr verlassen. Er war bei gewissen Leuten nie besonders beliebt, aber er genoß ihre Achtung, weil er erfolgreich war. Andererseits: Vielleicht drängen uns die Banken ihre Kredite jetzt erst recht auf, vielleicht wollen sie einen Fuß in die Tür bekommen.«

»Herr Gebhardt«, sagte Schneider, »Sie werden in altbewährter Manier dafür sorgen, daß wir flüssig bleiben.«

»Das ist leichter gesagt als getan«, erwiderte Gebhardt, »dann müßte sich schon die Zahlungsmoral unserer Kunden ändern.«

»Als Feuerwehr stehe ich immer noch parat«, warf die Grande Dame ein. »Ich muß allerdings hinzufügen, daß ich keinesfalls mit meinem Privatvermögen bürge, das bin ich meinen Söhnen schuldig. Aber ich sehe, Herr Hötger hat noch etwas auf dem Herzen. Bitte.«

Hötger räusperte sich lange, als suche er nach passenden Worten, und sah Schneider an, als hoffe er auf Aufmunterung und Hilfe. Schneider nickte ihm zu.

»Klaus, sprich frei von der Leber weg. Je einfacher, desto besser.«

»Ich meine nur«, sagte Hötger endlich, »weil doch Kollege Schneider jetzt andere Aufgaben zu erfüllen hat, da hört er nicht mehr alles, ich meine, was im Betrieb so getratscht wird. Viele scheuen sich, mit ihm selber zu sprechen, die reden hinter vorgehaltener Hand . . .«

»Schon?« unterbrach ihn die Grande Dame. »Ich habe das eigentlich viel später erwartet. Erzählen Sie nur, Herr Hötger.«

»Ich wollte nur sagen, im Betrieb herrscht eine komische Stimmung, die ich so noch nicht erlebt habe, und ich bin seit meinem sechzehnten Lebensjahr hier. Ich weiß nicht, wie ich diese Stimmung beschreiben soll. Die Leute arbeiten wie immer, sie sind wie immer zuverlässig, sie arbeiten noch gewissenhafter und fleißiger. Und doch ist da etwas – ich weiß nicht genau, was.«

»Komische Stimmung? Bitte, Herr Hötger, drükken Sie sich klarer aus«, sagte die Grande Dame.

»Also, die Sache ist so. Mir ist, als hätten die Leute vor etwas Angst, als würden sie von jemandem eingeschüchtert oder aufgehetzt. Das ist mein Eindruck. Beweisen kann ich nichts.«

Eine Weile herrschte betretenes Schweigen, bis Schneider fragte: »Angst? Aufgehetzt? Vor wem sollen die Leute Angst haben?«

»Ich weiß nichts Genaues, und ich will auch niemanden verdächtigen, ich beobachte nur. Es ist doch bestimmt kein Zufall, daß sich bei Schichtwechsel fremde Männer im Umkreis der Fabrik herumtreiben, vor allem auf dem Parkplatz. Die sprechen unsere Leute an, wenn sie ihre Autos aufschließen.«

»Was für Männer? Hast du sie schon gesehen? Gesprochen?« fragte Schneider.

»Journalisten vielleicht?« fragte die Grande Dame. »Das wäre nicht so wichtig, Schnüffeln gehört zu ihrem Beruf.«

»Der alte Hilfert, der mit der Prothese, der im Ersatzteillager arbeitet, ist heute morgen zu mir ins Betriebsratsbüro gekommen und hat mich gefragt, weil doch Kollege Schneider mit Kleinigkeiten nicht mehr belästigt werden soll. Den Hilfert also hat ein Mann angesprochen, er hat behauptet, er komme von einem Meinungsforschungsinstitut, und gefragt hat er, was der Hilfert von der ganzen – naja, Verzeihung – Scheiße halte. Verzeihen Sie, Frau Böhmer, aber so hat es der Hilfert erzählt: Also was er von dem Scheißwindei-Modell Böhmer halte, das wäre doch alles Bauernfängerei, hat der Mann von dem Institut gesagt. Hilfert hat auch erzählt, daß immer wieder Leute auf den Parkplatz kommen und fragen, ob wir schon reich geworden sind als Mitinhaber, ob wir noch arbeiten müssen, ob wir noch die Vierzig-Stunden-Woche haben und warum keine Zwanzig-Stunden-Woche, ob wir schon was davon gemerkt hätten, daß wir Mitbesitzer der Fabrik sind, warum Schneider der Boß ist und nicht ein anderer – eben so Zeug. Das aber macht die Leute kribbelig. Die kriegen Angst.«

»Wovor?« fragte die Grande Dame.

»Das weiß ich eben nicht, Frau Böhmer. Durch die Fragerei kriegen sie Angst, das spürt man, da ist einfach was im Betrieb, das es vorher in der Art nicht gegeben hat. Ich will es mal so sagen: Es wird nicht darüber geredet, daß alle reden. Ich meine, es wird nicht laut geredet. Mich hat übrigens auf dem Parkplatz noch niemand angesprochen.«

»Herr Wolff«, sagte Schneider, »Sie sind laut Arbeitsvertrag für besondere Aufgaben vorgesehen. Das, was Kollege Hötger eben vorgetragen hat, gehört zu einer besonderen Aufgabe. Kümmern Sie sich um die Leute, die sich auf unserem Parkplatz herumtreiben, und wenn es rund um die Uhr sein sollte. Ich werde Ende nächster Woche oder Anfang übernächster Woche eine Belegschaftsversammlung einberufen, um die Leute zu beruhigen.«

»Ich hätte es nicht gesagt und für mich behalten«, sagte Adam, »aber jetzt muß ich doch sprechen, weil es eventuell mit dem zu tun haben könnte, was Herr Hötger berichtet hat. Ich bekam gestern – immerhin Sonntag – telefonisch ein Stellenangebot: zwölftausend Mark monatlich, eine stolze Summe, beinahe das Doppelte dessen, was ich hier verdiene. Ich habe aufgelegt und es nicht einmal meiner Frau erzählt. Es war ein anonymer Anruf.«

»Ja, die Ratten werden aktiv, früher, als ich dachte«, sagte Schneider. »Ab heute wird mir alles auf den Tisch gelegt, auch ein ausgeschlagenes Angebot, Herr Adam. Ich danke allen und beende die Konferenz – mit ihrem Einverständnis natürlich, Frau Böhmer.«

Beim Verlassen des Büros klopfte er mir freundschaftlich auf die Schulter; ich drehte mich im Sekretariat noch einmal um. Die Grande Dame saß noch hinter dem Schreibtisch und blätterte in Papieren. Einmal griff sie in ihre Handtasche und zog ein Röhrchen mit Tabletten heraus; von Mathilde wußte ich, daß die Grande Dame herzkrank war und ohne Tabletten nicht auskam.

Nach der Sitzung fuhr ich zu Mathilde; aufmerksam hörte sie zu, während ich vom Verlauf der Sitzung erzählte. Ihr Vater habe eine souveräne Figur gemacht, sagte ich, ein vielversprechender Anfang, und die Grande Dame habe so selbstverständlich hinter Gottvaters Schreibtisch gesessen, als sei da schon immer ihr Platz gewesen. Ich wiederholte, was Hötger berichtet hatte, und vergaß nicht den Sonderauftrag, den mir ihr Vater erteilt hatte.

»Fotograf und Detektiv dazu, vielleicht mache ich noch Karriere«, sagte ich sarkastisch.

»Dann streng dich mal an«, sagte Mathilde. »Ich war heute in Düsseldorf, im Steigenberger Parkhotel.«

»Und weshalb?« fragte ich ein wenig erstaunt.

Sie entnahm einem Wandschrank eine in Saffianleder gehüllte Kassette von der Größe eines Kosmetikkoffers, die mit einem Zahlenschloß gesichert war. Die Kassette war bis oben hin mit Fotos gefüllt. Zuoberst lag ein postkartengroßes Gruppenbild. Ich zählte elf Personen, alles Männer in dunklen Anzügen. Zehn Herren hatten sich um Heinrich Böhmer gruppiert und hoben ihre gefüllten Sektgläser in die Kamera. Ganz links erkannte ich den Mann mit dem Stiftenkopf.

»Wann und wo wurde das Bild aufgenommen?« fragte ich.

»Während einer Sitzung oder Tagung des Rotary-Clubs im letzten Jahr. Heinrich erhielt irgendeine Belobigung für eine gute Tat, er hatte wieder einmal für einen sozialen Zweck einen größeren Betrag gespendet. Die Feier war im Steigenberger Parkhotel, es steht hinten vermerkt. Ich habe aber noch ein zweites Bild gefunden.«

Sie gab es mir in die Hand: Böhmer in Badehosen, Mathilde im Bikini, im Hintergrund Palmen.

»Das war im Urlaub in Sri Lanka auf dem Anwesen eines Geschäftsfreundes. Dieser Geschäftsfreund ist auch auf dem Düsseldorfer Foto dabei. Beide Bilder beweisen, daß der Stiftenkopf Heinrich kannte, daß er Heinrichs Geschäftsfreund aus Sri Lanka kennt und dieser Mann mich. Also könnte der Stiftenkopf von dem Mann aus Sri Lanka wissen, daß ich Heinrichs Geliebte war ... Als ich die Fotos wiederentdeckt hatte, habe ich mich ins Auto gesetzt und bin auf gut Glück nach Düsseldorf gefahren. Es war wie ein Zwang, es war, als habe einer neben mir gestanden und mir ins Ohr geflüstert: Fahr hin, fahr hin. Ich habe zweieinhalb Stunden in der Empfangshalle des Hotels gewartet. Dann kam der Stiftenkopf tatsächlich. Er hatte in der Halle eine Verabredung mit zwei Männern; ich saß hinter einer Säule, er konnte mich nicht sehen. Als er endlich ging, bin ich ihm gefolgt und hinter seinem Wagen, einem Porsche, hergefahren. In der Berliner Allee – die Nummer weiß ich nicht mehr, aber ich finde das Haus leicht wieder – ist er in einen großen, offenen Hinterhof eingebogen. Ich konnte von der Straße aus sehen, wie er ausstieg, eine Tür aufschloß und verschwand. Als er im Haus war, bin ich in den Hinterhof gefahren. An der Tür, durch die der Mann gegangen ist, hängt ein

Messingschild, darauf steht: Diskretservice Jochen Siebert. Besuch nur nach telefonischer Anmeldung . . . Ich bin aufs Geratewohl losgefahren: Nenn es Zufall, daß ich ihn gefunden habe, nenn es, wie du willst, der Erfolg jedenfalls gibt mir recht . . . Fahren wir hin?«

»Wohin?«

»Nach Düsseldorf, in die Berliner Allee.«

»Du spinnst.«

»Es ist traurig. Ich treffe immer mal wieder Menschen mit Verstand, aber wenn man von ihnen das Selbstverständliche verlangt, heißt es trotzdem: Du spinnst. Leider bist du keine Ausnahme.«

»Sollen wir vielleicht nach Düsseldorf fahren, an der bewußten Tür klingeln und sagen, wir haben mit Ihnen einen Termin, wir suchen die Mörder von Heinrich Böhmer? Du siehst zu viele Krimis im Fernsehen.«

»Ich sehe fast nie fern. Nimm jetzt deinen Verstand zusammen, wir gehen.«

Sie hängte sich eine Wildlederjacke, die ihr bis zu den Knien reichte, über die Schulter, und griff nach einer Handtasche, die auf dem Tisch lag. An der Tür wartete sie auf mich. Ich blieb noch einen Augenblick sitzen; es fiel mir schwer zu begreifen, daß es Mathilde mit der Fahrt nach Düsseldorf ernst war.

Wir fuhren mit meinem Wagen; von der Berliner Allee kurvte ich in den Hinterhof, den mir Mathilde wies, bis vor die Tür des Diskretservice Siebert, als seien wir Kundschaft und angemeldet. Mathilde stieg als erste aus, ich folgte ihr und schloß den Wagen ab. Vor der Tür sah ich sie an, aber sie nickte nur und sagte: »Was ist? Klingle.«

»Falls wir reinkommen sollten, wir werden auf die Schnauze fallen«, sagte ich. »Der Stiftenkopf wird die Polizei rufen.«

»Heb dir die Luft für später auf, wenn du reden mußt. Also los.«

Ich klingelte, und zu unserer Überraschung summte der Türöffner. Ich hörte drinnen jemanden rufen: »Christoph, du kommst aber spät.« Diese Stimme kannte ich. Ich öffnete die Tür, vor uns stand der Stiftenkopf.

»Sie sind Herr Siebert?« fragte ich. »Ich denke, wir kennen uns.«

»Was suchen Sie hier?« sagte Siebert und machte eine Geste, als wolle er sich auf uns stürzen.

»Fräulein Schneider kennen Sie auch, spätestens seit der Beerdigung«, sagte ich. »Damals wollten Sie noch Reporter bei einer Illustrierten gewesen sein.«

»Verschwinden Sie! Ich rufe sonst Leute, die das auf die schnelle besorgen können!«

»Wir wollen nur sehen, wie ein Diskretservice eingerichtet ist«, sagte ich. »Und Frau Schneider hat mich gebeten, da ich ja Fotograf bin, den Mann zu fotografieren, der Heinrich Böhmer umgebracht hat. Nichts weiter.«

Siebert lächelte, als hätte ich gescherzt: In diesem Augenblick stieß Mathilde die Tür mit dem Fuß zu, drehte den Schlüssel im Schloß und drängte Siebert in sein Büro.

»Ich möchte mich mit dem Herrn etwas unterhalten«, sagte sie. »Setzen Sie sich hinter Ihren Schreibtisch, legen Sie die Hände auf den Tisch und bleiben Sie ganz ruhig sitzen.«

Sie verschränkte die Arme vor der Brust; die Handtasche baumelte in ihrer Armbeuge.

Aus Sieberts Gesicht verschwand das Lächeln, während er sich setzte. Er begann zu schwitzen und zog ein Taschentuch aus seiner Hosentasche.

»Herr Siebert«, sagte Mathilde, »ich möchte eine Antwort auf diese Fragen: Wer hat Sie beauftragt? Wie haben Sie Heinrich Böhmer umgebracht? Wer hat Ihnen geholfen, den schweren Mann auf den Kirchturm zu tragen?«

»Sie sind ja verrückt«, sagte Siebert.

»Vielleicht, aber das ändert nichts daran, daß Sie uns jetzt schön langsam alles erzählen werden. Wir sind auf eine lange Nacht vorbereitet, und es gibt keinen Alkohol, wir bleiben trocken bis zum Schluß.«

»Fahren Sie mit Ihrer Begleiterin nach Hause, Herr Wolff, und vergessen Sie schnell, was Sie hier tun. Ich warne Sie«, sagte Siebert.

»Und ich warte«, sagte Mathilde. »Ich warte, ich kann aber auch sehr ungeduldig werden.«

»Rufen Sie doch die Polizei, wenn Sie mir etwas beweisen können.«

»Aber, Herr Siebert: Sehe ich so dumm aus? Die Polizei nimmt mir womöglich noch die Arbeit ab. Sie werden hängen, so, wie Heinrich Böhmer gehangen hat, und zwar im selben Turm, im selben Fenster.«

»Sie sind nicht nur verrückt, Sie sind mehr als das. Sie sind ein Scheusal.«

Siebert sprang mit einer Behendigkeit auf, die man dem dicken Mann nicht zugetraut hätte, und wollte sich auf Mathilde stürzen. In deren Hand blitzte plötzlich ein kleiner Revolver auf, den sie mit sicherem Griff aus ihrer Handtasche gezogen hatte.

»Setzen Sie sich wieder auf Ihren Stuhl, bleiben Sie brav sitzen. Das ist Heinrich Böhmers Waffe, leider trug er sie nicht bei sich an dem Tag, an dem Sie ihn umgebracht haben.«

Siebert starrte entgeistert auf den Revolver und setzte sich gehorsam wieder hinter den Schreibtisch. Zu diesem Zeitpunkt hatte er wohl begriffen, daß Mathilde es ernst meinte.

»Herr Wolff«, sagte er mühsam, »sind Sie sich eigentlich der Tragweite dessen bewußt, was Sie und diese – diese Dame hier abziehen?«

Bevor ich sie daran hindern konnte, hob Mathilde die linke Hand und schlug Siebert mit dem Handrücken ins Gesicht.

»Nutte, wollten Sie wohl sagen – oder? Und damit wir uns nicht mißverstehen: Ich bin auch bereit, einen Mord zu begehen. Die paar Jahre, die ich bekommen würde, die sitze ich gern ab. Nun reden Sie endlich.«

Plötzlich stellte sie sich hinter Siebert und drückte ihm den Revolver so in den Nacken, daß der Mann gezwungen war, seinen Kopf zu senken. Von seinem Kinn tropfte Schweiß auf den Schreibtisch; ich hatte plötzlich Angst um ihn.

»Nehmen Sie doch das Ding weg«, flehte er. »Ich müßte meine Tabletten schlucken, ich hab was am Magen.«

»Ich warte immer noch«, sagte Mathilde.

Einen kurzen Augenblick sah ich aus dem Fenster in den Hinterhof: Zwei junge Männer stiegen in einen der beiden im Hof abgestellten blauen VW-Kastenwagen mit der Aufschrift Diskretservice und fuhren weg.

»Ich muß wirklich meine Tabletten einnehmen«, sagte Siebert bittend; er sah erbärmlich aus.

»Schlucken Sie Ihre Tabletten«, sagte ich.

Er griff zur linken Schreibtischschublade, Mathilde aber stieß seine Hand fort und öffnete die Schublade, ohne den Revolver zu senken. Siebert deutete auf eine blaue quadratische Packung, Mathilde gab sie ihm; fahrig nahm er zwei Tabletten aus der Schachtel und schluckte sie gierig ohne Wasser.

Vielleicht bildete ich es mir nur ein: Nach Einnahme der Tabletten bekam sein Gesicht ein frischeres Aussehen, wirkte er nicht mehr ganz so unförmig und verschwitzt. Immer wieder schielte er zur Tür und horchte nach draußen, als erwarte er jemanden.

»Ich warte immer noch«, sagte Mathilde.

»Fragen Sie nicht mich, fragen Sie Herrn Wagenfuhr von der Worldelectric«, antwortete Siebert.

»Haben Sie in seinem Auftrag mich und Herrn Schneider nachts angerufen und jedem von uns eine sechsstellige Summe geboten, wenn wir darauf verzichten, in das Gremium einzutreten?« fragte ich.

Einen Moment war mir, als bemerke ich Erstaunen in seinem Gesicht; dann hob er den Kopf und sah mich sekundenlang schweigend an.

»Antworten Sie!« sagte Mathilde und stieß ihm den Revolver leicht in den Nacken.

»Ich habe eine Firma, ich erledige Aufträge. Ich erledige sie diskret und frage meine Auftraggeber nicht nach Gründen für diese Aufträge. Geschäft ist Geschäft, mein Geschäft lebt von der Diskretion. Ich hatte von der Firma Worldelectric –«

»Von Herrn Wagenfuhr?« unterbrach ihn Mathilde.

»– den Auftrag, Herrn Wolff und Herrn Schneider anzurufen. Aber woher wissen Sie das? Wer hat Ihnen meine Adresse gegeben?«

»Wir stellen hier die Fragen, Herr Siebert«, sagte ich. »Sind es Ihre Leute, die die Belegschaft der Firma Böhmer auf dem Firmenparkplatz belästigen – als Meinungsforscher zum Beispiel? Und wer ist Ihr Auftraggeber? Auch die Worldelectric?«

»Haben Sie auch Heinrich Böhmer diskret umgebracht und in den Kirchturm gehängt?« fragte Mathilde. Reden Sie schon, ich kann sehr ungemütlich werden, besonders, wenn ich einen Revolver in der Hand halte. Ich habe Schießunterricht gehabt.«

»Fragen Sie Herrn Wagenfuhr, meinetwegen auch Herrn Zierer, er war dabei.«

»Dabei? Beim Mord an Heinrich Böhmer?«

Mathilde ließ einen Moment den Revolver sinken und setzte ihn dann um so energischer an Sieberts Nacken.

»Ich kann nur sagen, was ich weiß.«

»Das genügt uns völlig. Was wissen Sie?«

Mir schienen die paar Sekunden, bis Siebert zu sprechen begann, eine Ewigkeit.

»Es war ein Unglück«, sagte er endlich. »Ein tragischer Unfall.«

»Und wie hat sich dieser tragische Unfall zugetragen? Reden Sie schon, lassen Sie sich nicht jedes Wort aus der Nase ziehen!«

Mathilde nahm den Revolver von Sieberts Nakken, behielt ihn aber, mit dem Lauf nach unten, in der Hand.

»Herr Wagenfuhr und Herr Zierer haben Herrn Böhmer in seiner Stadtwohnung in Dortmund aufgesucht, um einen letzten Versuch zu machen, ihn von seinem Plan abzubringen, die Fabrik an die Belegschaft zu verschenken . . .«

»Was hatte Herr Zierer damit zu tun?« fragte ich.

»Zierer? Nun, er ist schließlich Agent der Worldelectric, und bei einem Verkauf des Böhmerwerkes an die Worldelectric wäre für ihn ein hübsches Sümmchen als Provision abgefallen . . . Jedenfalls muß es eine heftige Auseinandersetzung gegeben haben – aber ich kann nur sagen, was ich weiß.«

»Von wem?« fragte Mathilde.

»Von – von Herrn Zierer.«

»Sprechen Sie weiter, ich bin ganz Ohr, Herr Diskret.«

Mathilde sah den schwitzenden Mann aufmerksam an.

»Herr Böhmer ließ sich nicht mehr umstimmen, die Verträge lägen unterschriftsreif bei den Notaren, jedes weitere Wort sei überflüssig. Nach irgendeiner unbedachten Äußerung von Herrn Wagenfuhr muß es dann zu einem Handgemenge gekommen sein. Dabei stürzte Herr Böhmer so unglücklich, daß er mit dem Hinterkopf auf die Kante eines Tisches fiel. Er war sofort tot. Ein tragischer Unfall, Teppiche auf glatten Parkettböden sind tückisch.«

Mathilde und ich sahen uns über Siebert hinweg an; sie war so verwirrt wie ich.

»Und wie soll Ihr tragischer Unfall auf den Kirchturm gekommen sein?« fragte sie.

»Das weiß ich nicht, das habe ich erst aus der Zeitung erfahren.«

»Aus der Zeitung? Und Sie waren nie persönlich in Heinrich Böhmers Stadtwohnung? Auf welchen Tisch ist er denn gefallen?« fragte Mathilde lauernd.

»Auf den Tisch mit einer Onyxplatte –«

»Ich dachte, Sie waren nie in der Wohnung? Und weshalb hätte Ihnen Zierer das alles erzählen sollen? Das gibt doch keinen Sinn, er hätte sich nur selbst belastet.«

»Ich habe Ihnen gesagt, was ich weiß. Mehr weiß ich nicht. Gehen Sie endlich und lassen Sie mich in Ruhe.«

»Ich denke, ich habe begriffen«, sagte Mathilde und ließ den Revolver sinken. »Was Sie angeblich von Zierer wissen, das mußte er Ihnen erzählen, weil Sie den Toten wegschaffen sollten, diskret natürlich ... Nehmen wir an, daß es so gewesen ist.

Nehmen wir es an, dann waren Sie selbstverständlich unentbehrlich. Und Sie haben den Toten weggeschafft – wie, das werde ich noch herausfinden. Die Leiche durfte, aus welchen Gründen auch immer, nicht in seiner eigenen Wohnung gefunden werden, deshalb hat man Sie gerufen. War es so?«

Siebert starrte vor sich hin und schien uns vergessen zu haben.

»War es so?« fragte Mathilde noch einmal.

Siebert schwieg, als habe er nichts gehört.

»Aber ich weiß Bescheid«, sagte Mathilde. »Es sollte nach Selbstmord aussehen, deshalb mußte der Tote in den Turm.«

Ich gab ihr mit dem Kopf ein Zeichen, endlich von hier zu verschwinden, denn aus Siebert war in den nächsten Stunden vermutlich kein Wort mehr herauszubringen. Auch der Revolver hätte ihn nicht mehr einschüchtern können. Mathilde zögerte. Endlich steckte sie den Revolver in ihre Handtasche zurück und ging entschlossen zur Tür. Ich folgte ihr, ohne mich noch einmal nach Siebert umzusehen.

Auf der Rückfahrt, als wir Düsseldorf hinter uns gelassen hatten, sagte sie: »Wolff, es ist viel schlimmer, als ich gedacht habe. Das Allerschlimmste an der Sache ist, daß wir fast alles wissen, aber nichts beweisen können.«

»Wir könnten uns Zierer vorknöpfen.«

»Er wird alles abstreiten und uns Phantasten nennen.«

»Siebert noch einmal?«

»Den kannst du abhaken. Für Geld tut der alles, und an irgendwelchen Tabletten hängt er auch. Für Geld schafft der nicht nur Leichen fort, ich bin überzeugt, er schafft auch welche heran, wenn es sein muß und sein Auftraggeber entsprechend bezahlt. Alles diskret. Ich wollte ihn noch nach seiner Honorartabelle fragen. Wahrscheinlich steht darauf das Beseitigen von Leichen ganz obenan.«

Ich drehte mich zu ihr: Mathilde weinte.

Vor ihrer Wohnung setzte ich sie ab und wollte etwas Tröstliches sagen, fand aber kein passendes Wort.

Als ich zu Hause die Schlafzimmertür öffnete, sah ich Christa schlafen mit unbeschwertem Gesicht.

Christa rüttelte mich unsanft wach. Ich war so benommen, daß es mir eine Zeitlang schwerfiel, mich zurechtzufinden, obwohl ich am Vorabend keinen Tropfen Alkohol getrunken hatte.

»So wach doch auf! Edmund, Telefon für dich, dringend!«

»Wie spät ist es denn?«

»Kurz nach sechs.«

»Welcher Idiot ruft denn zu dieser unmöglichen Zeit an? Ein Besoffener?«

»Schneider.«

»Schneider?«

Plötzlich war ich hellwach, sprang aus dem Bett und lief, ohne mir einen Bademantel umzuwerfen, barfuß die Treppe zur Garderobe hinunter. Die Jalousien waren noch geschlossen, der Morgen verriet sich durch die lärmenden Vögel vor dem Haus.

»Ja?« sagte ich in die Muschel.

»Setzen Sie sich in Ihren Wagen und kommen Sie auf dem schnellsten Wege in die Fabrik, in mein Büro. Sofort.«

»Na hören Sie mal –«

»Sofort!« schrie Schneider. »In einer halben Stunde sind Sie hier!« Leiser fügte er hinzu: »Die Grande Dame ist tot.«

Ich erhob mich aus der Hockstellung, in der ich telefoniert hatte, und fragte mich, ob ich noch im Bett lag und träumte. Christas weitaufgerissene Augen brachten mich in die Wirklichkeit zurück.

»Ich habe mitgehört. Furchtbar«, sagte sie. »Komm, zieh dich an. Rasieren kannst du dich später. Ruf mich bitte sofort an, entweder bis mittags hier oder später im Hotel.«

Ungewaschen, unrasiert und ohne Frühstück fuhr ich zum Werk. Der Weg vom Parkplatz bis zum Werkstor schien mir unendlich lang. Ich war müde; es pfiff ein eisiger Wind, vom nahenden Osterfest war noch nichts zu spüren. Zwei Lastwagen mit Anhänger verließen den Werkshof, einer hatte ein DDR-Kennzeichen, der andere ein Münchner; menschenleer war der Hof. Nur die Geräusche verrieten, daß in den Hallen gearbeitet wurde.

Hinter der Glastür im Bürotrakt erwartete mich Gebhardt. Er schien übernächtigt; im Lift hinauf zum dritten Stock sprachen wir kein Wort miteinander. Jeder bemühte sich, am anderen vorbeizusehen.

In Böhmers Büro saß Schneider schon hinter dem Schreibtisch. Adam und Hötger traten kurz nach mir ein; Schneider bat uns mit einer müden Gebärde, Platz zu nehmen. Gebhardt blieb am Fenster stehen und sah auf den Hof hinunter.

»Frau Böhmer ist heute zwei Uhr nachts im Parkhaus am Düsseldorfer Flughafen am Steuer ihres Wagens tot aufgefunden worden«, begann Schneider ohne Umschweife, »von einem Mann, der seinen Wagen suchte, weil er nicht mehr wußte, in welcher Etage er ihn abgestellt hatte. Er dachte anfangs, der Frau sei schlecht geworden oder sie sei eingeschlafen, hat dann aber sofort die Polizei verständigt. Die fand in der Handtasche der Grande Dame ein Büchlein mit Telefonnummern. Die Werksnummer und meine Privatnummer waren rot unterstrichen, auch die der Zwillinge. Ich wurde Viertel vor sechs angerufen. Es wird unumgänglich sein, daß ich nach Düsseldorf fahre, Herr Wolff begleitet mich. Die anderen bleiben hier, damit der Laden läuft. Heute muß der Berliner Lastzug raus, er hätte gestern schon abgefertigt werden sollen. Herr Adam, bringen Sie doch den Leuten mal bei, daß Pünktlichkeit unseren guten Ruf mitbegründet hat.«

Nach kurzer Pause fuhr er fort: »Ich brauche wohl nicht zu betonen, was dieser Tod für uns, für das Werk bedeuten kann. Die Zwillinge sind nun Alleinerben der fünfzig Prozent. Sie sind heute morgen ebenfalls verständigt worden und halten sich derzeit, wie ich erfahren habe, in der Stadtwohnung auf.«

»Hatte Frau Böhmer Gepäck im Wagen?« fragte ich.

»Wie kommen Sie darauf?« fragte Schneider.

»Wenn Frau Böhmer abfliegen wollte, dann fliegt sie doch nicht ohne Koffer. Wenigstens einen Kosmetikkoffer müßte sie bei sich gehabt haben.«

»Davon weiß ich nichts. Ich habe im ersten Schreck nach Einzelheiten nicht gefragt. Wir werden das in Düsseldorf erfahren.«

In diesem Moment klingelte das Telefon. Das Gespräch war fast einseitig. Schneider hörte nur zu und sagte alle paar Sekunden: »Ja, ich verstehe.«

Ich versuchte, in seinem Gesicht zu lesen, aber er drehte mir den Rücken zu. Nach etwa fünf Minuten legte er den Hörer wie etwas Zerbrechliches auf die Gabel zurück, saß noch eine Weile stumm und regungslos auf der Schreibtischkante, auf die er sich beim Telefonieren gesetzt hatte, und sagte dann: »Die Obduktion, so hat mir der zuständige Kriminalrat eben gesagt, hat einwandfrei ergeben, daß Frau Böhmer an Herzversagen gestorben ist. Aber, und jetzt wird der Fall rätselhaft, der Tod ist vielleicht nicht im Parkhaus eingetreten, er liegt neun Stunden zurück. Neun Stunden nach dem Tod hat man die Grande Dame gefunden, im Wagen waren keine Koffer, nur ihre Handtasche mit Paß, Flugschein nach Paris und dem Büchlein mit den Telefonnummern . . . Kommen Sie, Herr Wolff, wir fahren. Herr Adam, Sie sorgen persönlich dafür, daß der Berliner Wagen heute rausgeht.«

Unterwegs dachte ich mehrmals daran, Schneider von unserem Besuch in Düsseldorf zu erzählen, und brachte doch den Mund nicht auf, denn von meiner intensiven Beziehung zu seiner Tochter wußte er nichts. Ich nahm mir aber vor, ihm später alles zu gestehen.

In einem Büro im vierten Stock des Polizeipräsidiums, in das wir von einem Beamten geführt wurden, saßen schon Lars und Sascha. Beide erhoben sich bei unserem Eintritt, deuteten eine Verbeugung an und setzten sich wieder. Gleich darauf trat ein junger, sportlich wirkender Staatsanwalt ein. Er reichte allen die Hand, setzte sich hinter den Schreibtisch, bestätigte, was wir schon wußten, und fügte hinzu, daß es gegen die Regel polizeilicher Erfahrung sei, daß eine Tote neun Stunden lang in einem stark frequentierten Parkhaus nicht bemerkt wird.

Als die Polizei sie fand, sei der Motor ihres Wagens aber noch warm gewesen.

Sascha und Lars sagten aus, ihre Mutter sei auf dem Wege nach Frankreich gewesen. Sie habe aber früher nie ihren Wagen im Parkhaus abgestellt. Entweder sei sie mit dem Taxi gefahren oder habe sich von einem Fahrer des Werkes zum Flugplatz bringen lassen. Gestern mittag habe sie gesagt, sie werde vor dem Abflug noch eine Freundin in Iserlohn besuchen. Beide, Lars und Sascha, seien nachts gegen elf Uhr nach Hause gekommen, hätten noch einen Cocktail getrunken und seien dann jeder in sein Zimmer gegangen. Erst der Anruf der Düsseldorfer Polizei habe sie vom Ausbleiben ihrer Mutter, das heißt von ihrem Tod, unterrichtet. Lars habe sofort bei der besagten Freundin in Iserlohn angerufen, dort sei ihre Mutter abends nicht gewesen. In der Dortmunder Wohnung hätten sie im Schlafzimmer ihrer Mutter einen gepackten Koffer gefunden.

Sascha fragte den Staatsanwalt noch, wann der Leichnam seiner Mutter zur Bestattung freigegeben werde. Sie habe vor Jahren schon einen Platz auf dem Friedhof in Avignon angekauft neben dem Grab ihres Onkels, von dem sie einen weiteren Besitz geerbt habe.

Der Freigabe stehe nichts im Wege, antwortete der Staatsanwalt. Als einzige Angehörige der Verstorbenen müßten die Herren Söhne aber noch einen Wust von Formalitäten erledigen. Er betone nochmals: Frau Böhmer sei zwar einwandfrei eines natürlichen Todes gestorben, trotzdem bleibe die Frage, wie sie nach ihrem Tod ins Parkhaus gekommen sei. Das werde man aufklären.

Während der Rückfahrt fragte ich Schneider: »Kennen Sie Herrn Wagenfuhr näher? Ich meine den Mann, der an Gottvaters Grab die große Rede gehalten hat.«

»Natürlich kenne ich Wagenfuhr«, antwortete Schneider. »Es war aber keine große, es war eine bombastische Rede: viel Luft. Wagenfuhr ist im Arbeitgeberverband eine einflußreiche Persönlichkeit. Leider ein guter Mann, leider unser schärfster Konkurrent, und leider war er mit Gottvater sehr eng befreundet, wenn ich richtig unterrichtet bin. Warum fragen Sie?«

»Nur so.«

Plötzlich sprach Schneider leise vor sich hin, als hätte er meine Anwesenheit vergessen: »Um zwei Uhr nachts wurde sie gefunden, aber nicht am Ort ihres Todes. Bei Auffindung, so der Gerichtsmediziner, war sie schon neun Stunden tot. Jemand hat also die Tote zum Flughafen gefahren, hat sie dort ans Steuer ihres Wagens gesetzt und ist mit einem zweiten Wagen, den ein anderer gefahren hat, auf und davon. Allein ist das nicht zu machen, es sei denn, der erste hatte im Flughafen einen Wagen zur Verfügung. Und obwohl es ein natürlicher Tod gewesen war, durfte die Grande Dame nicht dort gefunden werden, wo sie starb. Wo starb sie also? Man wußte, daß sie nach Frankreich fliegen wollte, ihre Flugkarte fand sich in ihrer Handtasche. Das war gut ausgedacht, nur ein paar Fehler sind dem oder denen unterlaufen: Die Grande Dame hatte keinen Koffer bei sich, und die Mediziner konnten fast exakt feststellen, wann der Tod eingetreten ist. Sie wollte offensichtlich noch einmal in ihre Wohnung zurückkehren.«

Nach einer Pause fügte er hinzu: »Und uns steht das Wasser jetzt bis zum Hals. Der Tod der Grande Dame ist ein Debakel. Er wird in allen Zeitungen stehen, alles wird wieder aufgewärmt werden, von Anfang an, und man wird in Erinnerung rufen, daß im Mordfall Heinrich Böhmer die Polizei noch keinen Zentimeter vorangekommen ist. Ich suche hinter diesen Todesfällen einen Grund. Klar ist mir, daß Böhmers Modell nicht Schule machen darf in einem Land, in dem es wieder Politiker gibt, die Korruption und Bestechlichkeit für sich als Tugenden in Anspruch nehmen und anderen die Moral der Sparsamkeit predigen. Dank der Standhaftigkeit der Grande Dame konnte dieses Modell verwirklicht werden, aber ausgerechnet jetzt, nach Inkrafttreten des Vertrages, stirbt sie einen natürlichen und mysteriösen Tod. Wenn dieser Tod natürlich war, dann liegen wir beide mit unserer Annahme falsch, hinter ihrem Tod stecke eine Absicht. Gottvater mußte verschwinden, sein Tod gibt Sinn – aber die Grande Dame?

»Die Frage ist: Wo ist sie gestorben, und wer hat sie in das Parkhaus gefahren. Auf jeden Fall ist ihr Tod den Feinden des Modells willkommen«, sagte ich. »Vergessen Sie nicht, Herr Schneider, in den Verträgen steht: Nach dem Tod eines Erben muß der

Vertrag über die fünfzig Prozent Erbanteil neu verhandelt werden, und zwar bei einer Sperrfrist von zwei Jahren. Die Zwillinge wollten die Fabrik verkaufen, in zwei Jahren haben sie jetzt die Möglichkeit, ihre fünfzig Prozent zu verkaufen.«

»Was glauben Sie wohl, was mir seit heute morgen durch den Kopf geht? Wir haben jetzt eine Verschnaufpause von zwei Jahren. Vielleicht werden die Zwillinge großmütig sein und ihre fünfzig Prozent erst der Belegschaft anbieten. Aber wer soll die bezahlen? Wir hätten nicht einmal das Geld zur Ablösung von zwei Millionen Stammkapital.«

»Könnte man Roß und Reiter nennen, nämlich die namentlich machen, die das Modell zerstören wollen, würden die Zwillinge vielleicht ihre Meinung ändern und ihre fünfzig Prozent nicht verkaufen, weder an uns noch an andere. Ohne daß sie einen Finger rühren, fließt ihnen ja sowieso ein nicht unerheblicher Gewinn zu.«

»Das ist ein schöner Traum, Herr Wolff. Gewinn müssen wir erst mal erwirtschaften. Jetzt gilt es vordringlich, erst einmal die Belegschaft zu beruhigen. Ich berufe für morgen siebzehn Uhr eine Belegschaftsversammlung ein und werde den Tod der Grande Dame offiziell bekanntgeben. Das Gremium trifft sich um fünfzehn Uhr bei mir zu einer Vorbesprechung ... Wie man sich irren kann. Ich hatte die Grande Dame in Erinnerung als eine exaltierte, weltfremde Person, und plötzlich, welch eine Entschlossenheit, welche Energie, und das noch gegen die eigenen Söhne.«

»Vielleicht hat sie es ihrem Mann zuliebe gemacht und nicht uns zuliebe.«

»Herr Wolff, die Beweggründe der Grande Dame möchte ich lieber nicht wissen. Sie könnten mir womöglich die Arbeit vergällen.«

Vor der Fabrik angekommen, forderte Schneider mich auf, noch für einen Sprung mit hinauf in sein Büro zu kommen; mir war es nur recht. Die Sekretärin sah uns groß an, aber Schneider übersah ihre stumme Frage.

Gleich als ich die Tür hinter mir geschlossen hatte und Schneider hinter seinem Schreibtisch saß, erzählte ich, was ich schon längst hätte erzählen sollen und ständig vor mir hergeschoben hatte.

»Ich denke, da ist noch etwas, was ich Ihnen endlich sagen muß«, begann ich. »Die Grande Dame ist eines natürlichen Todes gestorben, aber auch Heinrich Böhmer wurde nicht ermordet, wie wir glaubten und die Polizei immer noch glaubt. Er kam durch einen Unfall ums Leben. Was beide aber gemeinsam haben, ist, daß die Toten nicht dort gefunden wurden, wo sie starben.«

Schneider hörte mit wachsendem Staunen zu. Dann fragte er leise, wobei er mich mit zusammengekniffenen Augen musterte: »Und von wem wissen Sie das alles? Waren Sie bei einer Kartenlegerin?«

»Nein, aber bei Ihrer Tochter.«

»Mathilde?« fragte er ungläubig.

Langsam erhob er sich und starrte auf die Schreibtischplatte; dann ließ er sich langsam wieder auf seinen Stuhl sinken.

»Woher kennen Sie meine Tochter? Seit wann?«

»Ich habe sie zum ersten Mal auf dem Friedhof gesehen, bei Böhmers Beerdigung. Wenige Tage später trafen wir uns ganz zufällig in einem Restaurant in der Innenstadt. Seitdem kennen wir uns, seitdem kenne ich die Geschichte Ihrer Tochter. Sie hat mir auch, und zu meinem nicht geringen Erstaunen, erzählt, daß Böhmer selbst es war, der sie an mich verwiesen hat für den Fall, daß ihm etwas zustoßen sollte.«

Ich erzählte weiter, von Anfang an; die Gefühle, die ich für Mathilde hegte, verschwieg ich. Ich erzählte von ihrem Tick mit dem Gesicht und wie wir dennoch auf diese Weise den Mann fanden, der Böhmer wahrscheinlich in den Kirchturm gehängt hat, ich berichtete von unserem Auftritt in Düsseldorf, von der Firma, die sich Diskretservice nennt. Es war eine lange Beichte, aber ich war erleichtert, als ich zum Schluß sagen konnte: »Das war alles, und Sie wissen jetzt Bescheid. Wir können Ihnen den für Böhmers Tod Verantwortlichen nicht auf einem Tablett servieren, wir können Ihnen auch nicht sagen, wer die Grande Dame ins Parkhaus gefahren hat, wir können Ihnen keine Mörder nennen, weil es keine gibt. Ich habe Ihnen aber Namen genannt, die zweifellos zum Kreis derer gehören, die nicht unschuldig sind an diesen Vorkommnissen.«

»Sie haben mich hintergangen«, sagte Schneider leise.

»Ich habe nur eine Bitte Ihrer Tochter befolgt.«

»Wer zählt denn nun mehr, die Fabrik oder meine Tochter?«

»In diesem Fall Ihre Tochter, weil sie hilflos war.«

»Ein komischer Heiliger sind Sie. Aber merken Sie sich für die Zukunft: Erst kommt die Fabrik, dann noch mal die Fabrik und dann noch mal.«

»Ich bin nicht Ihrer Meinung. Aber wir sollten uns jetzt nicht über Ihre Tochter unterhalten, sondern über das, was wir in Düsseldorf erfahren haben. Es ist unglaublich: Mitten in einer großen Stadt existiert ein Büro, dessen Inhaber auf diskrete Weise Aufträge erledigt, vielleicht auch Tote an andere Orte transportiert, aus Gründen, die wir nicht, noch nicht kennen. Ich unterstelle das jetzt einmal, aber anders kann ich mir das alles nicht erklären. Wir wissen nur, daß hinter diesem Siebert die Worldelectric steht, zumindest, daß er von dort Aufträge bekommt, und hinter Worldelectric steht ein Mann namens Wagenfuhr.«

»Ich kann es immer noch nicht fassen, daß Sie seit Monaten meine Tochter kennen und mir kein Sterbenswort verrieten. Das nenne ich ungeheuerlich . . . Was haben Sie mir noch verschwiegen?«

»Nichts.«

Schneider stand auf, wanderte im Büro auf und ab und blieb dann vor mir stehen. Er faßte mich am Revers und sagte: »Sie haben recht. Wir müssen uns auf irgendeine Weise um diesen Siebert kümmern. Aber wie?«

»Zur Polizei gehen?«

»Nein. Dort würde uns niemand glauben, ohne handfeste Beweise schon gar nicht. Außerdem würde meine Tochter in etwas hineingezogen werden, das wir uns nicht leisten können, nämlich in einen Skandal.«

Er trat ans Fenster und sah auf den Werkshof.

»Weiß Ihre Frau, daß Sie meine Tochter seit Monaten kennen?«

»Nein, aber sie weiß vom Verhältnis Ihrer Tochter mit Heinrich Böhmer. Das hat sie mir selbst erzählt.«

»Hatten Sie den Eindruck, daß es meiner Tochter ernst war, als sie die Waffe in der Hand hielt?«

»Ich bin davon überzeugt.«

»Sie muß den Verstand verloren oder Gottvater muß sie verhext haben ... Was Wagenfuhr betrifft: ein Mann in seiner Position macht sich die Finger nicht schmutzig, weil er dann für immer erledigt wäre. Daß er die Konkurrenz aufkaufen will, das ist normal, so was passiert täglich in unserem Land. Ein Mann wie Wagenfuhr würde es frei und offen zugeben und stolz ausposaunen.«

»Wenn es so wäre: warum muß er dann die Dienste einer Firma in Anspruch nehmen, dessen Vertreter uns nachts am Telefon eine sechsstellige Summe bietet, der Leute auf unseren Parkplatz schickt, die die Belegschaft aufhetzen? Ich will es Ihnen sagen: Wagenfuhr will so lange Unruhe stiften, bis wir kapitulieren. Dann erst wäre das Modell kaputt.«

»Möglich«, sagte Schneider, »aber mich drücken jetzt andere Sorgen. Es wird sich nicht vermeiden lassen, daß ich in den nächsten Tagen ein Gespräch mit den Zwillingen führen muß ... Noch etwas, und in diesem Fall kenne ich keinen Pardon: Wenn Sie meine Tochter wieder treffen, richten Sie ihr aus, sie soll künftig von allem die Finger lassen, was – auch im weitesten Sinne – mit der Fabrik zu tun hat. Ich kann sehr ungemütlich werden.«

Ich war bedrückt, als ich Richtung Innenstadt fuhr, aber auch erleichtert darüber, daß ich Schneider nun alles gestanden hatte.

Obwohl ich wußte, daß Christa ungeduldig auf einen Anruf von mir wartete, fuhr ich noch bei Mathilde vorbei. Erst nach mehrmaligem Klingeln summte der Türöffner; sie erwartete mich an der Wohnungstür und trug um den Hals einen dicken Schal. Ihre Augen waren gerötet. Es klang unfreundlich, als sie fragte: »Was willst du? Mir geht es nicht gut.«

Mit einer müden Geste bat sie mich, einzutreten, und kuschelte sich gleich wieder in eine dicke blaue Decke, die auf der Couch lag.

»Und?« sagte sie nicht sonderlich interessiert.

»Ich möchte nicht, daß du es erst aus der Zeitung erfährst: Die Grande Dame ist tot. Herzversagen.«

Mathilde setzte sich langsam auf.

»Die arme Frau«, sagte sie. »Erzähle.«

Ich berichtete vom Anruf ihres Vaters und von unserer Fahrt nach Düsseldorf, natürlich auch vom Zusammentreffen mit den Zwillingen. Sie hörte aufmerksam zu, und als ich geendet hatte, sagte sie nur: »Diskretservice.«

»Wie bitte?«

»Wolff, wenn die Grande Dame nicht dort gestorben ist, wo man sie gefunden hat, dann muß sie jemand hintransportiert haben. Eine Tote kann nicht Auto fahren. Und das heißt, daß sie an einem Ort gestorben ist, wo sie nicht gefunden werden durfte. So muß es gewesen sein, sonst ergibt der Transport zum Flughafen keinen Sinn.«

Nach einer Pause fügte sie hinzu: »Ich kenne die Grande Dame nur von Fotografien und aus Heinrichs Erzählungen. Ich meine: Ihr Tod berührt mich, aber ich habe ihr gegenüber kein schlechtes Gewissen. Ich habe ihr den Mann nicht weggenommen, er war innerlich längst von ihr fort, als Heinrich und ich uns kennenlernten.«

»Ehe ich es vergesse«, sagte ich, »ich habe deinem Vater auch gestanden, daß wir uns seit Monaten kennen. Ich durfte ihm die Begegnung mit Siebert in Düsseldorf nicht verschweigen.«

»Wie hat er darauf reagiert?«

»Jedenfalls ist er vor Freude nicht an die Decke gesprungen, wenn du das meinst. Aber er hat es erstaunlicherweise gelassen geschluckt.«

»Geh jetzt bitte«, sagte sie, »mir geht es wirklich nicht gut.«

»Ich sehs. Noch was zum Schluß: Dein Vater läßt dir ausrichten, du sollst von allem, was mit der Fabrik zu tun hat, die Finger lassen.«

»Ich habe es zur Kenntnis genommen.«

Zu Hause hatte ich Vorwürfe erwartet, aber Christa sagte nur ungeduldig: »Erzähle.« Auch wenn es mir lästig war, alles noch einmal zu wiederholen, ich zwang mich doch zu Geduld.

Die Belegschaftsversammlung war wieder in die Versandhalle einberufen worden, nur fehlten diesmal die Leihstühle. Viele Leute standen, die meisten aber saßen auf Kisten, Holzgestellen und Fensterbänken.

Beim Betreten der Halle sagte Hötger, der vor drei Wochen zum Vorsitzenden des Betriebsrats gewählt worden war, zu mir: »Gottvater hat sich früher um jeden Dreck persönlich gekümmert, aber einen menschenwürdigen Versammlungsraum zu bauen, das ist ihm nie in den Sinn gekommen. Seine Devise war: Befehle empfangen kann man am besten im Stehen.«

Mit bewegten Worten berichtete Schneider vom Tod der Grande Dame. In der gegenwärtigen Übergangsphase werde sie schmerzlich vermißt, die Schwierigkeiten seien durch ihren Tod nicht geringer, sie seien größer geworden.

»Aber laßt euch um Gottes willen nicht kopfscheu machen«, fuhr er dann fort. »Das Unternehmen ist gesund, die Auftragslage gut, die Arbeitsplätze gesichert. Trotzdem muß ich nochmals mit aller Deutlichkeit sagen, daß es Kräfte gibt, die ein wie auch immer geartetes Interesse haben, unser Modell zu Fall zu bringen. Diese Leute arbeiten nach der altbekannten Devise, daß nicht sein kann, was nicht sein darf. Um uns zukünftig und gegen die Konkurrenz zu behaupten, bedarf es eurer bedingungslosen Mitarbeit. Es ist zwar wichtig, wie das Gremium arbeitet, aber es kommt auf uns alle an. Jedem muß ständig bewußt sein, daß der Betrieb zur Hälfte ihm gehört.

Noch einmal: Meldet mir oder dem Kollegen Hötger alles, was von betriebsfremden Leuten an euch herangetragen wird, und wenn euch nur jemand auf unserem Parkplatz Autopolitur verkaufen will. Denn solange wir unsere Gegner nicht kennen, können wir ihnen nicht gezielt entgegentreten. Ansonsten gilt weiterhin unser Leitspruch: Leistung, Qualität, Pünktlichkeit, Disziplin und Solidarität. ›Einigkeit macht stark‹ ist kein Schlagwort, es ist das Abc, das jedermann geläufig sein sollte. Danke.«

Schneider war nach diesem Auftritt erschöpft; als er vom Podium stieg, blickte er an allen vorbei ins Nichts.

Hötger forderte dann zur Aussprache auf. Es dauerte, bis sich der erste zaghaft meldete.

»Ich wollte nur mal wissen, jetzt, wo Frau Böhmer tot ist: Bleibt alles, wie es ist, oder wird der Vertrag durch die Erben gekündigt?«

»Es ändert sich nichts«, antwortete Schneider, der ans Mikrofon zurückgekehrt war. »Jeder lese zu Hause noch einmal seinen Vertrag gründlich durch: Der Vertrag muß nach zwei Jahren lediglich deshalb revidiert oder ergänzt werden, weil von der Hälfte, die von den Erben Böhmer gehalten werden, zehn Prozent Anteil mehr der Belegschaft zufallen. Nach dem Ableben Frau Böhmers sind ihre Söhne die alleinigen Erben.«

»Und wenn die sich nicht mehr an den Vertrag halten wollen, wird dann verkauft?«

»Sie werden verlängern und nicht verkaufen, lieber Kollege, das ist nur eine juristische Formsache.«

Was folgte, war ohne Belang: die kleinen Nörgeleien, die Angst, übervorteilt zu werden, Betriebsfrust und Futterneid, Mißmut über längst vergessene innerbetriebliche Vorgänge. Es gab für die jeweiligen Sprecher Buh- und Zwischenrufe, bis ein Zwanzigjähriger aufstand und fragte: »Wie steht die neue Geschäftsleitung zur 35-Stunden-Woche, die unsere Gewerkschaft fordert? Wie sollen wir uns verhalten, wenn die Gewerkschaft dazu aufruft, gerade unseren Betrieb zu bestreiken? Was dann? Ich möchte da schon gern eine Empfehlung der Geschäftsleitung haben, denn so einfach ist das ja nicht. Auf keinen Fall möchte ich zum Streikbrecher werden.«

Der starke Beifall bewies, daß dieses Problem allen auf der Seele lag.

Schneider wischte sich, um Zeit zu gewinnen, mehrfach mit einem Taschentuch Gesicht und Nakken, obwohl es nicht warm, eher kühl in der Halle war. Umständlich rückte er das Standmikrofon zurecht.

»Ich will nichts beschönigen, du hast etwas Richtiges gesagt, Kollege, ohne daß es dir bewußt gewesen ist. Du hast gesagt: Unser Betrieb. Ja, es ist unser Betrieb, deshalb müßt ihr selbst entscheiden, ob ihr im Zweifelsfall gegen euch selbst streiken wollt oder nicht. Wenn eure Gewerkschaft verlangt, daß unser Betrieb bestreikt wird, müßt ihr euch für oder gegen die Gewerkschaft entscheiden, für oder gegen unseren Betrieb, letztlich für oder gegen euch selbst. Ich möchte noch hinzufügen, damit keine Mißverständnisse aufkommen: Ich persönlich unterstütze die Forderung der Gewerkschaft nach der 35-Stunden-Woche. Ob sie von unserem Betrieb verkraftet werden kann, das gebe ich allen hier Versammelten zu bedenken. Meine Überzeugung ist, er kann sie gegenwärtig nicht verkraften. Nach einer ganz einfachen Rechnung: Fünfhundert Beschäftigte mal fünf Stunden, das sind in der Woche 2500 Stunden, das sind im Monat runde 10 000 Stunden, die uns fehlen würden. Kann mir einer sagen, wie wir das verkraften sollen, ohne unsere Produkte zu verteuern oder, und das betrifft jeden einzelnen, den uns zustehenden Gewinn zu senken?«

Einige lachten; Unruhe breitete sich aus.

»Kolleginnen und Kollegen«, fuhr Schneider fort, »Lachen ist einfach, Denken ist schwer. Also fangen wir an zu denken. Ich habe eure Interessen zu vertreten und die des Betriebes, was ja ein und dasselbe geworden ist, ich versuche, und bislang hat das reibungslos funktioniert, allen gerecht zu werden. Die 35-Stunden-Woche nun ist kein Glaubensbekenntnis, sondern eine Forderung der Gewerkschaft zum Wohle der Arbeitnehmer, weil sie glaubt, mehr Arbeitsplätze dadurch zu sichern. Ob das richtig ist, wage ich zu bezweifeln. Für uns, für unseren Betrieb stellt sich die Frage nach den Arbeitsplätzen überhaupt nicht. Auch bei Einführung der 35-Stunden-Woche werden wir keinen Mann und keine Frau mehr einstellen. Sollte aber die Arbeitszeitverkürzung in der gegenwärtigen Form tatsächlich vereinbart werden, müßten wir unsere

Produkte neu kalkulieren, und ich will offen zugeben, daß ich gegenwärtig nicht weiß, wie wir dann über die Runden kommen sollen. Oder wir müßten rationalisieren, und was das bedeutet, wißt ihr alle nur zu gut. Wir sind dann an dem Punkt angelangt, wo sich die Katze in den Schwanz beißt. Deshalb betone ich: Keiner macht sich gegenüber seiner Gewerkschaft unsolidarischen Verhaltens schuldig, wenn er einen möglichen, unseren Betrieb betreffenden Streikaufruf nicht befolgt, denn es ist ja sein Betrieb und nicht der eines Bosses oder Aktionärs. Uns jedenfalls sollte das Hemd näher sein als der Rock.«

»Kollege Schneider, du bist doch längst ins Arbeitgeberlager übergewechselt!« rief jemand aus dem Hintergrund. »Du warst einmal unser Betriebsratsvorsitzender, ein guter, wie ich zugeben muß, jetzt aber willst du ein guter Boß werden. Wie schnell sich Menschen ändern.«

»Lieber Kollege, bitte keine Unterstellungen. Du weißt doch, die Toten werden nach der Schlacht gezählt. Selbstverständlich ist unser Betrieb Mitglied bei Gesamtmetall, wir können uns an die Richtlinien des Arbeitgeberverbandes halten, können seine Empfehlungen annehmen, müssen es aber nicht. Das heißt: Ebensowenig, wie ihr auf Druck der Gewerkschaft zu streiken braucht, ebensowenig muß ich, muß das Gremium dem Arbeitgeberverband folgen, wenn er beschließen sollte auszusperren. Wir werden uns doch nicht selbst aussperren, das wäre ja lächerlich.«

»Kollege Schneider, du bist bei der Gewerkschaft und in deiner Eigenschaft als Betriebsleiter Mitglied im Arbeitgeberverband: Du jedenfalls hast dich bestens abgesichert.«

»Der Betrieb gehört dem Arbeitgeberverband an, ganz klar. Es gibt auch keinen stichhaltigen Grund, aus der Organisation auszutreten. Und ich gehöre, wie du auch, der IG Metall an. Du fragst, wie das zu vereinbaren ist. Ich antworte: Wir sind in dieser Form ein junges Unternehmen, wir haben noch keine einschlägigen Erfahrungen. Die aber werden wir mit Bestimmtheit in nächster Zukunft bekommen, und das wird nicht ohne Konflikte ablaufen. Mehr habe ich dazu jetzt nicht zu sagen.«

Die Belegschaft spendete Beifall.

Für diesmal, dachte ich, sei die Sache gelaufen.

Dachte ich.

Die Blüten der Sternmagnolie entfalteten sich zu einem weißen Schirm, die Tulpen blühten, die Osterglocken und das Blaukissen, das wie ein Gobelin leuchtend über die Palisaden hing. Auch die Rosen zeigten erste Triebe, und die Rhododendren versprachen dieses Jahr einen Wall von Girlanden, der den Garten umschließen würde.

Seit ich in das Modell verstrickt war, liefen meine Gedanken und meine Tage anders, meine Vorstellungen hatten sich verschoben. Sorgen, die mir früher den Schlaf raubten, schrumpften zu Nichtigkeiten, vormals Nebensächliches baute sich vor mir auf wie eine hohe Mauer. Ich bewunderte Schneider, der jede Arbeit spielerisch zu meistern schien; mir blieb unbegreiflich, daß er nach einem Sechzehnstundentag noch Zeit für sich fand.

Christa zupfte im Garten Unkraut und richtete sich ab und zu auf.

»Die arme Frau«, sagte sie. »So ein Ende hat sie nicht verdient. Dabei habe ich geglaubt, sie nimmt einmal ein heiteres Ende. Was einem doch alles bevorstehen kann. Gut, daß man es vorher nicht weiß. Ich will es auch nicht wissen.«

Ich half ihr, die Erde zu lockern, die Rosen zu düngen; auf einmal genoß ich unsere Zweisamkeit im Garten, der so nutzlos schön war und dessen stufenförmige Anlage uns das Jahr hindurch Schweiß und Geld kostete. Die warmen Nächte des vergangenen Jahres wünschte ich mir, den kühlen Weißwein in der Glaskanne und Christas leisen, aber desto nachdrücklicheren Vorwurf: Trink nicht so viel, es muß nicht jeden Abend ein Liter Wein sein.

»Warum läßt sie sich eigentlich nicht neben ihrem Mann begraben?« fragte sie plötzlich. »Da unten in Südfrankreich gibt es ja nicht einmal protestantische Pfarrer, die sie unter die Erde beten könnten. Was geht nur in den Köpfen der Menschen vor? Wenn sie hier mit Gottvater nicht harmonierte, warum es dann über das Grab hinaustragen?«

Ich wollte ihr nicht sagen, daß alle Beteiligten froh waren, daß die Grande Dame weitab beerdigt würde. Schneider war ein Stein vom Herzen gefallen, denn an ihm wäre alles hängengeblieben, und ein zweites Mal kurz hintereinander wäre die Belegschaft nicht auf den Friedhof zu bewegen gewesen. Eine Beisetzung nur im engsten Familienkreis aber hätte der Öffentlichkeit noch mehr Rätsel aufgegeben, als ohnehin schon im Gespräch waren.

»Am zweiten Ostertag habe ich frei, dann fahren wir irgendwohin«, sagte Christa. »Nur einen Tag. Ja?«

»Gut, fahren wir irgendwohin. Wir könnten auch, wenn das Wetter gut bleibt, eine Radtour ins Münsterland machen.«

»Eine Radtour? Ich werde zwar wieder einen pelzigen Hintern bekommen, aber so eine Tour würde uns guttun.«

Der grüne Mercedes fuhr vor, der einmal Böhmers Wagen, dann der seiner Frau gewesen war.

Nach der förmlichen Begegnung beim Staatsanwalt in Düsseldorf hatte ich diesen Besuch zuallerletzt erwartet. Lars und Sascha zögerten, als sie ausgestiegen waren und Christa und mich im Garten arbeiten sahen. Vielleicht wußten sie nicht, sollten sie an der Haustüre klingeln oder einfach über die schmalen Stufen, die neben den Palisaden nach oben zur Terrasse führen, hinaufsteigen. Die Terrassentür nannte Christa scherzhaft Lieferanteneingang.

»Ihr dürft den Lieferanteneingang benutzen«, rief sie ihnen zu; dann streifte sie ihre Arbeitshandschuhe ab und warf sie ins Heidekraut.

Als die Zwillinge linkisch und steif auf der Terrasse standen, gab sie ihnen etwas verlegen die Hand.

»Ein trauriger Anlaß«, sagte sie. »Guten Tag, ihr beiden.«

Mir nickten sie, wie immer, leicht zu. Beide trugen Rollkragenpullover.

Ich versuchte, verstohlen in ihren Gesichtern zu lesen, während Christa sie aufforderte, ins Wohnzimmer zu kommen. Bei unserem Eintritt flüchtete die Katze durch meine Beine und kletterte auf einen Kirschbaum. »Bitte keine Umstände, Tante Christa. Wir bleiben nicht lange. Wir hoffen, daß wir nicht lange zu bleiben brauchen.«

Sascha sagte es mit einem Blick auf mich.

»Wir überführen unsere Mutter am Gründonnerstag nach Avignon. Dienstag nach Ostern ist die Beisetzung«, sagte Lars. »Die Formalitäten sind geregelt. Sascha und ich werden uns in Zukunft voll auf unser Studium konzentrieren. Wir werden keine Minute Zeit für die Fabrik haben, deshalb möchten wir Sie, Herr Wolff, bitten, im Gremium unsere

Interessen zu vertreten. Sie sollen künftig die Aufgaben unserer Mutter wahrnehmen. Selbstverständlich wird das notariell abgesichert, damit es keinen Kompetenzstreit innerhalb des Gremiums gibt. Das ist nur eine Formsache.«

»Das ehrt mich, meine Herren, aber ich gebe zu bedenken«, antwortete ich, »daß Herr Schneider Chef im Ring ist, wie man so sagt.«

»Herr Schneider ist nicht Eigentümer der fünfzig Prozent, die uns gehören«, sagte Sascha.

Einen Moment fühlte ich mich geschmeichelt, aber meine Bedenken überwogen. Ich sah schon Schneiders Gesicht vor mir, und dieses Gesicht drückte Bestürzung aus.

»Unser Angebot gilt allerdings nur für die kommenden zwei Jahre, wie es im Vertrag festgelegt ist«, sagte Lars.

»Und dann?« fragte ich gespannt.

»Dann werden wir weitersehen«, antwortete Lars. »Es ist noch lange hin.«

Zwei Jahre sind schnell vorbei, besonders für einen Betrieb und eine Belegschaft, die erklärtermaßen an Sicherheit denkt.«

»Zwei Jahre sind lang. Da kann viel passieren«, sagte Sascha.

»Eben, Herr Böhmer, und weil viel passieren kann, deshalb muß jetzt Gewißheit geschaffen werden. Ein Betrieb muß langfristig planen und kalkulieren können, die Belegschaft muß wissen, wie es um ihre Zukunft steht. Und falls Sie nach zwei Jahren verkaufen wollen: Ich muß Sie darauf aufmerksam machen, daß Ihnen die Belegschaft die verbleibenden vierzig Prozent nicht abkaufen, schon gar nicht das Stammkapital ablösen kann. Auch in zwei Jahren wird der Gewinn nicht groß genug sein, um Ihre Anteile zu erwerben. Das wissen Sie so gut wie ich.«

»In zwei Jahren werden wir weitersehen, bis dahin haben mein Bruder und ich unsere Erfahrungen gemacht«, erwiderte Sascha kühl.

»Auf jeden Fall müssen wir Herrn Schneider hinzuziehen«, sagte ich.

»Edmund, was hat Herr Schneider mit der Sache zu tun?« unterbrach Christa. »Es geht doch um Saschas und Lars' Vermögen, nicht um das Vermögen von Herrn Schneider.«

»Herr Schneider ist nicht unser Mann«, fügte Lars hinzu, »Sie, Herr Wolff, haben mit ihm zu tun. Unser Angebot ist ein großer Vertrauensbeweis. Sie wären mit Herrn Schneider im Gremium gleichberechtigt, wenigstens für die kommenden zwei Jahre.«

»An dieser Gleichberechtigung liegt mir wenig. Womit verdiene ich Ihr Vertrauen?«

»Herr Wolff, es mag für Sie überraschend sein und befremdlich klingen«, antwortete Sascha, »aber mein Bruder und ich sind nun Waisen. Es dauerte lange, bis wir das begriffen haben. Tante Christa ist mit uns verwandt, sie ist auch die einzige Person, die meinem Bruder und mir nahesteht, auch wenn es nicht so aussehen sollte und für Sie nicht so aussehen mag. Wir vertrauen ihr, wir vertrauen genauso Ihnen, deshalb bitten wir Sie, uns zu vertreten. Wir haben auch mit Doktor Pauls darüber gesprochen, uns mit ihm beraten. Er billigt unseren Entschluß, weil dann jemand im Gremium sitzen würde, der durch Verwandtschaft mehr Gewicht einbringen kann. Wir haben immer nur an den Verkauf der Fabrik gedacht, wir müssen uns, auch wenn Ihnen das nebensächlich erscheinen mag, auf unser Studium konzentrieren. Das ist unsere Zukunft, nicht die Fabrik. Sie sind ein vertrauenswürdiger Mann, wir wüßten sonst niemanden, an den wir uns wenden könnten. Doktor Pauls ist nur froh, daß wir ihn deswegen nicht gefragt haben.«

»Ihr Vater, Ihre Mutter hatten gute Anwälte und einen versierten Wirtschaftsberater, der auch weiterhin dem Werk zur Verfügung steht«, sagte ich. »Die sind kompetenter als ich. Ich bin doch nur zufällig in das Testament Ihres Vaters gerutscht. Nun soll ich plötzlich für Sie etwas wahrnehmen, von dem ich nicht viel mehr verstehe als andere Laien auch. Wenden Sie sich an Herrn Schneider, er ist Ihr Adressat. Sie wissen ja, wo das Telefon steht. Ohne seine Zustimmung werde ich Ihr Angebot nicht annehmen. Ich denke nicht daran, zwischen Herrn Schneider und mich einen Keil treiben zu lassen.«

»Also gut«, sagte Lars und stand auf. »Ich werde im Betrieb anrufen.«

Während er im Vorraum telefonierte, in dem das Telefon neben der Garderobe steht, erzählte Sascha, daß die Polizei noch immer vor Rätseln stehe, auch wenn sie nichts unversucht gelassen habe, den kleinsten Spuren nachzugehen. Sie hätten mit der Dortmunder wie auch mit der Düsseldorfer Polizei gesprochen, herausgekommen sei nichts. Die ermittelnden Behörden ständen allem etwas hilflos gegenüber, würden aber wenigstens nicht behaupten, die Toten seien von selbst an den Platz ihrer Entdeckung gekommen.

Lars kehrte zurück und sagte: »Herr Schneider erwartet uns in der Fabrik. Ich habe ihm gesagt, daß wir in einer halben Stunde dort sind.«

»Soll ich mitkommen?« fragte ich.

»Davon hat er nichts gesagt«, antwortete Lars und sah mich dabei nicht an.

»Dann bleibe ich hier.«

Die Zwillinge verabschiedeten sich wie gewohnt: Christa gaben sie die Hand, mir nickten sie zu.

Die Katze kratzte an der Terrassentür und begehrte Einlaß, und als ich sie hereingelassen und mich wieder umgedreht hatte, stand Christa mitten im Wohnzimmer und starrte abwesend in den Garten. Sie sagte: »Ich kann verstehen, daß die beiden zu dir gekommen sind. Sie sind ja nun Waisen. Und sie geben sich beherrscht, aber kurz hintereinander Vater und Mutter verlieren, das braucht seine Zeit, und das kostet Kraft. Sie haben nicht nur ihre Eltern verloren, auch den halben Betrieb. Kein Wunder, daß sie die Nase von der Fabrik voll haben und alles abwälzen wollen.«

»Sie haben ihre Rechtsbeistände, sie haben einen Wirtschafts- und Finanzberater, sie haben Doktor Pauls – warum trotzdem ausgerechnet ich?«

»Warum? Sie haben es dir doch in aller Deutlichkeit gesagt. Ich erkläre es mir so, daß sie an Verwandtschaft immer noch mehr glauben als an gutbezahlte Vertreter, ist das so unnatürlich? Für mich nicht. Manchmal besinnen sich die Enkel auf das, was ihr Vater und Großvater mir verweigerten.«

»Trotzdem werden sie nach zwei Jahren ihre Anteile verkaufen, da bin ich mir heute sicherer denn je.«

»Dazu haben sie das Recht, wenn ich alles richtig verstanden habe. Niemand kann sie zwingen, es nicht zu tun.«

»Recht? Als ob das alles wäre. Mit diesem Recht können fünfhundert Existenzen brotlos gemacht werden.«

»Seit wann bist du so ein Menschenfreund, Edmund?«

Ich ging wieder in den Garten und nahm die unterbrochene Arbeit wieder auf.

Die Osterwoche verwöhnte uns mit strahlendem Sonnenschein und den ersten wirklich warmen Tagen in diesem Jahr. Nachmittags konnten wir schon auf der Terrasse sitzen; ich hatte die Gartenmöbel aus dem Keller geholt und fühlte mich fast als zufriedener Mensch. Ich war Bewahrer eines Vermögens geworden, denn ich hatte auf Christas Bitten das Angebot der Zwillinge angenommen, obwohl meine Zweifel und meine Skrupel nicht ausgeräumt waren; ich hatte auch meinen Bildband abgeliefert, meine finanzielle Zukunft war besser denn je, und das in einer Zeit, in der viele jeden Tag fürchten mußten, über Nacht arbeitslos zu werden.

Die Ostertage mit Christa glichen den besten Tagen unserer Gemeinsamkeit, die zwar nie stürmisch, dennoch von Zärtlichkeit und Beständigkeit getragen war. Christa entfaltete ihre gewohnte Ruhe und ihren Charme, der mich seit Beginn unserer gemeinsamen Tage gereizt und mir Geborgenheit vermittelt hatte. Oft alberten wir stundenlang, und trotzdem pochte die Unruhe in mir. Immer wieder stand mir die Szene in Düsseldorf vor Augen; ich dachte an Mathildes Gabe, ein Gesicht aus einem anderen Gesicht wachsen zu sehen, ich dachte an die Villa im Ruhrtal, und bei allen diesen Überlegungen streichelte ich liebevoll Christas Rücken, schmiegte sie sich fest an mich, wenn wir auf der Gartenbank in der Sonne saßen.

Ich führte ein Doppelleben.

Ich verschwieg Christa zu viel, vor allem das Wesen, das mich verzaubert hatte, in das ich verliebt war wie nie in meinem Leben vorher in einen Menschen, das anzurühren ich aber niemals gewagt hätte.

Das war es, was mich erregte und zeitweilig in einen Zustand innerer Raserei versetzte, denn ich fühlte mich gedemütigt, weil ich mich dabei ertappte, mir meine geheimsten Wünsche einzugestehen, nämlich Heinrich Böhmers Platz einzunehmen. Ich war auf alles eifersüchtig, was Mathilde umgab; meine Eifersucht machte mich so rasend, daß ich Christa ins Schlafzimmer zog und wir es dort trieben wie in unseren besten Tagen. Ich genoß ihr ohnmächtiges Versinken; lagen wir hernach erschöpft nebeneinander, quälte mich die Scham, weil ich sie nicht um ihrer selbst willen begehrte, sondern das Bild einer anderen vor Augen hatte.

»Edmund! Telefon für dich!« rief Christa und trat auf die Terrasse. »Es ist eine Mädchenstimme, Namen hat sie nicht genannt.«

Es war der zweite Ostertag; ich hatte mir vorgenommen, an nichts zu denken, mich treiben, mich versinken zu lassen, den ersten Bienen und Hummeln zuzusehen.

»So geh doch! Was ist? Warum stehst du nicht auf?«

»Ich geh schon.«

Ich fürchtete mich vor diesem Anruf.

»Ja bitte?« sagte ich gespielt gelangweilt in die Muschel.

»Komm bitte sofort!« rief Mathilde.

»Jetzt? Versteh doch bitte –«

»Natürlich verstehe ich. Kannst du deiner Frau nicht ein Märchen erzählen?«

»Am zweiten Osterfeiertag?«

»Sag ihr, die Amerikaner haben eine Atombombe geworfen, und du mußt die Toten fotografieren.«

Sie lachte hysterisch und so laut, daß ich den Hörer von mir hielt. Ihr Gelächter war wie eine Folter.

»Hör mal, mir ist vor einer Stunde ein Eilbrief zugestellt worden. Ich will, daß du dir das ansiehst ... Wer kennt meine Adresse? Nicht einmal mein Vater. Für meine Post habe ich ein Postfach. Komm sofort!«

»Ich komme«, flüsterte ich und legte auf.

Ich hängte mir zwei Kameras um und trat auf die Terrasse, wo Christa auf der Gartenbank saß.

»Ich muß zu einer Demonstration in die Innenstadt. Es ist eine nicht genehmigte Demonstration.«

»Auf einmal? Ich dachte, die Redaktionen wollen nichts mehr von dir wissen? Aber klar, zweiter Feiertag, da finden sie zu Hause keinen anderen Dummen. Wie kann man bloß an Ostern demonstrieren ...«

Da schloß ich schon das Garagentor auf und brauchte nicht mehr zu antworten.

Mathilde empfing mich mit tränenverschmiertem Gesicht und zerzaustem Haar. Sie trug verwaschene Jeans und einen grauen, grob gestrickten Pullover, der ihr bis zu den Kniekehlen reichte, und fiel mir gleich um den Hals. Ich ließ sie weinen. Ich rührte mich nicht, drückte aber das schlotternde Bündel fest an mich und genoß ihren Körper und ihre Hilflosigkeit. Als ihr Schluchzen nicht enden wollte, hob ich sie hoch und trug sie in einen Sessel. Dort beruhigte sie sich. Endlich zeigte sie auf einen Brief, der auf ihrem Schreibsekretär lag.

»Lies«, sagte sie nur.

Es war ein hektografiertes Schreiben, ohne Absender, ohne Unterschrift.

»An die Belegschaft der Firma Böhmer, Hannöversche Straße, Dortmund.

Sehr geehrte Dame, sehr geehrter Herr!

Es ist notwendig geworden, Sie davon in Kenntnis zu setzen, daß Sie auf infame Weise betrogen werden. Herr Manfred Schneider wurde im Testament Heinrich Böhmers nur deshalb zum Betriebsleiter eingesetzt, weil seine Tochter Mathilde die Geliebte von Heinrich Böhmer war über viele Jahre bis zu seinem Tode. Es steht außer Zweifel, daß Herr Schneider seine minderjährige Tochter an Heinrich Böhmer verkuppelt hat in der Absicht, ihn zu erpressen. Das Ergebnis dieser Erpressung kennen Sie. Herr Schneider ist jetzt Herr im Hause Böhmer, und er wird strenger über Euch herrschen, als Heinrich Böhmer jemals herrschte. Die verstorbene Frau Böhmer und die Söhne Böhmer haben dieses schmutzige Spiel mitgemacht, weil Herr Schneider ihnen drohte, das Verhältnis seiner Tochter mit dem Chef an die Öffentlichkeit zu bringen. Die Familie Böhmer, auf ihren guten Ruf bedacht, beugte sich dieser erneuten Erpressung. Die Tochter des Herrn Schneider wohnt weiterhin frech in unserer Stadt.

Beugt Euch nicht dieser Erpressung. Macht dieses schmutzige Spiel nicht mit, sonst werdet Ihr mitschuldig und strafwürdig. Es gibt nur einen einzigen sauberen Weg aus dieser Kloake: Zerreißt die Verträge! Nur der Verkauf der Firma garantiert Euch den sicheren Arbeitsplatz und befreit Euch von schmutzigen Machenschaften. Fangt an zu denken: Schneider ist nicht Euer Freund, er wird Euch auf seine Weise betrügen und ausbeuten, denn Manfred Schneider ist ein glänzend getarnter Kommunist, auch wenn er eingetragenes Mitglied der SPD ist.

Denkt! Handelt!«

Ich saß wie gelähmt, aber meine Hände zitterten.

»Entschuldige, daß ich dich angerufen habe, aber ich wußte mir keinen Rat mehr und auch keinen Menschen, dem ich mich hätte anvertrauen können. Ich habe niemanden. Außer dir.«

Mathilde beruhigte sich langsam, und auch ich zwang mich zur Ruhe.

»Wolff, ich habe Angst. Wer kennt meine Adresse?«

»Überlegen wir ruhig. Wer kennt deine Adresse? Deine Post kommt in ein Postfach. Eilboten aber werden zugestellt. Wer also?«

»Das Einwohnermeldeamt.«

»Dort erfährt ein Fremder schwerlich deine Adresse. Dort geben sie an Private keine Auskunft. Du hast im Telefonbuch keine Nummer – beziehungsweise, die Geheimnummer läuft auf Heinrich Böhmers Namen.«

»Heinrich hat das damals noch durchgesetzt.«

Ich legte meinen Arm um ihre Schulter, führte sie zur Couch und setzte mich neben sie. Sie schmiegte sich fest an mich. Ich war so ratlos, wie sie verzweifelt war.

»Laß uns nüchtern überlegen«, sagte ich. »Dieser Brief ging an alle Belegschaftsmitglieder: eine Katastrophe, ohne Zweifel. Was der oder die Absender damit bezwecken wollen, ist auch klar. Siebert? Von Wagenfuhr beauftragt? Allmählich bin ich an einem Punkt angelangt, wo ich alles glaube. Eines aber weiß ich genau: Dein Revolver im Büro von Diskretservice hat uns keinen Schritt weitergebracht. Und zur Polizei können wir nicht gehen, das wäre auch nicht im Sinne deines Vaters. Siebert läuft weiter frei herum, aber ich fürchte, er hat den Brief nicht verschickt. Das war ein anderer, und ich habe einen schrecklichen Verdacht, weil es einen Satz in diesem Brief gibt, den ich schon mal gehört habe . . . Klar ist jedenfalls: Du mußt hier weg. Du bist ein lebender Beweis.«

»Du hast recht, ich muß hier weg. Aber wohin? Wenn ich in der Stadt bleibe und mich einer aufstöbert – und der Eilbrief sagt ja alles –, dann ist Vater ruiniert und die Fabrik dazu. Ich bin selbst schuld, ich habe mich der Illusion hingegeben, man könnte viereinhalb Jahre anonym in so einer großen Stadt leben, aber das war ein verhängnisvoller Irrtum. Es muß mindestens einen Menschen geben, der über alles genau Bescheid weiß. Ja, früher haben diese Leute sich nicht aus ihren Löchern herausgetraut, da hatte ich Heinrichs Schutz . . . Gut, ich muß weg. Und zwar sofort.«

»Und wohin?«

»Ich werde es dir bei Gelegenheit mitteilen. Wo ich jetzt hingehe, da findet mich keiner. Komm!«

Sie holte ihre Handtasche aus dem Schlafzimmer, sah sich im Wohnzimmer noch einmal um, als wolle sie von all den schönen Dingen Abschied nehmen; dann schob sie mich sanft zur Tür und schloß sie sorgfältig ab.

Vor der Haustür stand ihr Wagen. Mathilde nickte mir zu, und ich wußte, es war sinnlos, sie zurückzuhalten, und überflüssig, sie zu fragen, wohin sie fahre. Ich sah ihrem Wagen nach, bis er an einer Ampel rechts abbog. Ich fühlte sogar Erleichterung über ihre Flucht.

Kurz entschlossen setzte ich mich in mein Auto und fuhr zu Schneiders Wohnung. Auch nach mehrmaligem Klingeln öffnete er nicht. Es war Feiertag, vielleicht war er verreist, aber das paßte nicht zu ihm. Auch er mußte längst von dem Brief wissen, irgend jemand mußte ihn verständigt haben, Adam, Hötger oder ein anderer.

Ich fuhr durch eine fast menschenleere Stadt zur Hannöverschen Straße, und als ich am Werkstor ankam, sah ich Schneider im Innenhof vor dem Bürotrakt aus seinem Wagen steigen. Der Pförtner hob für mich die Schranke und vergaß zu grüßen; er sah mir nur etwas verwirrt nach.

Schneider hatte mich bemerkt und wartete vor der Treppe auf mich; wortlos betraten wir das Bürogebäude. Im Lift fuhren wir hinauf in den dritten Stock. Öde lagen die Flure, die Bürotüren waren alle nach innen geöffnet, es roch nach Putzmitteln.

In seinem Büro setzte sich Schneider hinter seinen Schreibtisch und stierte durch die weitgeöffnete Polstertür an mir vorbei ins Vorzimmer. In sich zusammengesackt, schien er um zehn Jahre gealtert; manchmal stöhnte er, als habe er Schmerzen. Endlich stand er auf und begann herumzulaufen, von seinem Schreibtisch ins Vorzimmer und wieder zurück zum Schreibtisch.

»Wenn es wenigstens eine glatte Verleumdung wäre«, sagte er. »Schlimm an dem Brief ist, daß die Hälfte stimmt.«

»Ich weiß«, sagte ich.

Er blieb vor mir stehen und sah mich erstaunt an. Dann legte er den Brief auf seinen Schreibtisch und fragte: »Haben Sie auch diesen Wisch bekommen? Sie sind doch nicht zufällig hier am schönsten Feiertag.«

»Ich weiß es von Ihrer Tochter. Sie hat mich angerufen, ich bin zu ihr gefahren. Sie war ganz verstört und hat Angst um Sie. Dann bin ich zu Ihrer Wohnung gefahren, jetzt bin ich hier, weil ich mir denken konnte, daß ich Sie hier finden würde.«

»Wo ist meine Tochter jetzt?«

»Sie hat sich in ihren Wagen gesetzt und ist weggefahren.«

»Und Sie haben sie nicht zurückgehalten?«

»Das wäre nutzlos gewesen. Um ehrlich zu sein: Ich wollte sie nicht zurückhalten, weil ich glaube, daß es jetzt besser ist, wenn sie für eine Weile von der Bildfläche verschwindet.«

»Vielleicht haben Sie recht. Und wer steckt hinter dem Brief?«

»Ich weiß nicht mehr als Sie, aber ich habe einen Verdacht.«

»Die Absicht des Absenders ist klar. Wenn die Zeitungen von dem Brief erfahren, dann ist die Hölle los. Es war übrigens Hötger, der mich angerufen und unterrichtet hat. Der arme Kerl war ganz durcheinander. Dann ist er zu mir gekommen und hat mir den Brief gezeigt ... Ich weiß nicht, was morgen im Betrieb los sein wird, ich weiß nur, daß es nicht mehr so sein wird, wie es war ... Und doch beruhigt mich etwas, nämlich Hötgers Verhalten. Er hat gesagt, dieser Brief sei eine Sauerei. Wenn der Schreiber beweisen könnte, was er behauptet, dann hätte er seinen Namen unter den Wisch gesetzt ... Wissen Sie, Herr Wolff, nichts ist einfachen Leuten mehr zuwider als anonyme Beschuldigungen, das habe ich immer wieder erlebt. Kommen Sie, gehen wir ein Bier trinken. Wir können schließlich nicht bis morgen früh hier sitzenbleiben und Trübsal blasen.«

Nebeneinander liefen wir durch den Flur zum Treppenhaus am Ende des Flurs. Kurz vor der gläsernen Schwingtür sah Schneider im Vorbeigehen in Gebhardts Büro und blieb plötzlich stehen. Er lief zurück, er betrat das Büro, er setzte sich auf die Kante des Schreibtisches und blickte sich um, als sehe er dieses Büro, das sich von anderen nur durch doppelte Größe und gediegenere Ausstattung unterschied, zum ersten Mal.

»Fällt Ihnen etwas auf?« fragte er.

»Nein, nichts. Ordentlich wie immer.«

»Ja, ordentlich. Und trotzdem, irgend etwas stört diese Ordnung. Ich weiß nicht, was es ist, aber es ist etwas. Verdammt, ich kann es nicht sagen. Vielleicht bilde ich es mir nur ein und fange schon an, Gespenster zu sehen ...«

Er stand von der Kante des Schreibtisches auf und drehte sich langsam einmal um seine Achse. Dabei betrachtete er jede Kleinigkeit aufmerksam. Plötzlich entdeckte er, was ihn an dieser ausgezirkelten Ordnung gestört hatte: Unter der ledernen Schreibunterlage leuchtete ein weißes Dreieck hervor. Er griff mit zwei Fingern danach und zog es hervor. Es war ein

Stück Papier, von einem kleinen Schreibblock gerissen. Schneider hob die Schreibunterlage hoch und fand zwei weitere Zettel; mit den Zetteln in der Hand setzte er sich wieder auf die Schreibtischkante.

»Kommen Sie her, lesen Sie mit«, sagte er nur.

Auf allen Zetteln standen handschriftliche Entwürfe für den Brief, der an fünfhundert Belegschaftsmitglieder per Eilboten verschickt worden war.

»Das ist Gebhardts Handschrift«, sagte Schneider. »Wir rätseln und vermuten, dabei sitzt die Laus im eigenen Pelz. Gebhardt, ich kann es einfach nicht glauben. Aber es ist einwandfrei seine Handschrift. Was sagen Sie jetzt? Wen hatten Sie verdächtigt?«

»Ich bin nicht so überrascht wie Sie, ich lag mit meinem Verdacht genau richtig.«

»Und wie kamen Sie gerade auf Gebhardt?«

»Durch einen einzigen Satz. In seinem Brief steht, Manfred Schneider sei ein glänzend getarnter Kommunist, auch wenn er eingetragenes Mitglied der SPD ist. Das ist sinngemäß dasselbe, was mir Gebhardt nach der ersten Gremiumssitzung über Sie gesagt hat.«

Schneider steckte die Zettel in seine Jackentasche und sagte: »Wie kann jemand nur so dumm sein. Der Mann hat ja sein eigenes Todesurteil geschrieben. Gebhardt muß blind gewesen sein vor Haß.«

»Warum hat er den Brief nicht zu Hause geschrieben?«

»Ganz einfach: Leute seiner Art laufen nur in ihrem Büro zur vollen Form auf. Zu Hause tragen sie keinen Kopf, nur Pantoffeln an den Füßen.«

Dann rief Schneider den Pförtner an. »Sehen Sie bitte in Ihrem Ein- und Ausgangsbuch nach«, sagte er, »wer seit Gründonnerstag Schichtende das Werk betreten hat. Ich will auch wissen, wie lange er sich hier aufgehalten hat.«

Vom Pförtner, der umständlich die Eintragungen vorlas, erfuhren wir, daß – außer dem üblichen Wachdienst – Herr Adam am Karfreitag von elf bis dreizehn Uhr, Herr Gebhardt am Karsamstag in der Zeit von vierzehn bis neunzehn Uhr im Werk gewesen waren und Ostersonntag Herr Hötger eine halbe Stunde im Betriebsratsbüro.

Schneider legte nachdenklich den Hörer auf. Dann nahm er kurz entschlossen das Bild von der Wand, das Gebhardt mit Heinrich Böhmer zeigte: Anläßlich einer betrieblichen Feierstunde zu Gebhardts vierzigjährigem Dienstjubiläum hatte ihm Böhmer eine Urkunde und eine goldene Taschenuhr überreicht.

Schneider löste die Fotografie aus dem Wechselrahmen und steckte sie in eine Klarsichtfolie, die er auf einem Ablagetisch fand; dann verließ er das Büro. Wie ein Gehetzter rannte er die Treppen hinunter und ich hinterher, ohne nach seinem Ziel zu fragen. Als er draußen seinen Wagen aufschloß, rief er mir über das Autodach zu: »Kommen Sie mit, Herr Wolff, wir wollen uns sofort Gewißheit verschaffen. Wir müssen herausfinden, ob Gebhardt alles allein gemacht hat oder ob er Helfer hatte.«

Während der Fahrt sagte er: »Laut Poststempel sind die Eilboten gestern zwischen zwanzig und zweiundzwanzig Uhr aufgegeben worden. Es gibt einen Dienstplan, es muß also leicht zu ermitteln sein, wer um diese Zeit am Nachtschalter Dienst geschoben hat.«

»Die Beamten sind nicht verpflichtet, an Fremde Auskunft zu geben«, sagte ich.

»Lassen Sie mich nur machen. Mir wird schon was einfallen.«

Am Schalter der Hauptpost fragte Schneider den diensttuenden Beamten, einen bärtigen Mann von etwa vierzig Jahren, wer gestern nacht Dienst hatte. Als sich der Beamte reserviert gab, fügte Schneider lächelnd hinzu: »Wissen Sie, ich habe gestern abend eine Menge Eilboten aufgegeben und mit einem Fünfhundertmarkschein bezahlt. Zu Hause erst habe ich bemerkt, daß mir Ihr Kollege einen glatten Hunderter zuviel herausgegeben hat. Damit er wieder ruhig schlafen kann, will ich ihm das Geld zurückbringen.«

»Ja, wenn das so ist«, antwortete der Beamte. »Natürlich kenne ich den Kollegen. Warten Sie einen Moment, ich schreibe Ihnen seine Adresse auf, er ist bestimmt zu Hause.«

Nach zwei Minuten kam er zurück und reichte Schneider einen Zettel.

»Hier seine Adresse. Sagen Sie ihm einen schönen Gruß von mir, er soll sich heute noch einen vor die Brust nehmen, er hat allen Grund dazu.«

Wir fanden den Mann im Stadtteil Dorstfeld in seinem Garten hinter dem Haus: Er sah uns erstaunt entgegen, als wir durch das enge Gartentörchen kamen. Ohne Umschweife hielt ihm Schneider die Fotografie vors Gesicht und sagte: »Der Herr links auf dem Foto hat gestern abend bei Ihnen am Spätschalter einen Haufen Eilboten aufgegeben. Können Sie sich an ihn erinnern?«

»Ja«, antwortete der Mann, nachdem er einen kurzen Blick auf das Bild geworfen hatte. »Ja, ich erinnere mich. So viele Eilbriefe vergißt man nicht so schnell. Ist etwas nicht in Ordnung?«

»Danke«, antwortete Schneider, und wir verließen den Garten so schnell, wie wir gekommen waren. Ein maßlos erstauntes Gesicht sah uns nach.

Auf der Rückfahrt zur Fabrik lachte Schneider vor sich hin.

»Sehen Sie«, sagte er, »überrumpeln führt immer noch zum Erfolg. Jetzt haben wir den endgültigen Beweis, und wir werden noch erfahren, warum Gebhardt es getan hat. Siebert scheint mit der Sache nichts zu tun zu haben. Sind Sie heute abend zu Hause?«

»Warum?«

»Falls mir noch was einfällt. Heute können wir nichts mehr tun. Feiertage machen alles zum Friedhof.«

Er hielt auf dem Fabrikhof neben meinem Wagen, und als ich ausstieg, sagte er noch: »Gut, daß die Zwillinge zur Beerdigung der Grande Dame in Frankreich sind. Von Gebhardts Brief werden sie noch früh genug erfahren – aber dann, hoffe ich, haben sich die Wogen gelegt und Gebhardt ist weg vom Fenster. Jetzt muß ich das Bild wieder an seinen Platz hängen.«

Als ich spät, zum Abendessen jedoch nicht zu spät heimkehrte, fragte Christa nicht einmal nach der Demonstration, die ich ihr vorgeschwindelt hatte. Sie war mit der Zubereitung des Essens so beschäftigt, daß ihr Gesicht glühte, und begrüßte mich gutgelaunt. Ich tat abweisend und mimte den Müden. Es gab Lammkeule mit Artischocken.

Während des Essens fragte sie: »Ärger gehabt?«

»Nein. Warum fragst du?«

»Nur so. Weil du so wortkarg bist.«

»Bin ich das?«

»Und die Demonstration?«

»Nichts von Belang.«

»Für das Belanglose warst du aber lange weg.«

»Ich habe noch Bekannte getroffen. Du weißt doch, wie das ist, da kann man nicht nach drei Minuten wieder verschwinden.«

»Brauchst du morgen den Wagen?«

»Wir haben morgen zwar Gremiumssitzung, aber du kannst ihn haben. Ich fahre mit der Straßenbahn.«

»Eigentlich müßte dich ein Firmenwagen abholen. Schließlich fährst du nicht zu deinem Vergnügen in die Fabrik.«

»Du hast recht. Ich werde es morgen Schneider vorschlagen.«

»Vorschlagen. Nein, fordern. Schließlich vertrittst du die Zwillinge.«

»Du hast recht. Aber man muß sich in jede Rolle erst hineinleben.«

»Wann unterschreibst du den Vertrag? Die Zwillinge haben längst unterschrieben.«

»Morgen. Vor der Gremiumssitzung.«

»Das wird knapp. Nimm dir ein Taxi und laß es dir bezahlen.«

Es war unklug von mir gewesen, mich auf eine Demonstration herauszulügen, aber ich hoffte, Christa werde von meiner Lüge nichts erfahren. Der seit Wochen anhaltende Druckerstreik würde mir vielleicht helfen: Die Tageszeitungen, wenn sie überhaupt erschienen, brachten vierseitige Notausgaben mit auf Telegrammstil verkürzten Weltnachrichten; Lokales fehlte fast völlig.

Am Dienstag, das schöne Wetter blieb beständig, unterschrieb ich morgens um zehn Uhr beim Notar Grosser den Vertrag, der von Lars und Sascha schon unterzeichnet vorlag. Es war eine Formsache von zehn Minuten. Grosser verabschiedete sich mit den Worten: »Ich muß Ihnen Glück und Erfolg wünschen, auch wenn es für mich ein trauriger Anlaß ist.«

Auf der Fahrt zum Werk dachte ich über diesen seltsamen Satz nach und fand, daß er beleidigend war.

Ich hatte eine veränderte, eine unruhige, fremde Fabrik erwartet: aufgeregt diskutierende Menschen, eine spontane Betriebsversammlung. Nichts dergleichen war der Fall. Das äußere Bild des Werkes deutete auf einen Allerweltstag hin, die Arbeitsgeräusche verrieten eine intakte Betriebsstätte. Diese Normalität irritierte mich so, daß ich vor dem Bürogebäude stehenblieb, verwundert darüber, daß nach dem Gebhardt-Brief alles normal weiterlief, als wäre nichts geschehen.

In Schneiders Vorzimmer bat mich die Sekretärin, noch eine Minute zu warten. Auf ihrem Schreibtisch lag sichtbar das ominöse Schreiben. Ich setzte mich und blätterte in der Notausgabe der Tageszeitung.

Dann trat Gebhardt ein und begrüßte mich, entgegen seiner Gewohnheit, fast überschwenglich, fragte, wie ich die Feiertage verbracht habe, und bemerkte, daß nun endlich das Wetter sich ändern und Bestand haben werde. Er nahm den Brief vom Tisch, hielt ihn mir vor und sagte: »Schon gelesen?«

»Ich habe ihn gelesen«, antwortete ich.

Endlich öffnete Schneider seine Tür und sagte: »Bitte, Frau Körber, für die nächste Stunde keine, absolut keine Störung. Darf ich die Herren hereinbitten?«

Adam und Hötger saßen schon im Büro und nickten uns zu, als wir eintraten.

»Nehmen Sie bitte Platz«, sagte Schneider, »es wird nicht länger dauern als sonst, aber der Anlaß ist nicht gerade erfreulich. Jeder von Ihnen kennt den anonymen Brief, seit Schichtbeginn bin ich damit beschäftigt, wieder Ruhe in die Belegschaft zu bringen und sie davon zu überzeugen, daß ein Verleumder am Werk ist, ein vorgeschobenes Subjekt, hinter dem, dessen bin ich mir sicher, einflußreiche Kreise stehen, die unser Modell kaputtmachen wollen. Der Verleumder handelt nach bekannten Paradefällen: Jemanden, der unbequem ist, bringt man am leichtesten über eine Bettgeschichte zu Fall. Diese Methode ist so alt, wie sie erbärmlich ist. Gott sei Dank reagierte die Belegschaft auf diesen Brief, wie ich es erwartet hatte, nämlich nach dem Motto: Wer anonyme Briefe schreibt, hat selbst Dreck am Stecken. Nun zur Sache.«

Schneider nahm den Brief zur Hand und fuhr scheinbar unbefangen fort: »Während der Feiertage waren, nach Auskunft des Pförtners, drei Personen im Betrieb. Herr Adam am Karfreitag –«

»Ich hatte Entwürfe vergessen und habe sie im Konstruktionsbüro erst suchen müssen. Ich habe die Arbeit dann mit nach Hause genommen.«

»Und Kollege Hötger? Warum warst du im Betrieb für eine halbe Stunde?«

»Ich habe zu Hause meinen Bericht für die nächste Belegschaftsversammlung aufgesetzt, dazu brauchte ich das letzte Protokoll. Das lag im Schrank im Betriebsratszimmer.«

»Und Sie, Herr Gebhardt? Sie waren am Karsamstag hier. Was haben Sie im Betrieb gemacht?«

»Herr Schneider, ich muß schon bitten, das ist ja wie ein Verhör.«

»Wenn Sie so wollen, ja. Schließlich ist dieser Brief kein Aprilscherz. Es geht dabei nicht um mich persönlich, es geht um nicht weniger als um die Existenz der Firma. Das dürfte doch wohl jedem klar sein. Denn ich bin sicher, daß dieser Brief zwar die Tat eines einzelnen, aber ohne Hintermänner nicht denkbar ist. Die wollen uns die Luft abdrehen, und sie haben jemanden mit den besten Insiderkenntnissen gefunden. Alle Achtung. Der Betreffende kennt unsere Adressenkartei genau. Er hat auch darauf geachtet, daß den Mitgliedern des Gremiums kein Brief zugestellt wurde. Oder haben Sie einen Eilbrief bekommen, Herr Gebhardt?«

»Ich? Selbstverständlich nicht. Warum fragen Sie?«

»Ich frage ja nicht nur Sie, aber Sie besonders.«

»Ich habe für den Brief keine Erklärung.«

»Wirklich nicht, Herr Gebhardt?«

Schneider entnahm einer blauen Mappe, die vor ihm auf dem Schreibtisch lag, die drei Zettel mit den handschriftlichen Entwürfen und hielt sie über seinen Kopf, als wüßten wir nicht Bescheid. Dann stand er auf und legte die Zettel langsam auf den Rauchtisch, neben dem Gebhardt saß.

Gebhardt verfärbte sich; plötzlich riß er die Zettel an sich und zerknüllte sie.

»Aber Herr Gebhardt, das waren doch nur Fotokopien«, sagte Schneider. »Die Originale werde ich meinem Anwalt übergeben, der in meinem Namen Klage gegen Sie einreichen wird. Sie sind doch sonst die Umsicht in Person. Nun sind Sie sich zum erstenmal untreu geworden. Warum bloß haben Sie diese Zettel auf Ihrem Schreibtisch liegenlassen? Warum haben Sie sie nicht vernichtet? Ihre Auftraggeber werden darüber sehr ungehalten sein. Ist es Herr Siebert, Herr Zierer, Herr Wagenfuhr?«

Gebhardt blickte verstört um sich; dann nahm er eine Haltung ein, als wolle er sich jeden Moment auf jemanden stürzen. Hötger und Adam sahen betreten zu Boden. Keiner sagte ein Wort; auf einmal lachte Schneider, aber hinter seinem Lachen versteckte er seine Enttäuschung und seinen Zorn.

»Herr Gebhardt«, sagte er schließlich, »ich möchte Sie jetzt bitten, geradewegs das Werksgelände zu verlassen. Ihr Büro werden Sie nicht mehr betreten. Ich habe es abschließen lassen in dem Moment, in dem Sie hier saßen. Ihre persönlichen Sachen stellt Ihnen ein Ausfahrer der Firma zu. Geben Sie mir jetzt Ihren Schlüsselbund. Alles andere regelt dann die Polizei, beziehungsweise das Gericht.«

»Bitte, keine Polizei«, sagte Gebhardt fast flüsternd.

»Zu spät«, sagte Schneider. »Sie sind hier in Ehren ergraut, Herr Gebhardt, Sie gehören wie lebendes Inventar zur Firma. Was hat Sie bloß dazu bewogen, jetzt Dreck zu schleudern? Ich versuche seit gestern eine Logik in Ihrer Handlungsweise zu finden, ich versuche es wirklich, aber ich finde keine Erklärung. Können Sie mir, können Sie uns eine geben?«

Schneider lief im Büro auf und ab. Ich sah ihm an, wie es in ihm arbeitete, dann brach sein Zorn durch. »Ich will niemanden mehr schonen, es kotzt mich an. Ich wollte diesen Job nicht. Gottvater hat ihn mir aufgedrängt, und ich habe ihn angenommen, weil ich für die Fabrik eine Chance sah und für die Leute in der Fabrik. Und jetzt, da ich diesen Job habe, werde ich ihn mit Zähnen und Krallen verteidigen. Ich werde ihn mir nicht von Leuten wie Ihnen, Herr Gebhardt, kaputtmachen lassen, auch nicht von anderen, egal, wie sie heißen und welchen Einfluß sie in diesem Lande haben. Sie können später der Polizei oder dem Gericht Ihre Hintermänner nennen, ich kenne sie sowieso und weiß auch, wo sie sitzen. Seit Böhmers Tod hätte ich wissen müssen, daß Sie nicht einmal vor Mord zurückschrecken.«

»Damit habe ich nichts zu tun!« rief Gebhardt fast weinerlich.

»Das glaube ich Ihnen fast aufs Wort, Herr Gebhardt, aber von allein kam Heinrich Böhmer nicht auf den Kirchturm. Ich glaube Ihnen auch, daß Sie nicht bestechlich sind, nicht mit Geld natürlich. Sie tun alles aus Überzeugung – wie jene Industriellen, die Millionen den Parteien spenden und so die eigene Macht sichern. Das ist es ja, was Typen wie Sie so gefährlich macht. Oder haben Sie sich Worldelectric denn nicht aus Überzeugung an den Hals geworfen, nur aus Überzeugung von dem Moment an, in dem Sie erkennen mußten, daß Böhmer seine Fabrik nicht verkauft? Dann hofften Sie auf die Grande Dame, aber deren Eingreifen, von dem Sie und Ihre Hintermänner überrascht wurden, hat das Konzept Ihrer Hintermänner völlig durcheinandergebracht. Selbstverständlich hat man die Grande Dame nicht aufgehängt wie ihren Mann, das gehört sich nicht bei einer Lady, aber irgendwie habt ihr auch sie auf dem Gewissen, denn eine Tote fährt nicht mit dem Auto in ein Parkhaus am Düsseldorfer Flughafen. Sie waren doch beteiligt – oder etwa nicht?«

»Nein! Nein!« rief Gebhardt. »Es war Herzversagen, es war schrecklich, schrecklich.«

Die Stille nach diesem Geständnis war gespenstisch; unsere Betroffenheit hätte nicht größer sein können. Gebhardt war in eine Falle gegangen, die Schneider vielleicht nicht einmal mit Absicht aufgestellt hatte. Gebhardt hätte in diesem Augenblick das Büro verlassen können; niemand von uns wäre fähig gewesen, ihn zurückzuhalten. Hötger starrte ihn mit großen Augen an, als sitze da ein Wesen, das keinen Namen hat.

Dann begann Gebhardt leise vor sich hinzuweinen, und auf einmal schluchzte er haltlos.

Adam sah Schneider fragend an, als wisse der eine Erklärung für alles.

»Herr Gebhardt«, sagte Schneider endlich, »gehen Sie jetzt, es wird sich nicht vermeiden lassen, daß wir uns noch einmal wiedersehen – vor Gericht.«

Gebhardt stand auf und verließ das Büro.

Nach einer Weile öffnete Schneider ein Fenster weit und atmete tief durch.

»Wir haben in unserer Stadt zwar keine gute Luft, aber sie ist immer noch gesünder als die hier drinnen«, sagte er. »Herr Adam, wir haben viel Zeit vergeudet, sorgen Sie doch bitte dafür, daß die drei Lastzüge heute noch beladen werden. Hötger, du gehst in den Betrieb zurück. Hör dich um, und sollte auch nur die geringste Unruhe aufkommen, laß dein Mundwerk spielen. Du kannst jetzt den Leuten ruhig sagen, wer den Brief geschrieben hat. Ich werde sowieso einen Anschlag am Schwarzen Brett anbringen lassen, damit es von meiner Seite offiziell ist, und ich werde auch nicht verschweigen, daß ich Strafanzeige gegen Gebhardt stellen werde wegen Verleumdung, übler Nachrede, Geschäftsschädigung und Verunglimpfung eines Toten. Dem Anwalt wird noch mehr dazu einfallen. Was wir im Betrieb brauchen, ist Ruhe, Ruhe und nochmals Ruhe.«

Hötger und Adam gingen bedrückt und ohne Gruß. Ich wollte ihnen folgen, aber Schneider hielt mich zurück.

»Ich habe mit Ihnen noch etwas Prinzipielles zu besprechen, Herr Wolff. Mich bedrücken nicht die Halbwahrheiten, mit denen gegen mich und damit gegen das Modell und den Bestand der Firma geschossen wird aus dem Dunkel, ich frage mich, wer die Hintermänner sind. Darüber wissen wir zu wenig, und natürlich wird Gebhardt vor Gericht, wenn es dazu kommt, keine Namen nennen, weil er auf das Wohlwollen dieser Leute im Hintergrund rechnen darf und wohl auch rechnen muß. Was mir mehr Sorgen macht, ist der Boden, auf dem unser Modell arbeiten und Gewinn erwirtschaften soll. Wir haben zwar eine ausgesprochen unternehmerfreundliche Regierung, ohne Zweifel, aber mit unserem Modell, fünfhundert Unternehmer in einem einzigen Betrieb, stehen wir allein da. Gebhardt hat einmal gesagt, es sei kommunistisch. Das ist natürlich dumm, aber um so gefährlicher, denn es gibt Millionen in diesem Lande, die diesen Unsinn glauben und gerne glauben wollen ... Sie wissen nun so gut wie ich, daß wir alles andere als kommunistisch sind. Unser Modell verspricht nur ein wenig mehr Gerechtigkeit, und die kann auch mit kapitalistischen Methoden möglich sein. Ich muß demnach den Betrieb strenger führen, wenn wir nicht an uns selber scheitern wollen. Ich will nach Möglichkeit aufkommenden Konflikten vorbauen – kurz gesagt: Ich werde, mit Einverständnis des Gremiums, aus dem Unternehmensverband austreten und auch aus Gesamtmetall – aus einem einfachen Grunde. Sollte gestreikt werden, und es sieht so aus, werden die Unternehmer zur Aussperrung aufrufen. Einen Streik hier im Betrieb werde ich zu verhindern wissen. Aussperrung kommt nicht in Frage. Danken wird es mir keiner. Bei der Gewerkschaft werde ich als Verräter abgestempelt werden, bei den Unternehmern auch. Dem einen paßt nämlich unser Modell so wenig wie den anderen. Also können mir beide gestohlen bleiben. Im Mai werde ich an die Belegschaft eine Mitteilung herausgeben, daß wir schon zum 30. Juni eine Gewinnabrechnung und anschließend eine Gewinnausschüttung vornehmen. Das ist für die Buchhaltung kein großes Problem. Jedem wird dann sein Gewinnanteil für ein halbes Jahr im voraus ausbezahlt, das beruhigt.«

»Bestechung?«

»Wenn Sie es so nennen, bitte. Ich würde es Öl nennen, das man auf die überkochende Hefe gießt. Dadurch bekomme ich Ruhe in den Betrieb, denn nach den Eilbriefen schwelt es in der Belegschaft. Wenn es erst einmal schwelt, dann ist der Brand nicht weit. Sie können mir helfen, seinen Ausbruch zu verhindern.«

»Und wie?«

»Ich wünsche mir, daß Sie ganztägig hier sind. Hängen Sie Ihre Kameras an den Nagel, Fotografen gibt es genug. Hier geht es um unser Modell . . .«

»Ich bin kein Gebhardtersatz, wenn Sie das gemeint haben sollten. Aber ich kann mir ein Leben ohne Kameras vorstellen, wenn Sie mir genau abgegrenzte Aufgaben im Betrieb zuteilen.«

»Herr Wolff, Offenheit gegen Offenheit: Ich bin auch privat in der Klemme. Es heißt immer, wer seine privaten Probleme nicht in den Griff bekommt, der wird die beruflichen erst recht nicht meistern. Da mag etwas Wahres dran sein. Ich weiß nicht, wie alles passiert ist: Plötzlich entglitt mir meine Tochter und zog zu einem Mann, der ihr Großvater hätte sein können. Er verwöhnte sie wie einen Hollywoodstar. Aber es gibt noch etwas anderes, das ich Ihnen nicht vorenthalten darf. Seit ich Betriebsleiter bin, ruft mich ab und zu wieder meine Frau an. Sie fordert Geld, sie glaubt, ich schwimme in Geld. Gebe ich ihr etwas, werde ich sie nie wieder los, gebe ich ihr nichts, wird sie auf Rache sinnen und zum Beispiel alles beschwören, was in Gebhardts Brief steht. Irgendwann und von irgendwem wird sie so einen Brief in die Finger bekommen. Das wäre mein persönlicher Untergang, und ich würde höchstwahrscheinlich die Fabrik mitreißen. Im Traum höre ich deutlich das Gelächter unserer Gegner und auch das Krachen, wenn das Modell zusammenbricht.«

»Vielleicht kann sich Ihr Anwalt mit Ihrer Frau verständigen.«

»Wenn Menschen nicht mehr weiterwissen, dann flüchten sie entweder zum Anwalt oder in die Religion. Ich will das ohne Anwälte regeln. Dazu brauche ich meine Tochter. Bitte, reden Sie mit ihr. Sie müßte die Wahrheit bezeugen, wenn es notwendig werden sollte. Und Sie würden sich auch um den Betrieb verdient machen. Reden Sie mit meiner Tochter. Sie ist nicht nur schön, sie ist auch klug. Jetzt brauche ich die Klugheit, die Heinrich Böhmer ihr beigebracht hat.«

»Sie haben also für mich schon eine Position gefunden, die ich im Gremium künftig einzunehmen habe.«

»Das habe ich.«

»Und welche?«

»Feuerwehr und Nothelfer.«

»Das ist nicht das Schlechteste.«

»Hallo, Wölffchen! Vielleicht hast du versucht, mich zu erreichen, ich habe mich erst mal verkrochen und bin in Heinrichs Apartment in Düsseldorf-Oberkassel. Komm mich bitte, wenn es Dir möglich ist, am ersten Mai besuchen. Gruß Mathilde.«

Darunter standen Straße und Hausnummer in Oberkassel.

Ich las den kurzen Brief mehrmals; die Katze schnurrte um meine Beine und begann, aufsässig zu werden, weil ich ihr nicht sofort den Freßnapf füllte.

Die von Mathilde angegebene Adresse fand ich erst nach langem Suchen; auf dem Namensschild neben dem Klingelknopf stand der Name Böhmer. Das Apartment, ein großer Wohnraum, Badezimmer und Kochnische, war nicht gerade luxuriös ausgestattet. Es glich eher jenen standardisierten Herbergen, die für teures Geld an Alleinstehende vermietet wurden.

»Ich sorge mich seit Tagen um dich, und du sitzt hier und genießt die schöne Aussicht auf den Rhein«, sagte ich.

»Das ist nur äußerlich. Hier hat Heinrich gewohnt, wenn er in Düsseldorf ins Theater ging oder in die Oper. Er mochte Hotels nicht besonders, er wohnte in ihnen nur, wenn es aus Geschäftsinteressen nicht zu vermeiden war ... Starr jetzt keine Löcher in die Wände, setz dich endlich. Und wenn du denkst, Heinrich hat das hier für mich gemietet, täuschst du dich. Ich war zwar einige Male mit ihm hier, ich habe auch einen Schlüssel, aber Heinrich brauchte es meistens für sich selbst. Er hatte nie Lust, nach einer Vorstellung nach Hause zu fahren.«

Ich konnte mir nicht verkneifen zu sagen: »Wenn man Geld genug hat, kann man sich Unlust leisten.«

»Weiß man schon, wer den Brief geschrieben hat?«

»Dein Vater hat es zufällig entdeckt. Ich war dabei. Es war, halte dich fest, Gebhardt.«

Aber Mathilde nickte nur wie zustimmend, als hätte sie das längst gewußt.

»Ich dachte es mir. Der Kreis schließt sich langsam«, sagte sie leise. Nach einer Pause fügte sie hinzu: »Jetzt werde ich zu meinem Vater zurückkehren. Ich hoffe, er will mich noch haben . . . Was hat er gegen Gebhardt unternommen?«

»Über seinen Anwalt Anzeige erstattet wegen Beleidigung, übler Nachrede, Verleumdung und noch mehr, aber hauptsächlich wegen Verunglimpfung eines Toten.«

»Heinrich tut das alles nicht mehr weh. Er würde es, wenn er es erfahren könnte, nur meinetwegen bedauern. Ich aber frage mich, was in einem Menschen wie Gebhardt vorgeht. Er diente schon unter Heinrichs Vater und galt als Gipfel der Verschwiegenheit. Er drehte für Heinrich manchmal private Geschäfte so, daß sie betrieblich wurden – oder umgekehrt, wie man es brauchte. Hauptsache, das Finanzamt wurde geleimt. Vor zwei Jahren hat Heinrich ihm die Abwicklung seiner privaten Geschäfte entzogen. Irgend etwas war vorgefallen. Heinrich schwieg sich darüber aus, obwohl er mir alles erzählte, er hatte vor mir keine Geheimnisse – aber ich glaube, das habe ich dir schon erzählt ... Kennst du die neue Adresse meines Vaters?«

»Ja. Auch seine private Telefonnummer, weil die Gremiumsmitglieder jederzeit erreichbar sein müssen. Soll ich ihn anrufen?«

»Wölffchen, komm, fahren wir. Vielleicht braucht er mich jetzt, und ich kann ihm helfen. Ganz sicher, denn wenn es zu einer Verhandlung gegen Gebhardt kommt, wird meine Aussage Gewicht haben. Ich werde so aussagen, daß es meinem Vater nützt. Es war überhaupt dumm, daß ich geflüchtet bin. Heinrich hat immer zu mir gesagt: Kitz, denk erst zu Ende, bevor du etwas unternimmst. Ich bin geflüchtet, ohne zu denken. Ich kann heute meine Panik nicht mehr verstehen, und du warst mir keine Hilfe. Wolff, du hast eine ganz erbärmliche Angst in dir, und ich habe mich von deiner Angst anstecken lassen.«

»Die Zwillinge haben mir angetragen, ihre Interessen im Gremium zu vertreten. Ich bin also Nachfolger der Grande Dame, ich sitze jetzt stellvertretend für sie im Gremium. Ich habe angenommen, beim Notar wurde alles abgesegnet, dein Vater hat es akzeptiert.«

Bevor wir ins Auto stiegen, sagte sie: »Du bist jetzt der Stellvertreter der Zwillinge? Wer hätte das gedacht. Heinrich hat alles bestens vorausberechnet, um von keinem Zufall überrascht zu werden, aber das konnte er weiß Gott nicht voraussehen.«

Auf der einstündigen Fahrt von Düsseldorf nach Dortmund blieben wir einsilbig. Mathilde saß angeschnallt neben mir wie eine Puppe. Sie wandte während der Fahrt kein einziges Mal den Kopf nach links oder rechts, sie starrte blicklos durch die Windschutzscheibe auf die auf uns zustürmende Fahrbahn. Einen Moment war mir, als sei sie gealtert.

Als wir an der Westfalenhalle in den Krückenweg einbogen, sagte sie leise: »Mein Vater ist ein Fanatiker, vielleicht auch ein Sektierer, die enden schlimm. Er muß sich unbedingt eine Freundin zulegen, etwas anderes als Mutter, eine mit Verstand, eine, mit der er reden kann. Meine Mutter hat meinen Vater immer für einen Spinner gehalten. Mein Gott, wenn ich nicht in Heinrichs Arme gefallen wäre, würde ich jetzt als jüngere Ausgabe meiner Mutter rumlaufen.«

»Aber deine Mutter fängt an, deinen Vater zu erpressen. Das hat mir dein Vater erzählt, und er war darüber sehr beunruhigt.«

»Ich habe das kommen sehen. Wenn sie Geld riecht, dann brennen bei ihr alle Sicherungen durch, auch wenn sie dabei selbst hopsgeht. Sie ist so. Man kann sie nicht mehr ändern. Aber ist es verwunderlich? Jeder Mensch braucht Geld zum Leben. Ihr Polizist sitzt wegen Hehlerei, wenn er wieder rauskommt, dann sucht er sich was Jüngeres oder einfach eine andere, Hauptsache, sie hat Geld . . . Weil meine Mutter eine beschränkte Intelligenz hat, glaubt sie, Vater gehört jetzt die ganze Fabrik, ihm allein. Sie kann einem leid tun, aber ich möchte ihr trotzdem nicht mehr begegnen – nicht, weil sie boshaft ist, das ist sie nicht, sie ist nur dumm. Sie hat mich früher oft geschlagen, aber ich weiß heute, daß sie mich nur geschlagen hat, weil ihr die Worte fehlten.«

Ich hielt im Stadtteil Schönau im Schatten der Universität vor einem ansehnlichen, gut gepflegten Einfamilienhaus.

»Wir sind da. Steig aus, er wird zu Hause sein.«

Mathilde öffnete die Wagentür, blieb aber sitzen.

»Ich habe Angst.«

»Du brauchst keine Angst zu haben. Er wartet auf dich.«

»Er wartet auf mich?«

»Ich sagte es.«

»Danke, Wölffchen.«

Ich wollte nicht Zeuge des Wiedersehens sein; es wäre mir und vielleicht auch ihm peinlich gewesen. Ich wartete, bis sie klingelte und wenig später die Haustüre geöffnet wurde. Dann fuhr ich ab.

Der Mai überfiel uns mit Kühle und kaltem Regen. In den Notausgaben der Zeitungen stand zu lesen, wir hätten den kältesten Mai seit hundertfünfzig Jahren. Ich glaubte es, denn ich hatte täglich unseren Garten vor Augen, der kläglich aussah.

Es war mir nicht verborgen geblieben, daß mich die Nachbarn seit geraumer Zeit anders ansahen, anders grüßten, anders als sonst mit mir redeten. Früher war ich für sie ein Mann, der keiner geregelten Arbeit nachgeht, jetzt war ich für sie ein Mensch geworden, der in einem Betrieb eine leitende Stellung einnimmt, und dieser Betrieb war ihnen anscheinend nicht geheuer. Ich konnte es ihnen nicht einmal verdenken, weil das wenige, was über das Modell geschrieben worden war, von Halbwahrheiten nur so strotzte.

Die Achtung unserer Nachbarn, insbesondere der Alteingesessenen, hatten wir uns nicht zuletzt dadurch erworben, daß wir unseren Garten originell angelegt hatten, daß wir ihn pflegten und viel Geld hineinsteckten. Das bewunderten sie. Im Sommer blieben sie vor unserem Garten stehen und nickten respektvoll.

Während ich vor mich hinsummend in den trüben Garten hinaussah, trat Christa neben mich und legte wortlos ein zusammengefaltetes Papier auf die Fensterbank. Ich sah sie erstaunt an, aber ihr starres Gesicht erschreckte mich. Zaghaft hob ich das Papier auf. Schon beim Entfalten erkannte ich es: Es war Gebhardts Brief an die Belegschaft.

»Wo hast du das her?« fragte ich.

»Ist das alles, was dir dazu einfällt? Du kennst es natürlich längst, und du hast es mir verschwiegen.«

»Wo hast du es her?« fragte ich noch einmal.

»Es wurde mir im Hotel zugesteckt. Du kannst jetzt raten, ob es mir ein Wohlwollender oder ein Übelwollender zugesteckt hat. Jedenfalls fand ich den Brief in meiner Manteltasche.«

»Ich hielt ihn nicht für so bedeutend, als daß ich es dir hätte sagen müssen. Anonyme Briefe stinken, egal, wer sie geschrieben hat.«

Christa sah mich groß an und setzte immer wieder zu einer Erwiderung an; dann platzte es aus ihr heraus.

»Nicht bedeutend? Edmund, du schlitterst in einen Skandal erster Klasse. Nein, du bist schon mittendrin. Und ich soll untätig zusehen, wie mein eigener Mann im Schlamm umkommt? Was in dem Brief steht, das wußte ich längst – oder ich konnte es mir zusammenreimen. Das war ein Sumpf von Anfang an. Und ich als deine Frau habe doch wohl ein Recht, zu erfahren, was mein Mann treibt, mit wem er Umgang hat. Zugegeben, wer den Brief geschrieben und verschickt hat, das ist ein mieses Schwein, zugegeben, aber was er schreibt, das stimmt bis auf das I-Tüpfelchen.«

»Hör zu, Christa. Schneider hat –«

»Laß mich ausreden. Ich wollte vor Scham in den Boden sinken, als ich das las. Edmund, du mußt da raus. Das Flittchen macht sich womöglich noch an dich ran, die ist doch pervers, die kann es nur mit

Männern, die dreißig oder vierzig Jahre älter sind als sie. Steig aus.«

»Ich habe einen Vertrag unterschrieben. Ich habe gegenüber den Zwillingen eine Verpflichtung übernommen ... Gebhardt ist der Verfasser des Briefes, falls es dich interessieren sollte. Schneider hat es zufällig entdeckt. Er hat ihn verklagt und sofort entlassen.«

»Prokurist Gebhardt?« fragte Christa.

»Es klingt unglaublich, aber es ist nun mal Tatsache. Leider. Der in Ehren ergraute Mann.«

»Ich kenne ihn. Er war öfter bei Gottvater in der Villa zu Besprechungen. Der muß doch jetzt so an die Sechzig sein. Warum hat er das getan? Hat dieser Unglücksmensch denn nicht daran gedacht, daß er die gesamte Familie Böhmer, die Toten und die Söhne aufs schwerste verleumdet?«

»Verleumdet? Du hast doch eben gesagt, daß alles, was in dem Brief steht, stimmt.«

»Dreh mir nicht das Wort im Mund herum ... Ja, du hast einen Vertrag unterschrieben. Verträge aber kann man aufkündigen.«

»Nein, Christa, das werde ich nicht tun.«

»Du willst in dem Saustall bleiben? Höre ich richtig? Du mußt ganz schön mit drinstecken, daß du nicht mehr raus kannst.«

»Ich kann schon, aber ich will nicht. Begreif doch endlich: Ich habe Verpflichtungen übernommen.«

»Du wirst es noch bereuen«, sagte Christa. »Ich habe dich gewarnt. Komm später nicht und heule mir die Ohren voll.«

Anderntags fuhr ich in die Innenstadt und wollte mir selbst eine Freude machen. Ich hatte es nötig nach dem Gespräch mit Christa. Im Musikhaus Schlüter kaufte ich mir eine Langspielplatte mit Etüden von Chopin; als ich aus dem Laden trat, stieß ich mit Mathilde zusammen. Seit ich sie bei ihrem Vater abgesetzt hatte, hatte ich nichts mehr von ihr gehört.

»Da bist du also«, sagte sie etwas unwillig. »Ich telefoniere schon den ganzen Vormittag hinter dir her.«

»Warum?«

»Weil ich dich brauche, deshalb. Ich will jemanden besuchen, und bei diesem Besuch brauche ich einen Zeugen.«

Während wir durch die Stadt zu ihrer Wohnung liefen, erzählte sie.

»Es war gut, daß du kürzlich nicht mit ins Haus gekommen bist. Mein Vater hat sich aufgeführt, als sei er mein Vorgesetzter. Er hat mich abgekanzelt, wie man so sagt. Ich habe mir seine Predigt eine halbe Stunde lang ohne Widerspruch angehört: Er hat mir wer weiß was alles an den Kopf geworfen, viel hat nicht gefehlt, und er hätte mir auch mein Verhältnis mit Heinrich vorgehalten. Da bin ich aufgestanden und zur Tür gegangen. Als er sah, daß ich gehen wollte, wurde er zahm und hat mir im ersten Stock ein Zimmer gezeigt. Das Zimmer war trostlos.«

»Nicht jeder hat so einen Luxustempel wie du«, sagte ich.

»Ich bin wieder in meiner Wohnung. Ich wollte nicht bei meinem Vater bleiben, bei ihm wäre ich ja doch auch allein. Er ist mit dem Werk verheiratet, und das mit einer Hektik, die ich an Heinrich nie bemerkt hatte. Natürlich habe ich keine Lust, für meinen Vater Putz- und Waschfrau zu spielen, schon gar nicht Köchin. Aber wir sprechen wenigstens wieder miteinander. Er hat gesagt, ich soll endlich etwas Sinnvolles tun. Nun, ich fange gleich damit an, auch wenn er mir streng untersagt hat, mich in Dinge einzumischen, die mit der Fabrik zu tun haben. Ich mische mich ein, jetzt erst recht. Wenn mein Vater die ganze Sache nicht vorantreibt, dann muß ich es tun, das bin ich Heinrich schuldig. Und damit fangen wir jetzt an. Du kommst mit.«

»Nein. Ich stehe bei deinem Vater im Wort.«

»Hast du die Fronten gewechselt, weil du jetzt der Vertreter der Zwillinge bist? Das wäre erbärmlich.«

»Meine Aufgabe ist auch, Schaden vom Werk abzuwenden, falls dir das entgangen sein sollte.«

»Eine gute Aufgabe. Deshalb wirst du mich begleiten. Komm, wir fahren zu Gebhardt.«

Wir waren in der Prinz-Friedrich-Karl-Straße angekommen, wo auf dem Bürgersteig vor ihrer Wohnung ihr Wagen stand. Mathilde schloß die rechte Tür auf und machte eine einladende Handbewegung; ich setzte mich auf den Beifahrersitz und dachte: Sie wird Unheil anrichten, Schneider wird mir sein Vertrauen entziehen.

Wir fuhren in den Stadtteil Kruckel. Es war ein unfreundlicher und kalter Tag, Mathilde mußte die Heizung einschalten, weil uns fror.

Gebhardts Haus war das letzte in einer Sackgasse. Der Vorgarten mit seinen hohen Eiben und anderen immergrünen Sträuchern machte auf den ersten Blick einen verwilderten Eindruck; vielleicht lag das nur am feuchtkalten Wetter.

Mathilde stieg aus; ohne zu zögern klingelte sie an der Haustür. Sie nahm sich nicht einmal Zeit, den Wagen abzuschließen.

Eine kleine füllige Frau, etwa Mitte fünfzig, öffnete uns.

»Sie wünschen?« fragte sie.

»Wir möchten Ihren Mann sprechen. Mein Name ist Mathilde Schneider. Es ist dringend.«

Frau Gebhardt versperrte mit ihrer Fülle die Tür wie ein Hindernis; Mathilde spürte wohl, daß uns die Frau abwimmeln, nicht ins Haus lassen wollte. Deshalb schlüpfte sie unter dem rechten ausgestreckten Arm der Frau in den Flur und ging geradewegs ins Wohnzimmer, dessen Tür weit geöffnet war. Frau Gebhardt war so verdutzt, daß sie sich nur langsam umdrehte und Mathilde erst dann folgte.

Gebhardt stand mitten im Wohnzimmer. Als ich eintrat, rief er: »Hinaus alle beide! Was wollen Sie von mir? Sie dringen hier einfach ein wie Strauchdiebe. Ja, genau so habe ich Sie immer eingeschätzt, Fräulein Schneider! Verschwinden Sie! Sofort! Sie haben schon Unheil genug angerichtet!«

»Ich? Sie doch wohl, Herr Gebhardt«, antwortete Mathilde. »Setzen wir uns doch, im Sitzen spricht es sich ruhiger. Herr Wolff ist nur zu meinem Schutz und als Zeuge mitgekommen. Also bitte.«

Mathilde bot Gebhardt einen Platz an, als sei sie hier zu Hause und nicht er, und Gebhardt setzte sich tatsächlich, wenn auch zögernd. Dabei sah er hilfesuchend seine Frau an, die am Türrahmen lehnte und schwer atmete.

»Sie dürfen sich natürlich auch setzen, Frau Gebhardt«, sagte Mathilde. »Da ich annehme, daß Sie alles wissen, dürfen Sie ruhig zuhören. Bitte, setzen Sie sich doch.«

Gehorsam ging Frau Gebhardt zu ihrem Mann, streichelte ihm über den Kopf, wie man einem Kind über das Haar streicht, und setzte sich neben ihn. Seine rechte Hand nahm sie wie tröstend in ihre Hände.

»Gehen Sie«, sagte sie leise. »Sie sehen doch, daß mein Mann mit den Nerven am Ende ist. Gehen Sie bitte.«

Ich lehnte an der Verandatür und war bemüht, mich nicht einzumischen.

»Wir gehen, sobald wir Klarheit haben«, antwortete Mathilde. »Mich interessiert vor allem, wie Frau Böhmer gestorben ist. Sie sind doch dabeigewesen, Herr Gebhardt.«

»Mit Ihnen hat das ganze Unglück erst angefangen«, sagte Gebhardt. »Gehen Sie endlich.«

Gebhardt blickte auf seine Schuhspitzen; seine Frau stand schwerfällig auf und brachte ihrem Mann eine Tasse Kaffee aus der Küche. Sie goß Milch in die Tasse und warf einen Würfel Zucker hinein, dann rührte sie langsam um, bevor sie ihrem Mann die Tasse zuschob.

»Trink, er wird dir guttun.« Dann, als habe sie nur auf eine Gelegenheit gewartet, fügte sie hinzu: »Sag ihr alles, Hans, damit wir zur Ruhe kommen ... Fräulein, mein Mann muß den Verstand verloren haben. Er hat sich mißbrauchen lassen in seinem falschen Ehrgeiz – ein Mann in seinem Alter und mit seiner Erfahrung, ich kann es immer noch nicht begreifen ... Ohne diesen Herrn Wagenfuhr wäre es nie soweit gekommen. Mein Mann ist ihm in den Hintern gekrochen, sogar beim Telefonieren hat er sich verbeugt ... Es war so, Fräulein: Auf Anraten meines Mannes haben die Söhne die Villa vermietet, Hals über Kopf, nach dem Tod von Herrn Böhmer. Dann wollte Frau Böhmer die Villa zurück, ihr Herz hing wohl an dem großen Haus da im Süden der Stadt. Deshalb hat sie sich mit Herrn Zierer verabredet und ist mit meinem Mann in die Villa gefahren, weil ihr Herr Zierer gesagt hatte, über ihren Wunsch, die Villa zurückzubekommen, ließe sich reden. In der Villa traf sie dann zu ihrer Überraschung auch Herrn Wagenfuhr. Es muß eine heftige Auseinandersetzung gegeben haben. Frau Böhmer hat erst da erfahren, daß in Wirklichkeit Herr Wagenfuhr der Mieter der Villa ist und daß er seit Jahren geschäftlich gegen ihren Mann gearbeitet hat und um jeden Preis die Fabrik kaufen wollte, um die Konkurrenz loszuwerden. Sie war ja immer noch in dem Glauben, Herr Wagenfuhr sei der beste Freund ihres Mannes gewesen. Die Wahrheit hat sie nicht verkraftet. Sie war auch nicht die Gesündeste, wie ich von meinem Mann weiß, sie ist einfach zusammengebrochen. Es muß schrecklich gewesen sein. Mein Mann kam ganz verstört nach Hause. Aber was sollte er, was sollten wir machen? Frau Böhmer hatte meinen Mann doch nur mitgenommen, weil er die geschäftlichen Dinge am besten beherrscht.«

»Und wie ist die Tote in das Parkhaus am Düsseldorfer Flughafen gekommen?« fragte Mathilde.

»Plötzlich lag Frau Böhmer auf dem Fußboden, neben dem Stuhl, auf dem sie gesessen hatte. Mein Mann wollte einen Arzt rufen, aber Herr Wagenfuhr hat es untersagt mit der Begründung, daß der Arzt womöglich die Polizei holen könnte, wenn er Zweifel am natürlichen Tod der Grande Dame hätte. Daran könne keinem gelegen sein, sagte Herr Wagenfuhr. Was dann folgte – nein, ich kann es immer noch nicht glauben, auch wenn es stimmt.«

»Ihr Vater«, unterbrach Gebhardt brüsk seine Frau, »wird die Fabrik zugrunde richten. Nur darum geht es, und keiner will mir glauben. Er wird die Politik durch die Hintertür hereinlassen und sich zum Diktator aufschwingen, das ist für mich so sicher wie das Amen in der Kirche. Welche Politik das sein wird, das weiß ich nur zu gut. Er hält der Belegschaft das Butterbrot hin, läßt sie aber nur mal dran lecken.«

»Das glauben Sie doch selber nicht«, sagte Mathilde. »Erzählen Sie mir lieber, wie die Tote in das Parkhaus gekommen ist ... Sehen Sie, ich war mit Heinrich Böhmer vier Jahre verbunden, und Sie wußten das von Anfang an. Zwei Jahre vor seinem Tod hat er Ihnen sein Vertrauen entzogen – wenigstens, was das Private anging. Und ich war nicht nur sein Häschen, falls Sie das geglaubt haben sollten, in meinem Besitz finden sich auch seine Aufzeichnungen. Darin steht zum Beispiel, daß, sollte er eines unnatürlichen Todes sterben, seine Erben sich zuallererst mit einem Mann namens Gebhardt befassen müßten: der intrigiere seit Jahren hinter seinem Rücken für Wagenfuhr und für den Verkauf des Werkes – in bester Eintracht mit Herrn Zierer.«

»Sag doch jetzt alles, sonst tue ich es. Es wird Zeit«, sagte da Frau Gebhardt. »Bitte, sag, was du weißt. Du kannst es getrost tun, weil du unschuldig bist.«

Anfangs noch stockend, dann flüssiger und ruhiger erzählte Gebhardt: »Als Frau Böhmer zusammengebrochen war und auf dem Fußboden lag, da waren wir vor Schreck wie gelähmt, auch Herr Wagenfuhr. Wir waren so verstört, daß wir nicht wußten, was wir tun sollten. Nach ein paar Minuten ging Herr Wagenfuhr zum Telefon und wählte eine Nummer. Er sprach mit dem Teilnehmer sehr energisch; als er aufgelegt hatte, sagte er: Keine Panik, wir müssen nur etwa eine Stunde warten. Haben Sie bitte Geduld. Dann setzte er sich in eine Ecke und rauchte eine Zigarette nach der anderen. Ich schloß die Augen, weil ich die Tote nicht mehr sehen konnte, schließlich kniete ich mich auf den Fußboden und schloß der Toten die Lider . . . Nach mehr als einer Stunde hörte ich ein Auto vorfahren. Gleich darauf traten drei Männer ein, die ich noch nie gesehen hatte, zwei junge Männer, die eine Bahre mitbrachten, und ein dicker Mann mit Bürstenhaarschnitt. Wagenfuhr begrüßte ihn mit Kopfnicken, wies auf Frau Böhmer und sagte: Sie hat eine Handtasche bei sich. Draußen steht ihr Wagen, ein grüner Mercedes. Ich verlasse mich auf euch! Der Stiftenkopf nahm die Handtasche an sich, die zwei jungen Männer trugen Frau Böhmer aus dem Haus. Das ist alles.«

»Später«, fügte Frau Gebhardt hinzu, »hat Herr Wagenfuhr meinem Mann erklärt, daß es in Düsseldorf eine Firma gibt, die Diskretservice heißt –«

»Danke, wir wissen Bescheid«, sagte Mathilde. »Der Diskretservice hat auch Heinrich Böhmer beseitigt.«

»Das habe ich ganz nebenbei erfahren«, sagte Gebhardt. »Wagenfuhr hat diese Firma eine Abfallbeseitigungsfirma genannt. Das hat er lächelnd gesagt.«

»Und das bei uns, das bei uns!« rief Frau Gebhardt und schlug sich die Hände vors Gesicht.

»Im Ermessen dieser Firma liege es, auf welche Weise sie den –«

»– Abfall beseitigt«, ergänzte Mathilde erstaunlich gefaßt. »Ich verstehe: Der Auftraggeber hat auf die Art der Beseitigung keinen Einfluß. Er zahlt ein Honorar und ist den Abfall los.«

»So ungefähr«, sagte Gebhardt.

»Wenn Herr Wagenfuhr die Böhmersche Fabrik hätte kaufen können«, sagte Mathilde, »dann wären Sie der Betriebsleiter geworden. Stimmts?«

»Woher wissen Sie das?«

»Sie haben es mir gerade bestätigt.«

»Mein Mann muß verblendet gewesen sein von der Aussicht, Betriebsleiter zu werden«, sagte Frau Gebhardt. »Dabei haben wir das gar nicht nötig. Wir haben ein schuldenfreies Haus, und unsere beiden Töchter sind gut verheiratet. Mein Mann hätte sich auch vorzeitig pensionieren lassen können. Es fällt mir schwer, ihn zu verstehen.«

»Ich verstehe ihn schon«, sagte Mathilde. »Wenn jemand vierzig Jahre lang nur gedient und gehorcht hat, dann ist es schon eine große Verführung, einmal das Sagen haben zu dürfen. Und Ihr Mann konnte es nicht verwinden, daß Heinrich Böhmer meinen Vater als Nachfolger eingesetzt hat. Deshalb der Brief an die Belegschaft.«

»Ich halte es immer noch für ein Unglück, daß Ihr Vater die Fabrik leitet«, antwortete Gebhardt. »Und für ein noch größeres Unglück halte ich, daß jede Toilettenfrau zum Miteigentümer geworden ist. Ich kenne die Arbeiter gut genug, um zu wissen, daß sie sich eines Tages selbst zerfleischen werden und dann die ganze Firma in den Abgrund reißen. Ich weiß es, ich habe vierzig Jahre in dem Laden gearbeitet und mit dieser Meute zu tun gehabt. Und weil Ihr Vater ein politisches Sendungsbewußtsein hat und einen sozialen Tick wie Herr Böhmer, wird alles schiefgehen, muß es schiefgehen – oder Ihr Vater muß herrschen, wie Gottvater geherrscht hat. Der aber konnte herrschen aus Tradition, Ihr Vater dagegen hat keine Tradition, nur eine Weltanschauung.«

Mathilde hatte ruhig und, wie mir schien, amüsiert zugehört.

Als Gebhardt schwieg, sagte sie: »Herr Gebhardt, ich danke Ihnen für Ihre Prophezeiungen. Aber Sie waren es, der seit Jahren Wagenfuhr über alles unterrichtet hat, was im Werk vorging, und hätten Sie ihm nicht alles brühwarm hinterbracht, würde Heinrich Böhmer heute noch leben und gewiß auch seine Frau. Es tut mir leid, Frau Gebhardt, daß ich in Ihrer Anwesenheit sagen muß: Einzig Ihr Mann hat Heinrich Böhmer auf dem Gewissen. Natürlich hat er ihn nicht umgebracht, und kein Gericht der Welt wird ihn jemals schuldig sprechen. Trotzdem ... Soll Ihr Mann also bis zu seinem Tod ruhig in seinem Garten arbeiten und an Heinrich Böhmer denken ... Und noch was: Begonnen hat alles mit den eingeworfenen Fensterscheiben in der Villa. Ich bin sicher, daß auch das vom Diskretservice und im Auftrag Wagenfuhrs erledigt worden ist.«

Mathilde und ich waren schon an der Tür, als Gebhardt uns nachrief: »Wenn Sie wollen, kommen Sie morgen um dreizehn Uhr zur Villa. Dort werden Sie Herrn Wagenfuhr antreffen und ein paar andere Leute. Vielleicht hilft Ihnen das weiter.«

Bevor Mathilde den Wagen startete, saß sie noch eine paar Minuten regungslos hinter dem Steuer.

Dann weinte sie.

Sie weinte so, daß es sie würgte.

Ich saß daneben und wußte keinen Trost.

Endlich wischte sie sich mit einem Taschentuch die Tränen vom Gesicht und sagte: »Wenn es nur einen einzigen Gebhardt gäbe, könnte man vielleicht noch einigermaßen friedlich leben.«

Am nächsten Tag parkten wir mittags um halb eins vor der großen Freitreppe, die hinauf zum Eingang der Villa führt. Mathilde legte die Lehne ihres Sitzes um und tat, als wolle sie schlafen. Mit geschlossenen Augen sagte sie: »Heinrich hat natürlich niemals ein Tagebuch geführt, dazu hatte er weder Lust noch Zeit. Es hätte auch nicht seinem Charakter entsprochen. Wenn ich eines geführt hätte, er hätte mich ausgelacht.«

»Ich dachte mir, daß du bluffst.«

»Was sollte ich sonst machen. Ich nehme allmählich die Sitten der anderen Seite an ... Man braucht ja nur über die Berliner Allee in Düsseldorf zu flanieren, dort ein Büro aufzusuchen und zu sagen, daß zu Hause eine Leiche liegt, die stört. Alle Wünsche werden gegen entsprechendes Honorar diskret erfüllt nach dem Slogan: Wir machen Ihre Schwierigkeiten zu den unseren und räumen sie aus dem Weg. Ich bin sicher, es gibt Preislisten – vom Fensterscheibeneinschlagen bis zur Leiche im Kirchturm ... Komm, wir steigen aus. Es muß gleich eins sein.«

Sie setzte sich auf und öffnete die Wagentür; kaum waren wir ausgestiegen, fuhr ein weißer Mercedes im Schrittempo auf uns zu.

Der Fahrer war Siebert. Er hielt an, kurbelte das Fenster herunter und fragte: »Suchen Sie etwas Bestimmtes?«

»Ja«, antwortete ich, »eine Grande Dame. Besser bekannt unter dem Namen Böhmer.«

»Sonst geht es Ihnen gut?«

»Danke der Nachfrage.«

Gleich drauf hielt hinter ihm ein roter BMW, in dem Wagenfuhr mit Zierer saß. Wagenfuhrs Lächeln gefiel mir nicht; es war zu schön, um harmlos zu sein.

»Können Sie mir sagen, was der Zirkus hier soll?« fragte er, während er ausstieg.

Zierer blieb im Wagen sitzen; Wagenfuhr dagegen musterte Mathilde mit unverhohlener Bewunderung.

»Gefalle ich Ihnen?« fragte sie. »Haben Sie mich schon abtaxiert? Wieviel bin ich Ihnen wert? Haben Sie mir vielleicht das Manuskript Ihrer Grabrede mitgebracht?«

Während sie beide Hände in den Taschen ihrer Hose vergrub, weitete sich Wagenfuhrs Lächeln zu einem breiten Grinsen. Er war ein sportlicher, überaus kräftiger Mann, und ich war nicht der Mutigste. Auch Siebert war am Steuer seines Wagens sitzengeblieben. Er trommelte mit allen Fingern aufs Steuerrad, hörte aber angespannt dem Wortwechsel zu und schielte nach draußen. Auf einmal umklammerte er das Steuerrad mit beiden Händen; es sah aus, als wollte jeden Moment eine Bulldogge aus dem Auto springen.

»Was wollen Sie von mir, Verehrteste«, fragte Wagenfuhr. »Ich nehme an, daß Sie etwas von mir wollen, sonst wären Sie nicht hier.«

»Ich wollte mir mit Herrn Wolff diesen schönen verwilderten Garten ansehen«, anwortete Mathilde. »Aber wenn Sie schon mal hier sind: Ich möchte

Ihnen ans Herz legen, künftig meinen Vater in Ruhe zu lassen.«

»Sie überschätzen mich, Verehrteste. Ich kenne Ihren Vater nur als den Mann, der am Grab meines Freundes Heinrich eine Rede gehalten hat, der eine ganze Meute Beifall spendete.«

»Und Ihr Freund, wie Sie so schön sagen, hatte eine Frau – dieselbe Frau, die hier in der Villa einen Herzinfarkt hatte und die Sie durch diesen Herrn dort im weißen Mercedes in ein Parkhaus nach Düsseldorf bringen ließen. Auch wir kennen diesen Herrn bestens . . .«

In diesem Augenblick fuhr Siebert, der den Motor hatte laufen lassen, langsam an, gab dann Gas, daß Steinchen aufflogen und auf den BMW hinter ihm prasselten, Mathilde zog ihren Revolver aus der Hosentasche und zerschoß mit zwei Schüssen die Hinterreifen des Autos, in dem Siebert saß. Der Wagen schleuderte; kurz vor der Hofeinfahrt blieb er stehen.

Das war so unvermutet und blitzschnell abgelaufen, daß es uns alle überraschte. Auch Wagenfuhr blickte Mathilde verdutzt an. Sie behielt den Revolver in der Hand und lächelte, als sei sie an allem unschuldig.

»Dieses Ding, Herr Wagenfuhr«, sagte sie, »haben Sie Heinrich Böhmer vor Jahren zum Geburtstag geschenkt – mit Waffenschein selbstverständlich. Sie haben damals gesagt, man weiß nie, wozu so ein Ding gut sein kann in einer Zeit, in der Unternehmer entführt und ermordet werden. Heute hat es zum erstenmal geschossen. Das heißt aber nicht, daß es das letztemal war. Sehen Sie: Manchmal kommen auf wunderbare Weise Geschenke an den Schenker zurück, nur anders.«

Siebert war ausgestiegen. Wie ein Betrunkener stolperte er um sein Auto und fuchtelte mit den Armen über dem Kopf herum. Plötzlich aber rannte er los und wollte sich auf Mathilde stürzen. Ich trat ihm entgegen und stieß ihn mit aller Kraft vor die Brust, daß er zu Boden stürzte. Während er im Kies lag, schrie er: »Ich rufe die Polizei! Ich rufe die Polizei!«

»Es wäre mir ein Vergnügen«, antwortete Mathilde und lachte.

Wagenfuhr beugte sich über Siebert und half ihm auf die Beine.

»Gehen Sie ins Haus, Sie Tölpel!« sagte er. »Sie stören hier.«

Es hatte zu regnen begonnen; das Wasser lief mir durch das strähnig gewordene Haar und über Gesicht und Nacken, Nebelschwaden wälzten sich vom Ruhrtal die Hügel aufwärts und verschwanden im dunklen Wald auf dem Kamm. Mathilde hielt den Revolver in der Hand und rührte sich nicht von ihrem Platz; auch ihr liefen die Regentropfen übers Gesicht.

»Was wollen Sie denn nun wirklich, Verehrteste?« fragte Wagenfuhr.

»Das habe ich schon gesagt«, antwortete Mathilde. »Ich schlage Ihnen ein Tauschgeschäft vor. Lassen Sie ab sofort die Finger von der Fabrik und damit von meinem Vater, und ich vergesse, wie die Grande Dame ins Parkhaus nach Düsseldorf gekommen ist und Heinrich Böhmer auf den Kirchturm.«

»Wo sind die Beweise für Ihre Anschuldigungen?«

»Gebhardt ist ein schwörender Beweis.«

»Nur ein phantasievoller Schwätzer. Der Mann kann einem fast leid tun.«

»Immerhin haben Sie diesem Schwätzer versprochen, daß er Betriebsleiter wird. Ob das Ihrer amerikanischen Mutterfirma gefallen hätte, bezweifle ich. Ganz bestimmt, wenn sie es wüßte, gefällt ihr nicht, daß Sie Herrn Zierer angeheuert und unter seinem Namen eine eigene Firma gegründet haben. Amerikaner verstehen bei Geschäften keinen Spaß, das wissen Sie.«

Die feuchte Kälte biß sich durch meine Kleider, meine Finger waren klamm geworden. Der Regen wusch mein Gesicht, der böige Wind bog Sträucher und Äste; Mathilde schien das alles nichts auszumachen. Sie stand da wie eine Statue, der weder Hitze noch Kälte etwas anhaben konnten. Sie sah nicht mehr grazil aus, anmutig, begehrenswert; die Haare hingen ihr in Strähnen ins Gesicht, kaltschnäuzig musterte sie Wagenfuhr. Den Revolver hielt sie immer noch in der Hand.

Da geschah etwas Seltsames: Zierer, der in Wagenfuhrs BMW saß, als gehe ihn hier nichts etwas an, rückte vom Beifahrersitz hinters Steuer, drehte den Zündschlüssel und fuhr an. Vor der Freitreppe wendete er, dann rollte er langsam an uns vorbei und durchs Tor hinaus und verschwand die Straße hinab talwärts.

»Ich glaube, da ist einer von Bord gegangen«, sagte Mathilde.

Wagenfuhr machte zwei Schritte auf das Tor zu, als wolle er seinem Wagen nachlaufen; dann drehte er sich zu Mathilde um.

»Ich habe mit dem Werk Böhmer nichts zu tun«, sagte er, »und ich will auch nichts mehr damit zu tun haben. Sagen Sie das Ihrem Vater. Und jetzt lassen Sie mich in Ruhe.«

»Und welche Garantien bieten Sie?«

»Die habe ich eben ausgesprochen.«

»Halten Sie mich für schwachsinnig? Garantien aus Ihrem Munde heißen Kirchturm und Parkhaus.«

»Stecken Sie endlich den Revolver ein. Was Sie tun, ist Nötigung. Ich warne Sie.«

»Sie können mir nicht drohen, Sie sind sowieso ein toter Mann«, antwortete Mathilde. »Ich werde den Arbeitgeberverband über Ihre Praktiken unterrichten. Keiner Ihrer Kollegen, sofern er noch einen Funken Anstand in der Brust hat, wird sich noch mit Ihnen sehen lassen wollen, zumindest nicht öffentlich. Und Ihr amerikanisches Stammhaus wird Sie wie eine heiße Kartoffel fallen lassen, wenn es die Wahrheit erfährt ... Komm, Wolff, lassen wir den Mann. Ich dachte erst, ich hätte es mit einem Gegner zu tun, angetroffen habe ich einen Jammerlappen. Grüßen Sie auch Herrn Siebert von mir, er soll mir mal seine Preisliste schicken. Vielleicht brauche ich ihn noch.«

Mathilde winkte mir mit der Hand, in der sie den Revolver hielt. Während wir langsam zu meinem Wagen gingen, steckte sie die Waffe in die Tasche; dann stiegen wir ein und fuhren ab.

Auf dem Kamm im Wald, von dem man bei schönem Wetter einen weiten Blick über die Stadt hat, hielt ich an und stellte den Motor ab. Der Regen trommelte auf das Dach und ließ die Frontscheibe erblinden. Als Mathilde das Radio einschalten wollte, klopfte ich ihr leicht auf die Hand.

»Keine Musik bitte, jetzt nicht«, sagte ich.

»Ohne Musik wird es auch nicht besser«, antwortete sie.

»Und was nun?« fragte ich.

»Ich weiß nicht«, sagte sie. »Wagenfuhr ist so klug, daß er genau weiß, er hat ausgespielt. Zierer ist davongefahren, Siebert wird abspringen. Ich wette, wenn wir morgen nach Düsseldorf in die Berliner Allee fahren würden, seine Firma ist ausgezogen, unauffindbar. Wagenfuhr weiß aber auch, daß wir wenig in den Händen haben, was beweiskräftig wäre.«

»Soll er etwa ungeschoren davonkommen?«

»Warum nicht? Wenn er nur die Finger vom Werk läßt«, antwortete Mathilde.

Über Dortmund riß plötzlich die Wolkenwand auf. Die Sonne brannte den Regen fort, aber vor den Wolken, die aus den Schornsteinen kamen, war sie machtlos.

»Schneider hat angerufen, dieser schnelle Mann«, sagte Christa, als ich am frühen Nachmittag nach Hause kam. »Er schien mir sehr erregt. Es sei wichtig, hat er gesagt. Du sollst sofort zurückrufen. Wenn du dich doch aus diesem Geschäft zurückziehen würdest, Edmund. Du wirst es noch bereuen. Kein Mensch wird dir für deinen Einsatz danken.«

Mit gemischten Gefühlen ging ich zum Telefon. Als ich gerade Schneiders Nummer wählen wollte, klingelte es.

»Ich wähle mir die Finger wund, wo stecken Sie eigentlich, verdammt noch mal!« rief Schneider. »Haben Sie den Brief bekommen?«

»Welchen Brief? Von wem?«

»Von den Zwillingen.«

»Nein.«

»Hören Sie genau zu«, sagte Schneider. »Ganz offiziell schreiben sie, daß sie nach Ablauf der vertraglich festgesetzten Zeit ihre vierzig Prozent verkaufen werden. Sie bieten dem Gremium großmütig an, diese vierzig Prozent an die Belegschaft zu verkaufen, wenn die den Preis berappen kann, den eine Bank oder ein anderer potenter Käufer zahlen würde. Schön und gut, das können wir noch verkraften. Die Mehrheit von sechzig Prozent bleibt uns sowieso, und es kann uns egal sein, an wen wir Gewinne auszahlen, an die Zwillinge oder an eine Bank. Aber der dicke Hund kommt noch. Die Zwillinge werfen mir und dem Gremium vor, daß wir sie von dem anonymen Brief und von der Entlassung Gebhardts nicht in Kenntnis gesetzt haben. Der Brief habe den Entschluß, ihre Anteile zu verkaufen, deshalb so schnell und unwiderruflich herbeigeführt, weil sie sich vor dem ekeln, was in dem Brief zu lesen steht, und sie an der Richtigkeit der Beschuldigung nicht zweifeln. Und jetzt kommt der dickste Hammer: Die Zwillinge empfehlen, den Namen Böhmer als Firmennamen zu tilgen und für das Werk einen anderen Namen zu finden. Haben Sie das kapiert?«

»Kapiert schon.«

»Ich komme gleich zu Ihnen. In einer halben Stunde bin ich da, aber eins muß ich gleich loswerden: Die Erben sind allemal schlimmer als die Gründer.«

»Sie sind auch ein Erbe.«

»Ich weiß«, erwiderte Schneider. »Aber einer von der traurigen Gestalt.«

Christa hatte zugehört; während ich den Hörer auflegte, sah sie mich fragend an.

»Schneider kommt gleich, in der nächsten halben Stunde«, sagte ich.

»Meinetwegen, wenn es sein muß. Aber mach bitte aus unserem Haus keinen Taubenschlag. Für Geschäfte gibt es Büros.«

»Die Zwillinge wollen verkaufen . . .«

»Ich kann die beiden verstehen«, sagte Christa.

»Was kannst du verstehen? Daß sie das Modell und damit fünfhundert Existenzen gefährden?«

»Na und? Sie haben nur begriffen, daß das Hemd immer noch näher auf der Haut ist als der Rock. Und sie wollen nicht in diesen Sumpf hineingezogen werden. Die beiden sind klüger als du. Sie haben Moral, sie wissen, daß man auf Bettgeschichten kein neues Modell gründen kann.«

»Das ist doch pure Heuchelei«, sagte ich. »Dich nennen sie ja auch Tante, obwohl du illegal gezeugt worden bist. Zwanzig Jahre lang haben sie keinen Anstoß daran genommen.«

Christa verfärbte sich und wollte den Mund zu einer Erwiderung öffnen, konnte aber nicht mehr antworten, weil es an der Haustür klingelte. Ihr entsetzter Blick ließ mich begreifen, was ich gesagt hatte. Ich öffnete die Tür, Schneider hatte Hötger mitgebracht. Christa reichte zwar beiden Männern die Hand, verschwand aber gleich darauf in ihrem Zimmer im ersten Stock.

Im Wohnzimmer sagte Schneider: »Wir stecken wieder mal in der Scheiße, bis zum Hals und ausgerechnet jetzt. Wir haben eine unheimlich gute Auftragslage. Adams neuer Motor läuft wie warme Semmeln, plötzlich aber kommen zwei infantile Erben und wollen alles kaputtmachen, weil sie moralisch empört sind, die Trottel. Ich kann doch nicht vor die Belegschaft treten und erklären, daß sie mindestens für die nächsten zehn Jahre nicht mit einer Gewinnausschüttung rechnen kann, weil wir die Anteile der Zwillinge bezahlen müssen. Es gibt wenigstens zwanzig Leute, die in diesen zehn Jahren in Pension gehen werden. Die wollen vorher Schotter auf die Hand.«

»Nur Ruhe«, sagte ich, »wir stehen gar nicht mal so schlecht da. Gestern haben Mathilde und ich

Gebhardt in seiner Wohnung besucht, und der hat uns einiges gestanden. Und heute waren wir in der Villa im Ruhrtal, dort haben wir die ganze Clique getroffen. Ich werde dem Gremium bei der nächsten Sitzung alles genau berichten. Wir mußten etwas tun, um endlich voranzukommen, den Druck vom Werk zu nehmen. Wenn Sie so wollen: Es war Notwehr im Interesse des Modells. Mathilde hat sich übrigens bei Gebhardt wie auch bei Wagenfuhr großartig verhalten.«

Schneider sah mich mit großen Augen an und knetete seine Finger, bis sie knackten; Hötger, der wenig verstanden hatte, vergaß den Mund zu schließen und zupfte dauernd an seiner Nase. Beide wirkten komisch, aber mir war nicht zum Lachen zumute. Ich hatte Angst vor Schneiders Erwiderung. Sie kam prompt, sehr laut und sehr zornig.

»Hinter meinem Rücken und im Bündnis mit meiner Tochter!« rief er. »Was hat Gebhardt gesagt? Was war in der Villa?«

Hötger sah mich an, wie ein Kind seinen Vater ansieht, wenn es eine Erklärung erwartet; Schneider lief im Zimmer herum und schlug die rechte Faust in die linke Hand.

»Soll ich mich etwa bei Ihnen bedanken, weil Sie mich hintergangen haben?« sagte er. »Soll ich Sie loben, weil Sie sich um das Werk verdient gemacht haben wie Politiker um das Vaterland?«

»Alles kam so überstürzt, daß ich Sie vorher nicht mehr informieren konnte«, antwortete ich. »Ehrlich gesagt: Ich wollte Sie auch nicht informieren, weil Sie ja Ihrer Tochter verboten hatten, sich in Angelegenheiten der Firma einzumischen. Aber wir sind einen entscheidenden Schritt weitergekommen: Wir kennen jetzt unsere Gegner. Wir wissen fast alles, nur noch nicht, warum man Heinrich Böhmer in den Kirchturm gehängt hat. Wer es getan hat, das ist klar: Sieberts Kreaturen. Wir wissen auch, wer hinter ihm steht – nämlich der saubere Herr Wagenfuhr ... Herr Schneider, wir können jetzt die Zwillinge davon überzeugen, daß sie ihre Anteile nicht an einen Mann verkaufen dürfen, der vorgeblich der Freund ihres Vaters, in Wirklichkeit sein größter Feind und skrupellosester Konkurrent war. Meinetwegen sollen sie an eine Bank verkaufen, damit werden wir noch fertig, aber wir würden, auch wenn er in der Minderheit wäre, schwer mit einem Mann wie Wagenfuhr fertig.«

Schneider sah durch das Fenster in den Garten, während er wie teilnahmslos erwiderte: »Wie soll ich einen Betrieb führen, wenn ein Gremiumsmitglied Firmenpolitik auf eigene Faust betreibt und dabei meine Tochter vor sich herschiebt.«

»Sie hat mich geschoben, nicht ich sie«, antwortete ich.

»Verdammt, ich will keinen Familienbetrieb, den hatten wir lange genug.«

Er setzte sich neben Hötger auf das Sofa, legte ihm seinen Arm um die Schultern und sagte: »Du wenigstens bist eine gute Seele und hast noch nicht alles begriffen. Was wäre die Welt ohne Leute wie dich? Nichts. Ausgestorben.«

Dann wandte er sich zu mir und klopfte, während er sprach, mit dem rechten Zeigefinger auf den Tisch.

»Also, am liebsten würde ich aussteigen. Ich bin nicht nur mit meinen Nerven, ich bin auch mit meiner Kraft am Ende. Als mir Gottvater sein Modell antrug, habe ich ihn verlacht, später habe ich eingesehen, daß er kein Narr ist, sondern der weitsichtigste Unternehmer in unserem Land. Ich konnte aber nicht ahnen, daß in diesem Land Weitsicht nicht gefragt ist. Ich bin einfach zu naiv gewesen.«

Nach einer Pause sagte ich: »Sie wissen so gut wie ich, daß das Modell fortgeführt werden muß. Nicht umsonst sind Sie an die Angel gegangen, die Heinrich Böhmer ausgeworfen hat, und die Arbeitslosenzahlen –«

»Sparen Sie sich Ihre Predigten. Das alles weiß ich besser als Sie.«

»Und weil Sie es besser wissen, möchten Sie jetzt aussteigen? Fünfhundert Leute sind durch das Modell Böhmer Herr im eigenen Haus geworden, auch wenn sie es noch nicht ganz begriffen haben – aber ohne Hausmeister werden sie erst recht nichts begreifen.«

»Sind Sie fertig, Herr Fotograf?« fragte Schneider und grinste spöttisch.

»Wovor haben Sie Angst? Vor sich selber?«

»Nein, nicht vor mir. Aber vor der Belegschaft habe ich Angst«, antwortete Schneider.

Kaum waren Schneider und Hötger abgefahren, kam Christa, die Katze auf dem Arm, die Treppe hinab. Sie setzte die Katze in der Küche vor den Freßnapf, aber die Katze wollte nicht fressen, wollte nach draußen, und als ich die Terrassentür öffnete, wollte sie doch nicht und kroch unter die Heizung.

Christa wusch sich in der Küche die Hände und begann, das Abendessen vorzubereiten. Sie rückte Töpfe und Geschirr laut vor sich her, ein Zeichen dafür, daß sie nicht angesprochen werden wollte.

Ich blieb im Wohnzimmer sitzen und wartete. Ich brauchte keine halbe Stunde zu warten, dann kam sie mit einem Kartoffelschälmesser in der Hand aus der Küche und sagte: »Ich fühle mich verletzt. Ich bin beleidigt. Ich habe alles mitgehört, du und Schneider waren so laut, daß man es durch alle Türen hören konnte.«

Sie setzte sich mir demonstrativ gegenüber und schniefte laut; dabei spielte sie mit dem Schälmesser, das ihr einige Male aus der Hand fiel.

»Was gibt es heute abend zu essen?« fragte ich.

»Lenk nicht ab«, antwortete sie. »Wieso sprichst du den Vornamen dieser – dieser – wie kommst du dazu, diese Person Mathilde zu nennen und nicht Fräulein Schneider, wie es sich gehört? Und wie du den Namen Mathilde ausgesprochen hast ... Ich habe den Ton noch genau im Ohr ... Hast du etwas mit ihr? Hast du etwas mit dieser Person?«

Um ihr nicht in die Augen sehen zu müssen, stand ich auf, trat an das große Fenster und betrachtete den trostlosen Garten.

»Was könnte ich schon mit ihr haben«, sagte ich.

»Eben das weiß ich nicht. Und wenn du etwas mit ihr hättest, ich habe nicht gesagt, daß du etwas dafür kannst. Diese Person ist ja eben so eine, zu der alle Männer kriechen wollen, besonders die mit den grauen Schläfen. Dafür ist sie genau der Typ. Ich kenne mich da aus, ich erlebe es täglich im Hotel, wie Grauhaarige vor einer schönen Larve ihr Alter und ihre Würde vergessen. Was heißt vergessen – verlieren ist richtiger.«

»Schneider und ich haben jetzt andere Sorgen, als deine Eifersucht zu diskutieren.«

»Ich bin nicht eifersüchtig. Oder hätte ich einen Grund dafür?«

»Bitte, Christa ...«

»Diese Person hat Böhmer dazu gebracht, ein hirnrissiges Testament aufzusetzen, seine Frau und seine Söhne zu hintergehen, sie fast zu enterben. Hast du das immer noch nicht begriffen?«

»Heinrich Böhmer ist tot. Nicht er, seine Frau hat das Testament vollstreckt. Mathilde hat damit nicht das geringste zu tun.«

»Mathilde!« rief Christa und sprang auf. »Wieso nennst du sie Mathilde, weshalb nicht Fräulein Schneider? Warum sagst du nicht Nutte, Erbschleicherin ...«

»Du kennst sie doch überhaupt nicht.«

»Aber du kennst sie, das weiß ich jetzt«, sagte Christa und setzte sich wieder hin. »Wenn diese Person nicht wäre, gäbe es auch die Sorgen nicht, von denen du und dieser Schneider jetzt geplagt werden.

Recht geschieht ihm. So ist es, und nicht anders herum. Sie allein hat euch in diese Lage gebracht, und du hast etwas mit ihr, das fühle ich. Ich fühle, daß seit Monaten hinter meinem Rücken etwas läuft.«

»Das ist doch einfach albern. Zwischen mir und ihr ist nichts, war nichts und wird nichts sein.«

»Wirklich nichts? Denkst du, ich bin blöd? Heinrich Böhmer hat Schneider zu seinem Nachfolger in der Fabrik bestellt und dich zum Nachfolger im Bett – das sind die Tatsachen. Blind war ich. Blind.«

»Es war alles ganz anders«, antwortete ich. »Böhmer hat Mathilde an mich verwiesen für den Fall, daß sie Beistand braucht – mehr nicht.«

»Was du Beistand nennst ... Ich bin überzeugt, du bist zu ihr gelaufen mit hängender Zunge und steifem Schwanz.«

»Christa, bitte –«

»Spar dir deine Rechtfertigungen. Du hast alles nur aus Sorge um die Fabrik getan, ich weiß. Wie edel. Aber du hast mich dabei in einer Weise hintergangen, für die mir die Worte fehlen. Ich habe immer gefühlt, daß mit dir etwas nicht stimmt, aber ich konnte nicht ahnen, daß sich mein Mann mit einem Flittchen im Bett eines Toten vergnügt.«

»Jetzt wirst du geschmacklos.«

»Bin ich das? Und du? Bist du der Tugendbold, der sich selbstlos Aufopfernde, der sich übers Bett in die Firma einschleicht? Einer Nutte wegen sind deine Kameras nun Muster ohne Wert, einer Nutte wegen ist dir dein kleines Vermögen im Keller gleichgültig geworden. Und das alles nur, weil im Hosenschlitz Frühlingserwachen ausgebrochen ist . . .«

»Auch wenn du meine Frau bist: Du hast nicht das Recht, mich so zu beleidigen.«

»Beleidigt die Wahrheit? Ich dachte immer, Wahrheit kann nur weh tun.«

»Wenn es die Wahrheit wäre. Aber es sind grundlose Beschuldigungen und Verdächtigungen. Ich könnte ebensogut behaupten, wir sind in die ganze Sache nur hineingeraten, weil du die Tochter von Heinrich Böhmers Vater bist. Ohne deine Verwandtschaft wären wir nie in die Lage gekommen, in der wir jetzt sind.«

Als ich das Wort Tochter ausgesprochen hatte, wußte ich schon, daß ich es niemals hätte aussprechen dürfen. Christa sah mich entgeistert an, dann drehte sie sich langsam um. Auf einmal rannte sie in die Küche, knallte die Tür hinter sich zu und drehte den Schlüssel um.

Ich hätte an die Küchentür klopfen und Christa um Verzeihung bitten müssen, aber ich verließ aufgewühlt das Haus und ging in meine Stammkneipe, die ich seit Wochen nicht mehr betreten hatte.

Als ich in die Kneipe kam, drehten mir etwa ein Dutzend am Tresen stehende Männer ihre Gesichter zu und sahen mich an, als sei ich eine Berühmtheit oder hätte Aussatz. Am äußersten Ende der Theke fand ich einen freien Hocker, wo ich ungestört, für mich allein, mein Bier zu trinken hoffte. Ich gab dem Wirt ein Zeichen, daß er mir ein Pils zapfen solle.

Bei meinem Eintritt hatten die Männer ihre Unterhaltungen abgebrochen. Sie stierten mich noch an, während ich mein Bier zu trinken begann; ich tat so, als merke ich ihre Blicke nicht. Als ich dann mein Glas abgesetzt hatte, sah ich einem nach dem anderen direkt ins Gesicht: Einer nach dem andern senkte den Kopf oder blickte in eine andere Richtung.

Zögernd nahmen sie ihre Gespräche wieder auf. Die meisten Männer kannten mich, und ich kannte sie, wenn auch nicht immer beim Familiennamen. Man spricht sich in der Kneipe mit Vornamen an. Fast alle hatten ihre festen Zeiten in der Kneipe, entweder in Schüben oder in kleinen Gruppen; die Zeit des Kneipenbesuchs war auch vom Fernsehprogramm abhängig. In letzter Zeit hatten sich die Reihen der Stammgäste gelichtet. An der Theke gab es immer mehr Lücken, denn die langsam, aber stetig steigende Arbeitslosigkeit zwang viele, sich ihr Bier aus dem Supermarkt zu holen und billig zu Hause zu trinken. Das Ergebnis dieser Sparsamkeit war, daß ihnen die Gemeinschaft in der Kneipe verlorenging.

Plötzlich rief einer: »Na, der Herr Fabrikbesitzer hat sich mal wieder unters Volk begeben!«

Kartoffel-Schmidt hatte den Mund aufgemacht; er stand nicht mehr sicher auf seinen Beinen. Auch wenn ich stur mein Glas ansah, ich spürte ihre neugierigen und erwartungsvollen Blicke. Ich war gefordert, Antwort zu geben, aber ich wollte nicht. Ich wollte meine Ruhe haben.

Kartoffel-Schmidt ließ keine Ruhe.

»Seht ihr«, sagte er, »seit er General geworden ist, spricht er nicht mehr mit den Fußtruppen. Ich sags immer, die Welt ist ungerecht: Der eine wird arbeitslos, der andere bekommt eine Fabrik geschenkt. Das nennt sich dann soziale Gerechtigkeit. He, Edmund, willst du nichts sagen?«

»Ich will in Ruhe mein Bier trinken und nicht angestänkert werden«, antwortete ich.

»Laßt ihn doch«, rief ein anderer. »Jetzt hat er wenigstens eine geregelte Arbeitszeit und muß nicht dauernd nackte Weiber fotografieren. Ich möchte nicht mit ihm tauschen. Lieber unregelmäßig Nackte als regelmäßig Angezogene.«

Alle lachten schallend über diesen Vergleich.

Der Wirt erlöste mich und begann sich halblaut mit mir zu unterhalten, nachdem er mir ein zweites Pils auf die Theke gestellt hatte. Er beklagte sich über das Ausbleiben der Gäste, vor allem über die Stammkunden, die gewöhnlich bei ihm zu Mittag aßen oder auch abends. Die Essensausgabe sei um die Hälfte zurückgegangen, der Abendverzehr sogar um zwei Drittel. Es sei auch kein Einzelfall, daß Gäste eine geschlagene Stunde vor einem halbvollen Glas säßen.

»Wenn das so weitergeht«, fuhr er fort, »kann ich die Bude bald dichtmachen. Ich hinterm Tresen und meine Frau in der Küche, wir arbeiten ja praktisch schon umsonst, wenn wir noch Stundenlohn berechnen würden. Eigentlich müßte ich Konkurs anmelden.«

Aus dem frühen Abend wurde eine späte Nacht. Nach und nach gingen die Gäste nach Hause. Ein paar neue waren zwar hinzugekommen, vor allem Pärchen, dann aber gähnte die Gaststube wieder in Langeweile. Zuletzt war ich allein übriggeblieben. Ich spürte das Bier in den Beinen, der Wirt sah immer öfter und eindringlicher zur Uhr über den Glasregalen.

Durch Armeheben verabschiedete ich mich. Der Wirt rief mir nach: »Laß dich bald wieder sehen, auch wenn du jetzt in einer höheren Etage arbeitest. Bei mir schmeckt das Bier immer gleich.«

Die hundert Meter den Berg hinauf wurden mir schwer. Auch wenn ich nicht wankte und immer noch aufrecht ging, drehte sich alles in meinem Kopf. Ich schloß die Haustür geräuschlos auf und schob sie geräuschlos hinter mir zu; als ich das Licht im Flur angeknipst hatte und mich nach einer Stütze umsah, um mich festzuhalten, war mir, als stehe jemand im Raum. Ich verhielt ein paar Sekunden mit angehaltenem Atem, aber es rührte sich nichts. Im

Wohnzimmer war alles an seinem Platz, Christa würde nie zu Bett gehen, wenn auch nur ein Stuhl oder Sessel verrückt worden wäre. Auch die Küche war aufgeräumt. Nichts deutete darauf hin, daß hier jemand ein Abendessen vorbereitet hatte, das nicht stattfand.

Dennoch: Etwas war fremd, etwas beunruhigte mich. War ich so betrunken, daß ich auf die berühmten weißen Mäuse gefaßt sein mußte?

Mir war flau im Magen. Ich setzte mich auf einen Stuhl und versuchte Klarheit in meine Gedanken zu bringen, saß ganz steif auf dem Stuhl und lauschte und nahm doch nichts Ungewöhnliches wahr. Alles war an seinem Platz, wie seit Jahren. Ich stand auf und knipste alle Lampen aus: Ein blasser Schein blieb, im Keller brannte Licht.

Wir vergaßen oft, im Keller das Licht auszuschalten. Nicht selten brannte es die ganze Nacht, auch das war nicht ungewöhnlich. Ich trat ans Geländer und sah die Treppe hinunter: Auf einer Stufe lehnte das Beil, das sonst an einer Lederschlaufe in der Garage hängt, das Licht kam aus dem Labor, die Tür war halb geöffnet. Ich stieg die Treppe hinunter, nahm das Beil und öffnete die Tür weit.

Der Anblick war furchtbar.

Das Labor, meine Werkstatt war total zertrümmert, die Kameras lagen auf dem Fußboden, alles, was ich mir mit Christas finanzieller Unterstützung angeschafft und von Jahr zu Jahr vervollständigt hatte, was unbezahlbar war für einen, der damit sein Geld verdienen mußte, war zerstört: verbeult, zerhackt, zersplittert, zertrampelt. Wie in Trance hob ich meine Leica auf: Auch der beste Fachmann konnte sie nicht mehr retten.

Ich lehnte mich an den Türrahmen und wehrte mich nicht gegen die Tränen, die mir in die Augen schossen. Ein Rasender hatte sich hier ausgetobt. Aber wer? Kein Mensch, auch Christa nicht, hätte so tief schlafen können, um von dieser Irrsinnstat nicht geweckt zu werden. Siebert schoß mir durch den Kopf, seinen Leuten war alles zuzutrauen. Wollte er mir einen Denkzettel verpassen? Aber ein solches Zerstörungswerk lief nicht lautlos ab und nicht in wenigen Sekunden, Christa hätte es hören müssen. War sie nicht im Haus?

Ich stakste durch meine Werkstatt und schleifte das Beil hinter mir her, stieß mit den Schuhspitzen Glasscherben und zersplittertes Handwerkszeug beiseite, und wenn es unter meinen Schuhsohlen knirschte, durchzuckte mich der Schmerz. Dann hob ich das Beil über meinen Kopf und ließ es mit voller Wucht auf einen dreibeinigen Holzschemel niedersausen. Der Schlag spaltete die Sitzfläche und befreite und erlöste mich. In der Kneipe hatten sie Herr Direktor zu mir gesagt: Richtig, wozu braucht ein Direktor ein Fotolabor, Kameras und allen technischen Schnickschnack? Ich stieg ins Wohnzimmer hinauf und zog die Jalousie der Terrassentür hoch; die Katze war sofort da. Ich trat hinaus, die Nacht war dunkel, es war kühl und stickig feucht. Ich ging ins Wohnzimmer zurück, ließ die Jalousie herunter und fütterte in der Küche die Katze. Ich war nüchtern geworden und fühlte mich elend. Ich stieg in den ersten Stock hoch; als ich die Schlafzimmertür öffnen wollte, fand ich sie von innen verschlossen.

Plötzlich begriff ich. Kein Fremder war ins Haus eingedrungen, der Täter hatte sich in meinem Schlafzimmer eingeschlossen: meine eigene Frau.

Ich ging wieder ins Wohnzimmer hinunter und setzte mich in einen Sessel; gleich sprang die Katze auf meinen Schoß und ließ sich streicheln. Was nun? Würde Christa am kommenden Morgen am Frühstückstisch sitzen und sagen: Tut mir leid, wir kaufen dir eine neue Ausrüstung. Oder: Sei doch froh, das alles brauchst du nicht mehr. Oder: Deine Zeit als Fotograf war ja doch nur eine Übergangszeit, jetzt kommst du wenigstens nicht mehr in Versuchung, eine Kamera anzufassen.

Ich rührte mich nicht, um die Katze nicht zu stören, die sich auf meinen Beinen langgemacht hatte, eingeschlafen war und träumte, denn ihre Pfoten zuckten.

Sollte ich meine Sachen packen und das Haus verlassen? Aber wohin? Es war auch mein Haus.

Etwas später schlief ich im Sessel ein.

Am Morgen erwachte ich von Christas Schritten auf der Treppe. Sie war fertig angezogen, über dem Arm trug sie einen Übergangsmantel. Sie zog die Jalousien nicht hoch; ich hörte sie in der Küche Katzenfutter aus der Dose kratzen und in den Napf füllen. Bevor ich mich dazu aufraffen konnte, ein Wort an sie zu richten, hatte sie das Haus schon verlassen.

»Zierer hat meinen Vater angerufen, mein Vater mich. Ich habe mit Zierer ein Treffen verabredet: heute abend neunzehn Uhr in der Ausflugsgaststätte ›Zum Hirschen‹ auf der Schanze. Ich hole dich ab, falls du allein bist.«

»Ich bin allein, aber –«

»Keine Angst, alles geschieht mit dem Einverständnis meines Vaters – auch, daß du mich begleitest. Ich bin um achtzehn Uhr bei dir«, sagte Mathilde.

Ich legte den Hörer auf die Gabel und wußte nicht, was tun. Den Keller aufräumen? Ein kleines Vermögen in die Mülltonne werfen? Nein, ich wollte den Keller so lassen, wie er war. Christa sollte ihn vor Augen haben, wenn sie nach Hause kam. Mir war klargeworden, daß mich der Verlust meiner Ausrüstung weniger schmerzte als die Tat selbst.

Ich nahm mir die Tageszeitung und las, was ich in meinem Leben noch nie gelesen hatte: die Seiten mit der Überschrift »Wohnungsmarkt«. Damit verging der halbe Vormittag. Ich fand nichts, was meinen Wünschen entsprochen hätte – genauer: Ich hatte die Anzeigen nicht ernsthaft studiert.

Eine Zeitlang dachte ich daran, Christa vorzuschlagen, das Haus zu verkaufen und den Erlös zu teilen. Aber wer kauft schon ein Haus zu einer Zeit, in der allein in unserem Vorort Dutzende von Wohnungen leerstehen, weil die Leute die hohen Mieten nicht zahlen können, und Eigentumswohnungen zum halben Preis ihres tatsächlichen Wertes angeboten werden.

Ich ging noch einmal in den Keller und betrachtete die Zerstörung: Es tat mir nicht mehr weh. Ich nahm die Katze, die mir gefolgt war, auf den Arm und streichelte sie; sie bedankte sich mit lautem Schnurren.

Dann ging ich spazieren. Bald aber verlor ich die Lust bei dem feuchtkalten Wetter und sagte mir, daß ich hier sowieso alles vergessen mußte: die Kneipe mit dem lustigen Wirt, die freundliche junge Dame in der Sparkasse, die heitere, stets zu Späßen aufgelegte Verkäuferin in der Bäckerei, die Besitzerin des Blumenladens, die mir immer Tips für den Garten gab, den brummigen und gutmütigen Schalterbeamten in der Post, die Frau im Zeitungsladen, die ihr dreijähriges Mädchen, wenn es wieder einmal die Regale leergefegt hatte, nur um so mehr vergötterte und das Chaos für ein Zeichen hielt, daß das Kind erwachsen wurde. Natürlich mußte ich auch meine Nachbarn vergessen, die immer hilfsbereit waren – und meinen Garten, der mir im Laufe der Jahre etliche Liter Schweiß abverlangt hatte. Vergessen mußte ich auch unsere Katze mit ihrer Ruhe und Gelassenheit.

Um sechs Uhr wartete ich vor der Haustür. Mathilde war pünktlich. Während wir durch die Stadt fuhren, fragte ich: »Was will Zierer von dir?«

»Wir werden es erfahren«, antwortete sie.

Im »Hirschen«, einem hübsch renovierten alten Bauernhaus, fanden wir gleich eine ruhige Ecke. Es waren nur wenige Gäste in dem in Nischen unterteilten Speiseraum; Zierer erschien kurz vor sieben. Er war offensichtlich von meiner Anwesenheit überrascht. Er druckste herum, ohne sich zu setzen, bis Mathilde ungeduldig auf einen Stuhl wies.

»Herr Wolff ist auf meinen Wunsch mitgekommen«, sagte sie. »Die Firma Siebert ist zu diskret, als daß man nicht auf der Hut sein müßte.«

Zierer setzte sich endlich, und vertiefte sich in die Speisekarte, die Mathilde ihm gereicht hatte.

»Fangen Sie an«, sagte sie, »ich bin ganz Ohr.«

»Einfach so?«

»Soll ich etwa weinen oder tanzen, während Sie reden?«

Zierer faltete die Hände vor sein Gesicht, bis die Fingerspitzen die Nasenspitze berührten; dann legte er die Hände links und rechts neben seinen Teller und sagte aufschnaufend: »Ich werde es kurz machen.«

»Lassen Sie sich ruhig Zeit«, antwortete Mathilde.

»Sie wissen natürlich«, fuhr Zierer fort, »daß meine Firma Wagenfuhrs Firma ist und ich nur sein Strohmann bin. Genauer gesagt: Von den Geschäften, die ich für Wagenfuhr tätige, hatte seine Mutterfirma in Cleveland bislang keine Kenntnis. Jetzt hat man davon erfahren. Vor drei Tagen ist ein gewisser Mister Brighton in Düsseldorf angekommen – übrigens spricht er kein Wort Deutsch.«

»Sie verlangen zuviel von einem Amerikaner«, sagte Mathilde.

»Er ist also gekommen, um Wagenfuhr abzulösen, weil bemerkt worden war, daß er nebenbei in die eigene Tasche gearbeitet hat. Sie sind ihn jetzt los.«

Der Kellner servierte das Essen; Zierer machte sich beinahe heißhungrig über sein Essen her, während Mathilde nur an ihrem Teller schnupperte, die Nase rümpfte und nur wenige Bissen aß.

»Was hat dieser Mister Brighton mit mir oder der Firma Böhmer zu tun?« fragte sie.

»Nichts – oder vielleicht doch eine ganze Menge«, antwortete Zierer.

»Hören Sie«, sagte ich, »Sie haben sich mit Frau Schneider hier draußen verabredet, Frau Schneider hat mich gebeten mitzukommen: Wäre es nicht einfacher gewesen, sich gleich in der Hannöverschen Straße bei Herrn Schneider zu treffen? Was also wollen Sie wirklich?«

»Ich dachte, ich könnte Ihnen eine Information geben, die für Sie wichtig genug wäre zu verhandeln.«

»Was wollen Sie für Ihre Information haben?« fragte Mathilde.

»Aber ich will Ihnen doch nichts verkaufen, Fräulein Schneider. Ich wollte –«

»Sie haben von Verhandeln gesprochen, Herr Zierer. Was wollen Sie? Geld?«

»Was denken Sie von mir!«

»Nichts Schmeichelhaftes, wenn Sie es genau wissen wollen. Und damit sind die Fronten abgesteckt.«

»Ich dachte . . .«

»Erst die Information.«

»Die Söhne Böhmer wollen ihre Anteile an Herrn Wagenfuhr verkaufen«, sagte Zierer. »Das weiß ich von Wagenfuhr selbst. Beide waren vor einer Woche in Düsseldorf in seinem Büro.«

»Sie sagten doch vorhin, Wagenfuhr wird abgelöst«, antwortete Mathilde überrascht.

»Ja. Wagenfuhr will ja nicht für Worldelectric, er will für sich selbst kaufen.«

»Und wo hat er das Geld her?« fragte ich.

»Er hat in zehn Jahren, seit er die Düsseldorfer Niederlassung von Worldelectric leitet, seine Schäfchen ins trockene gebracht – auch mit Nebengeschäften, wie etwa mit meiner Firma.«

»Soll er kaufen, in der Minorität bleibt er trotzdem«, sagte ich. »Entschieden wird durch das Gremium, und geführt wird von Herrn Schneider.«

»So sieht es auf den ersten Blick aus. Aber Wagenfuhr kann später mit seinen vierzig Prozent von allen Entscheidungen nicht ausgeschlossen werden. Er sitzt mit an Ihrem Tisch, und Sie werden keine helle Freude an ihm haben. Er ist zwar in der Minorität, aber er hat etwas in der Hand, mit dem er dem Gremium drohen kann: Kauft mir meinen Anteil ab, oder –«

»Oder?« fragte ich, nun doch beunruhigt.

»Trotzdem wäre das ein Problem des Gremiums, nicht meines«, sagte Mathilde. »Was also wollen Sie von mir? Ich sitze hier, nicht das Gremium.«

»Den Verkauf an Herrn Wagenfuhr können nur Sie verhindern«, antwortete Zierer.

»Ich?« fragte Mathilde. »Und wie, bitte?«

»Die Söhne Böhmer kennen natürlich Gebhardts Brief an die Belegschaft. Sie nun – und das können nur Sie allein – müssen die Söhne aufsuchen und damit drohen, daß Sie an die Öffentlichkeit gehen und delikate Details über ihren Vater auspacken werden, wenn sie an Wagenfuhr verkaufen. Sie müssen den Söhnen auch klarmachen, daß Wagenfuhr indirekt am Tode ihres Vaters schuldig ist. Fräulein Schneider, Sie waren schließlich das Streitobjekt, das Heinrich Böhmer die Beherrschung verlieren ließ: Nur deshalb ist er so unglücklich gestürzt, daß er sofort tot war. Denn Wagenfuhr, kein anderer war es, der Heinrich Böhmer ins Gesicht gesagt hat, daß er nicht nur eine Minderjährige, daß er auch eine von ihm Abhängige sexuell mißbraucht habe. Das alles müssen Sie den Söhnen erklären. Vielleicht werden sie dann, weil sie den Skandal fürchten, vom Verkauf an Wagenfuhr Abstand nehmen.«

Zierer hatte so sachlich gesprochen, als unterbreite er einem Geschäftspartner ein seriöses Angebot. Während er sprach, aß er langsam und genußvoll den Käse, den er sich zum Nachtisch bestellt hatte. Er schnitt ihn in kleine Würfel, spießte die Würfel mit dem Messer auf, schob sie in den Mund und kaute mit vollen Backen.

Mathilde blickte zur Decke. Ich sah ihr an, wie es in ihr arbeitete. Dann pochte sie mit den Knöcheln der geballten rechten Faust auf den Tisch.

»Wissen Sie«, sagte sie, »ich habe in den letzten Monaten zu viel erlebt, als daß mich jetzt noch etwas aus der Fassung bringen könnte. Im Gegenteil, wenn Sie gleich behaupten würden, Sie tun das alles nur meinem Vater und der Fabrik zuliebe, dann glaube ich es ungeprüft und fange pflichtschuldigst zu jubeln an . . . Heraus mit der Sprache: Was fordern Sie als Gegenleistung?«

»Reden wir nicht von Gegenleistung«, sagte Zierer. »Aber vielleicht hat Ihr Vater einen Job für mich, der meiner Qualifikation angemessen ist. Er braucht zum Beispiel einen tüchtigen Prokuristen.«

»Das bezweifle ich«, sagte ich.

»Wieviel wollen Sie haben, wenn es für Sie keinen Job in der Fabrik gibt?« fragte Mathilde.

»Meinen Sie Geld?«

»Genau das.«

»Wenn Sie, wie Sie sagen, nichts mehr überrascht«, erwiderte Zierer, »dann wird es Sie vielleicht überraschen, daß ich nichts will. Wenn keinen Job, dann gar nichts.«

»Das überrascht mich nun wirklich«, sagte Mathilde.

Zierer machte ein zufriedenes Gesicht und bemühte sich um Mathildes Wohlwollen, indem er ihr ständig zunickte und bewundernde Blicke zuwarf.

»Und vielleicht«, fuhr sie fort, »sollte ich Ihrem infamen Rat folgen und meinen langjährigen Lebensgefährten vor seinen Söhnen beschuldigen. Ob ich damit Erfolg haben würde, das bezweifle ich. Aber weil wir so schön in Eintracht beisammensitzen, interessiert mich noch eins: Sie kennen die dunklen Geschäfte des Herrn Wagenfuhr und die noch dunkleren eines Herrn Siebert und wissen auch, wie Wagenfuhr in diese Geschäfte verstrickt ist. Warum sind Sie nie zur Polizei gegangen? Viele Wege wären mir und Herrn Wolff erspart geblieben.«

»Ich war früher Prokurist bei Worldelectric, und das hat heute noch Folgen. Ich meine damit: Es gibt Vorkommnisse, über die jemand nicht sprechen kann, ohne sich selbst zu bezichtigen.«

»Ich verstehe«, sagte ich. »Wagenfuhr hat Sie in der Hand und kann Sie lebenslang schmoren lassen, wenn er will.«

»So ungefähr.«

»Mehr wollte ich nicht wissen«, sagte Mathilde. »Komm, Wölffchen, wir fahren. Zahlen Sie bitte, Herr Zierer, es war Ihre Verabredung. Vielleicht wird aus Ihnen eines Tages noch ein Gentleman.«

Während der Rückfahrt sagte Mathilde verächtlich: »Informationen gegen einen Job. Zierer will nicht Portier werden, sondern Prokurist, Nachfolger Gebhardts.«

»Der Mann will seine Haut retten, das ist alles«, antwortete ich. »Wer weiß, was er bei Worldelectric angestellt hat. Jedenfalls hat ihn Wagenfuhr in den Krallen. Das ist allemal eine Möglichkeit: einen Betrüger nicht anzeigen, sondern für sich arbeiten lassen. Und Zierer hat uns nur informiert, um sich vor Wagenfuhr zu retten.«

»Glaubst du, ich habe das nicht begriffen? Sein Vorschlag, die Zwillinge unter Druck zu setzen, ist nicht schlecht, wenn auch beispiellos dreckig.«

Etwas später sagte ich: »Nicht nur Zierer kann überraschen, ich auch. Ich brauche eine Wohnung, Mathilde.«

»Ziehst du aus?« antwortete sie in einem Ton, als wisse sie längst Bescheid. »Oder hat dich deine Frau rausgeworfen?«

»Ich ziehe aus.«

»Also doch vor die Tür gesetzt.«

Dann lachte sie. Ihr Lachen tat mir weh; am liebsten wäre ich jetzt ausgestiegen, um allein zu sein. Heiter, beinahe belustigt sagte sie: »Wölffchen, ich mache dir ein Angebot. Du kannst in meine Wohnung ziehen, und ich krieche, bis du etwas Vernünftiges gefunden hast, bei meinem Vater unter.«

»Damit wir uns nicht mißverstehen: Ich will nicht aus meinem Haus ausziehen«, antwortete ich. »Ich will nur für ein paar Tage, vielleicht auch Wochen fort.«

»Hattet ihr Streit? Mehr als den üblichen Ehekrach?«

»Sie hat meinen Keller zerstört, alles mit einem Beil zerschlagen, die Kameras, die ganze Einrichtung, absolut alles. Und das nur, weil ich dich im Gespräch mit deinem Vater Mathilde genannt habe.«

»Dumm ist deine Frau nicht«, antwortete Mathilde. »Sie weiß, daß du sie betrügst, obwohl du sie nie wirklich betrogen hast. Du hast ihr zu lange verschwiegen, daß du mich kennst, und das ist schlimmer, als bloß mit einer anderen Frau im Bett zu liegen. Sie weiß auch, daß ich es war, die sie aus dir vertrieben hat. Eine Frau fühlt das, man muß es ihr nicht erklären.«

»Ich liebe dich, meine Frau weiß es nun.«

»Hättest du lieber den Mund gehalten«, antwortete Mathilde. »Du bist mir sympathisch, aber was die Liebe betrifft: Sie gehört einem Toten. Komm, sei nicht traurig. Ich setze dich vor deinem Haus ab, meinetwegen weine im Keller über deine Kameras. Du kannst auch in meine Wohnung ziehen. Das Angebot steht.«

Das war Christa wirklich, ihre Pose: Sie saß mir gegenüber im Wohnzimmer und rieb ihre Handflächen zwischen den Knien, rieb die Knie an den gefalteten Händen und sah an mir vorbei auf die Terrasse hinaus.

»Du gehst also endgültig?«

»Du weißt warum, und es ist zwecklos, noch einmal darüber zu reden. Alles ist längst gesagt. Werden wir also nicht sentimental.«

»Sentimental? Ich? Ich bin nur erstaunt, wie leicht du unsere gemeinsamen Jahre abstreifen kannst.«

»Wenn ich sie leicht abstreife, dann nur, weil du eine Axt zu Hilfe genommen hast . . . Aber lassen wir das. Fest steht, ich bin durch dich in etwas hineingeraten, das wir beide nicht voraussehen konnten und das wir beide nicht wollten. Jetzt bin ich eigentlich ganz froh darüber, daß du die Axt genommen hast. Du hast mir gezeigt, wo ich wirklich hingehöre, nämlich zur Fabrik . . . Unser Haus gehört dir, wenn du willst. Ich bin bereit, es sofort auf deinen Namen umschreiben zu lassen.«

»Umschreiben, ja. Das würde die Sache vereinfachen, dafür wäre ich dir sehr dankbar . . . Wo wirst du wohnen?«

»Ich werde mir eine Wohnung suchen. Das wird nicht schwer sein, in Dortmund stehen genug Wohnungen leer. Für die Übergangszeit werde ich zu Mathilde ziehen – nicht mehr als eine Notlösung. Mathilde wird bei ihrem Vater wohnen.«

»Auch wenn sie bei ihrem Vater lebt, es ändert doch nichts. Du hast immer an sie gedacht, du denkst dauernd an sie. Männer in deinem Alter sind gierig und feige. Sie wollen sich einfach nicht eingestehen, daß sie für junge Mädchen nicht mehr taugen. Und die Mädchen wollen nur mal ausprobieren, wie es mit einem reifen Mann ist. Am besten von Samstag auf Sonntag. An später denken sie nicht. Eine Frau dagegen weiß genau, ab wann sie alt wird und zu alt ist für ein flüchtiges Abenteuer. Ein Mann weiß es nie. Er will es auch nicht wissen, deshalb macht er sich lächerlich. Ein Mann hält sich im Sarg noch für unwiderstehlich.«

Christa erhob sich, als wolle sie einen zu lang gebliebenen Besucher verabschieden. Ich blieb noch sitzen. Vielleicht wartete ich auf ein spätes Wunder, vielleicht hoffte ich, sie würde mir vorschlagen, es trotzdem noch einmal gemeinsam in unserem Haus zu versuchen. Aber sie stand abweisend und ungeduldig vor mir, als wollte sie sagen: Geh endlich. Christa blieb sich treu: Sie war verletzt. Es gab keine Entschuldigung, keine Rechtfertigung und deshalb auch keine Versöhnung.

Im Windfang sagte ich: »Hier sind meine Schlüssel. Ich werde dich anrufen, damit wir einen Tag vereinbaren, an dem ich meine Sachen abholen kann.«

»Das ist nicht nötig«, sagte sie. »Ich werde dir deine Sachen gut verpackt zusenden lassen, mit einer Spedition, an die Adresse dieser Dame, bei der du jetzt wohnst. Das erspart dir Zeit und Arbeit. Fürs Packen bist du viel zu schlampig und zu ungeduldig. Schreib mir bitte die Adresse dieser Dame auf.«

Ich schrieb auf einen Block, der neben dem Telefon lag. Die Katze kratzte an der Scheibe der Terrassentür, ich sah und hörte es, aber Christa sagte nur: »Eine Katze ist eine Katze, ein Mensch ist ein Mensch. Ich werde sie hereinlassen, wenn du abgefahren bist.«

Dann schloß sie mit einem lauten Ruck die Haustür hinter mir. Ich war mir nicht einmal sicher, ob sie mich später, als Besucher, je wieder einlassen würde. Plötzlich, während ich den Wagen aufschloß, sah ich wieder in der Straßenbahn die Apfelsinen über den Boden rollen: Ich sammelte sie noch einmal ein und stopfte sie in die Plastiktüte, die einer jungen, schönen und etwas verlegen dreinschauenden Frau gehörte.

Ohne es zu sehen, wußte ich, daß sie am Küchenfenster stand und mich beobachtete. Ich hoffte, die Katze würde noch einmal durch den Garten zu mir auf die Straße laufen, aber sie kam nicht. Christa hatte sie wohl eingelassen, gleich nachdem ich aus dem Haus gegangen war. Ich verspürte das Bedürfnis, mich von den Nachbarn per Handschlag zu verabschieden; aber ich ließ es sein. Christa würde ihnen die Wahrheit tröpfchenweise beibringen, und die tröstenden Worte hörte ich schon: Ihr Mann ist jetzt ein bedeutender Mann geworden, eine Köchin als Frau genügt da nicht mehr.

Kurz entschlossen fuhr ich ab. Vor der Kirche stoppte ich. Am Anfang hing ein Mann im Turm; er hatte längst seinen Frieden. Die Hinterbliebenen quälten sich mit einer Erbschaft, die sie nicht erwartet hatten.

Vor der routinemäßigen Gremiumssitzung informierte ich Schneider von meinen veränderten privaten Verhältnissen; sein leicht ironischer Gesichtsausdruck verriet, daß er schon Bescheid wußte. Schließlich hätte Mathilde nicht ohne Erklärung plötzlich aus ihrer Luxuswohnung in ein Zimmer seines Hauses ziehen können, das sie vor Wochen verschmäht hatte.

Dann berichtete ich kurz von der Begegnung mit Zierer, verschwieg aber, was er vorgeschlagen hatte, um die Zwillinge vom Verkauf ihrer Anteile an Wagenfuhr abzuhalten. Mit seinem gesunden Mißtrauen, das durch den jahrelangen Umgang mit Menschen im Betrieb geprägt worden war, spürte Schneider, daß ich etwas verschwieg; trotzdem stellte er vorerst keine Fragen, auch dann nicht, als ich vor dem Gremium meinen Bericht wiederholt hatte. Er sagte nur: »Ein wenig dürftig das Ganze, so großartig sind Zierers Informationen ja nicht. Ich frage mich nur, weshalb er damit nicht gleich zu mir gekommen ist.«

Hötger nickte dazu, Adam malte wie selbstvergessen auf einem Blatt Papier herum; ich war mir nicht einmal sicher, ob er zugehört hatte.

Schneider fuhr fort: »Trotzdem danke, Herr Wolff. Wir müssen nun ernsthaft überlegen, wie wir Sie fest in den Betrieb einbinden. Gebhardt können Sie nicht ersetzen, weil es Ihnen an Erfahrungen fehlt, es sind schließlich die kleinen und scheinbar nebensächlichen Dinge im kaufmännischen Apparat, die beherrscht sein wollen. Andererseits ist Ihre

Zwitterstellung auf Dauer nicht tragbar, wir sind eine Produktionsstätte und kein Wohlfahrtsverein. Ich schlage deshalb vor, Sie übernehmen den Bereich Werbung für das In- und Ausland. Sie sind ein einfallsreicher Mann, die Kundenbetreuung dürfte Ihnen nicht schwerfallen, meinetwegen machen Sie sich auf, auch neue Kunden zu finden. Wären Sie damit einverstanden?«

Hötger und Adam nickten mir aufmunternd zu, obwohl Adam seine Kritzeleien nicht unterbrach. Er hatte ein so gespanntes Gesicht, als sei er einem technischen Problem auf der Spur.

Als wir alle Punkte der Tagesordnung in gutem Einvernehmen abgehakt hatten, klopfte Hötger mit dem Knöchel des rechten Zeigefingers auf den Tisch und bat um Aufmerksamkeit. Wir sahen ihn etwas verblüfft an, denn meistens mußte man ihn drängen, den Mund aufzumachen.

»Kollege Schneider hat durchgesetzt«, sagte er, »daß wir Überstunden machen: zehn pro Monat für ein Vierteljahr, vorerst. Das Gremium hat zugestimmt, der Betriebsrat hat zugestimmt, beide aus Furcht, daß wir unseren Lieferverpflichtungen nicht nachkommen könnten.«

»Was willst du damit sagen?« fragte Schneider.

»Ich will damit sagen, daß das eine irre Situation ist. Da kämpft die Gewerkschaft für die 35-Stunden-Woche, geht dafür auf die Straße, es wird dafür gestreikt – und was tun wir? Wir arbeiten mehr Stunden, als wir laut Tarifvertrag arbeiten dürften. Ich sehe keinen Sinn in diesen Überstunden.«

»Aber ich«, antwortete Schneider, »denn kommen wir in Lieferverzug, kann uns das Kunden kosten.«

»Die Leute meutern. Wenn ich durch den Betrieb gehe, werde ich angeklotzt. Ich meine, Unzufriedenheit unter den Leuten kann schlimmer sein, als mal seinen Lieferverpflichtungen nicht nachzukommen.«

»Was schlägst du vor? Was schlagt ihr vor?«

Schneider sah einen nach dem anderen an, aber so, daß unschwer zu erraten war, daß ihn unsere Meinung nicht sonderlich interessierte. Ihm war das Wohl des Betriebes vorrangig, und er wußte auch, daß es zur Zeit für Überstunden keine Alternative gab.

»Um das Thema abzuschließen«, sagte er, »das Gremium hat die Überstunden beschlossen, der Betriebsrat hat zugestimmt, obwohl zähneknirschend. Wir können nicht jede Woche unsere Beschlüsse umstoßen, die Leute müssen wissen, woran sie sind.«

»Stimmt«, sagte da Adam. »Unser Beschluß war richtig, Hötgers Einwand aber ist genauso richtig. Ich schlage deshalb einen Kompromiß vor: Der Betriebsrat hält die Belegschaft für die nächsten drei Monate bei der Stange, dann verhandeln wir wieder.«

»Wir könnten zum Beispiel neue Leute einstellen«, sagte Hötger.

»Und was machen wir, wenn die Aufträge ausbleiben?« fragte Schneider. »Entlassen?«

»Eben das ist das Problem«, erwiderte Adam.

Nach Schluß der Sitzung, als ich mit Adam und

Hötger ins Vorzimmer kam, drückte mir Schneiders Sekretärin einen Zettel in die Hand.

»Sie möchten bitte diese Nummer anrufen«, sagte sie. »Soll ich die Verbindung herstellen?«

»Bitte«, antwortete ich.

Am Apparat war Sascha. Noch nie hatte er im Betrieb oder gar während einer Gremiumssitzung angerufen.

»Herr Wolff«, sagte er, »könnten Sie noch heute in unsere Stadtwohnung kommen? Mein Bruder ist auch da. Wir haben dringend mit Ihnen zu reden. Ist das möglich? Vielleicht heute abend um acht?«

Ich sagte zu und legte auf.

Schneider hatte mich von seinem Büro aus beobachtet; während ich auflegte, kam er langsam ins Vorzimmer.

»Sie sehen verwirrt aus«, sagte er. »Geht es um etwas Privates?«

»Nein. Es war Sascha Böhmer.«

»Sieh an. Der Herr befindet sich im Lande.«

»Beide Herren. Sie bitten mich, heute abend in die Stadtwohnung zu kommen. Sie hätten dringend mit mir zu reden.«

»Was ist daran ungewöhnlich? Sie sind von beiden bestellt, ihre Interessen wahrzunehmen.«

»Vermutlich haben sie inzwischen mit meiner Frau telefoniert. Sie wird über mich nicht die freundlichsten Worte verloren haben.«

»Trotzdem, Sie müssen selbstverständlich hingehen. Berichten Sie mir sofort, wenn Sie zurück sind, egal, wie spät es wird.«

»Werde ich. Und wenn Sie einverstanden sind, bitte ich Ihre Tochter, mich zu begleiten.«

Schneider nickte nur, als habe er meine Bitte vorausgesehen, und wies auf das Telefon.

»Rufen Sie an. Sie wird zu Hause sein.«

Er machte nicht einmal den Versuch, so zu tun, als würde er weghören. Im Gegenteil, er setzte sich auf die Schreibtischkante und wartete, bis ich Mathildes Nummer gewählt hatte.

»Ich bin um acht mit den Zwillingen in der Stadtwohnung verabredet«, sagte ich so unverfänglich wie möglich, »und ich möchte, daß du mitkommst. Ich rufe vom Betrieb aus an, dein Vater sitzt neben mir und hat nichts einzuwenden . . . Du weißt, warum ich dich gern dabei hätte.«

»Natürlich. Wo treffen wir uns? Am besten ist, ich hole dich ab.«

Schneider sah mich belustigt an, während ich den Hörer auflegte und nicht wußte, was ich zu ihm sagen sollte. Es ärgerte mich, als er bemerkte: »Ich staune doch immer wieder, wie man Männer in Ihrem Alter in Verlegenheit bringen kann, und ich halte es für unklug, meine Tochter mitzunehmen, aber ich denke, Sie haben Ihre Gründe, und meine Tochter kennt diese Gründe. Erzählen Sie mir jetzt nichts, erzählen Sie alles, wenn es überstanden ist. Ich hoffe nur, Sie zerschlagen nicht noch das wenige Porzellan, das übriggeblieben ist.«

Auf dem Weg nach Hause, das mein Zuhause nicht war, kaufte ich Hemden und Unterwäsche. Christa hatte mir meine Sachen noch nicht zusenden lassen, und ich war zu stolz gewesen, sie telefonisch darum zu bitten. Manchmal hatte ich auch den Verdacht, sie rühre sich nicht, um mich zu bestrafen, um mich ihre Rache spüren zu lassen.

Mathilde klingelte um halb acht. Sie kam jedoch nicht hoch, sie sagte durch die Sprechanlage, sie werde vor dem Haus auf mich warten.

Als ich kaum im Auto saß, sprudelte sie los, ohne auf meine Stimmung zu achten. Mir war seit Saschas Anruf flau im Magen; ich war nicht imstande gewesen, einen einzigen Bissen zu essen, obwohl der Kühlschrank gefüllt war.

»Ich muß dir was erzählen, Wölffchen, weil es so ulkig ist – ach was, es war traurig: Vorgestern bin ich in der Kleppingstraße meiner Mutter in die Arme gelaufen. Einfach so, ich konnte ihr nicht mehr ausweichen. Die Uniform, mit der sie daherstolzierte, guckte dumm. Der Typ hat mich angesehen, als sei ich das achte Weltwunder, seine Augen wären ihm bald rausgekullert. Ja, meine Mutter hat sich wieder eine Uniform angelacht, sie kann es eben nicht lassen. Und weißt du, wie sie mich begrüßt hat? Das ist aber eine Überraschung, liebe Frau Nachbarin, hat sie freudestrahlend ausgerufen, wir haben uns ja eine Ewigkeit nicht gesehen! Welch ein Zufall! habe ich erwidert, denn ich wußte sofort, sie wollte der Uniform nicht eingestehen, daß sie eine erwachsene Tochter hat. Sie hat mich kaltblütig verleugnet, und in dem Moment war ich sogar dankbar dafür. Das ist mein Freund, hat sie gesagt und zu der Uniform aufgeblickt wie zu einem Geschenk Gottes. Glückwunsch, habe ich nur geantwortet. Der Mann war ein Hüne von mindestens einsneunzig.«

»Und?« fragte ich nicht sonderlich interessiert.

»Nichts und. Wir haben uns verabschiedet und bedauert, daß wir nicht mehr Nachbarn sind, wo doch diese Nachbarschaft jahrelang so harmonisch gewesen ist. Etwas allerdings konnte ich mir nicht verkneifen: Ich habe liebe Grüße an ihren Mann ausrichten lassen. Aber meine Mutter nickte nur und lächelte. Sie war schön, sie war geschmackvoll gekleidet, sie ist immer noch eine, der auf der Straße die Männer nachstarren . . . Sag mal, weißt du, was die Zwillinge von dir wollen?«

»Wir werden es bald erfahren«, antwortete ich. »Wenn sie verkaufen, brauchen sie meine Dienste nicht mehr.«

Sascha öffnete uns die Tür. Er hob verwundert die Augenbrauen, als er Mathilde hinter mir bemerkte.

»Guten Abend, Herr Böhmer«, sagte ich. »Ich bringe einen Gast mit: Das ist Mathilde Schneider.«

Ich kann mich nicht entsinnen, daß ich jemals in meinem Leben ein so ungläubiges Gesicht gesehen hätte. Sascha stand wie ein Klotz in der Tür; obwohl er automatisch eine einladende Handbewegung machte, versperrte er den Eintritt. Endlich trat er zur Seite und ließ uns vorgehen. Im großen Wohnraum erwartete uns Lars. Auch er sah Mathilde mit großen Augen entgegen.

»Ich weiß, ich hätte Sie rechtzeitig davon unterrichten sollen, daß ich nicht allein komme«, sagte ich. »Aber es ging alles zu rasch, auch Ihre Einladung an mich kam ja ganz plötzlich.«

Weil beide uns hölzern gegenüberstanden und uns nicht zum Sitzen aufforderten, fragte ich etwas grob: »Wollen Sie uns nicht einen Platz anbieten? Oder ist die Sache so ernst, daß wir im Stehen miteinander sprechen müssen?«

Mathilde musterte unterdessen ungeniert die Einrichtung des Riesenraums. Als ihr Blick auf den Onyxtisch fiel, bildeten sich auf ihrer Stirn Falten.

»Bitte«, sagte Sascha und wies auf die Sitzgarnitur, in der ich schon einmal gesessen hatte. Ich ließ mich wie erlöst nieder, Mathilde setzte sich zu mir. Sie wandte den Blick nicht vom Tisch, fingerte aus ihrer Handtasche eine Zigarettenschachtel und steckte sie nach kurzem Zögern wieder in die Tasche zurück. Sascha und Lars hatten sich jeder einen Sessel gesucht. Sie schwiegen hartnäckig, bis mir die Geduld riß.

»Sie haben mich hergebeten«, sagte ich, »darf ich jetzt fragen warum? Geht es um Ihren Brief an Herrn Schneider?«

»Wir haben Sie hergebeten, Herr Wolff, nicht aber die Dame an Ihrer Seite.«

Das war Lars, der diese Worte mit einem verächtlichen Unterton hervorgestoßen hatte.

Ich bemühte mich, ruhig zu bleiben, und antwortete: »Das stimmt. Aber weil diese Dame, wie Sie sie nennen, sowieso bald zu Ihnen gekommen wäre, habe ich sie gleich mitgebracht.«

»Wir hätten Ihnen mehr Takt zugetraut«, sagte Sascha. Er sah seinen Bruder an und fuhr fort: »Wir jedenfalls sind nicht gewillt, in Anwesenheit Fremder über betriebliche Angelegenheiten zu sprechen – erst recht nicht vor einer Person, die auf nicht gerade – wie soll ich sagen – geschmackvolle Weise mit der Firma Böhmer verbunden ist. Wir sind informiert, nicht nur durch den Brief an die Belegschaft.«

Mathilde sprang auf, als habe sie schon zu lange auf ihr Stichwort gewartet, ging geradewegs auf Sascha zu und gab ihm eine Ohrfeige, daß es nur so klatschte. Gleich darauf lächelte sie. Sie zeigte ihr charmantes, kindlich unwiderstehliches Lächeln, und ich wußte, wenn sie so unschuldsvoll aussah, würde bald ein Ausbruch folgen, der nichts zu wünschen übrig ließ. Es war unheimlich still geworden. Die Zwillinge saßen sprachlos wie Götzen; langsam schritt Mathilde zum Tisch und tippte mit der Spitze ihres rechten Schuhs an die Onyxplatte.

»An diesem Tisch ist Heinrich Böhmer, Ihr Vater, meine Herren, ums Leben gekommen«, sagte sie. »Der Mann, an den Sie Ihre Anteile verkaufen wollen, hat ihn gegen diesen Tisch gestoßen – im Verlauf einer heftigen Auseinandersetzung. Herr Wagenfuhr, und von ihm rede ich jetzt, warf Ihrem Vater vor, er lebe mit einer Hure zusammen, er halte ein Hure aus. Damit meinte er mich. Ihr Vater stürzte auf die Kante des Tisches und war sofort tot. Ein Unfall, behauptet Gebhardt. Ich behaupte, es war kein Unfall, es war Totschlag. Später ließ Wagenfuhr Männer von einer Firma kommen, die sich Diskretservice nennt: Sie entfernten die Leiche, tags darauf hing sie im Kirchturm. Das immerhin dürfte Ihnen bekannt sein. Und weiter: Ihre Frau Mutter ist in Ihrer Villa gestorben, wie bekannt an einem Herzanfall. Sie war in die Villa gefahren, um zu versuchen, den Mietvertrag mit Zierer zu annullieren. Nach einer Auseinandersetzung wiederum mit Wagenfuhr – denn Zierers Firma gehört ihm – blieb sie tot liegen. Man holte keinen Arzt, was menschlich gewesen wäre – nein: Wieder kam der Diskretservice, tags darauf wurde Ihre Mutter im Parkhaus am Düsseldorfer Flughafen gefunden. Um die Aufklärung dieser Todesfälle bemüht sich die Polizei immer noch. In beiden Fällen war ein Mann Zeuge, der einmal der Vertraute Ihres Vaters war und später den Brief an die Belegschaft geschrieben hat: der Prokurist Gebhardt. Wie und weshalb Ihr Vater ausgerechnet auf einen Kirchturm, Ihre Mutter ins Parkhaus kam, das wissen wir noch nicht. Vielleicht sollte nur Herr Wolff, denn er wohnt gegenüber der Kirche, eingeschüchtert werden: Wagenfuhr kannte ja Heinrich Böhmers Modell. Vielleicht. Und nun wollen Sie an diesen Mann, an Wagenfuhr verkaufen. Das nenne ich pervers, denn wenn Sie es tun, verkaufen Sie an den Mörder Ihres Vaters, auch wenn er dem Gesetz nach nicht der Mörder ist.«

Mathilde wirkte erschöpft, als sie sich wieder neben mich setzte. Auf ihrem Gesicht lag tiefe Traurigkeit. Ihre Hände, die sie auf die Knie legte, zitterten. Am liebsten hätte ich sie in die Arme genommen und fest an mich gedrückt.

»Jedes Wort, das Sie gehört haben, ist wahr«, sagte ich. »Jedes Wort. Vermutlich war alles noch viel gräßlicher.«

Auf einmal kam Leben in die Zwillinge. Lars, der vor sich hingestarrt hatte, sprang auf und lief im

Wohnzimmer auf und ab mit auf dem Rücken verschränkten Armen, er lief wie wild hin und her, als suche er einen Gegenstand, an dem er sich austoben konnte. Sascha erhob sich ebenfalls und ging auf Mathilde zu. Sie beachtete ihn nicht und tat so, als betrachte sie eines der Bilder an der Wand: Es zeigte ein Kruzifix, aber am Kreuz hing kein leidender, sondern ein fröhlich singender Christus.

»Mit welchem Recht mischen Sie sich in unsere Angelegenheiten ein?« sagte Sascha endlich. »Vielleicht deshalb, weil Sie sich meinem Vater an den Hals geworfen und ihn ausgepreßt haben wie eine Zitrone? Vielleicht, weil Sie es fertiggebracht haben, ihn um den Finger zu wickeln – oder vielleicht –«

»Sie sind ein bornierter Narr, Herr Böhmer«, antwortete Mathilde und lehnte sich in die Polster zurück. »Sie wollen die Wahrheit nicht zur Kenntnis nehmen, weil Sie fürchten müssen, daß Ihre Selbstgerechtigkeit kippt. Sie halten mich für eine Nutte, Sie wollen nicht begreifen, daß Ihre Eltern heute noch lebten, gäbe es Wagenfuhr nicht. Gut, ich sehe, Sie werden verkaufen. Aber wenn Sie es tun, dann werde ich im Prozeß gegen Gebhardt aussagen. Ich werde auftreten und auspacken. Hören Sie gut zu, was ich sagen werde: Ihr verehrter Herr Vater hat mich, als ich sechzehn war, in seinem Büro vergewaltigt. Was sollte ich tun? Sie wissen, wie Ihr Vater gebaut war, ich hatte keine Chance. Sollte ich schreien? Sie kennen doch die gepolsterte Tür, durch die man nicht einmal einen Pistolenschuß hört. Vier Jahre hat er mich dann in einer Wohnung gefangengehalten mit der Drohung, er würde meinen Vater auf die Straße setzen, wenn ich weglaufe. Heinrich Böhmer war ein Scheusal, täglich hat er mich gedemütigt, jeden Tag genommen wie ein Stück Vieh. Diese Geschichte, meine Geschichte werden die Zeitungen mit Wonne drucken. Alle werden lesen können, wer hinter der Fassade des erfolgreichen Unternehmers und hochgelobten Mäzens wirklich steckte.«

»Das ist glatte Erpressung!« schrie Lars.

»Ich weiß«, erwiderte Mathilde lächelnd, »aber Sie lassen mir keine andere Wahl. Wir gehen jetzt. Wir haben alles gesagt, es liegt an Ihnen, welche Entscheidung Sie treffen. Meine Drohung kennen Sie, und ich werde sie notfalls wahrmachen. Und vergessen Sie nicht: Ich habe genug Zeugen ... Komm, Wolff.«

Sie stand auf, nahm mich bei der Hand und zog mich aus der Wohnung.

Ich war mit den Nerven am Ende, als wir im Lift abwärts fuhren. Vor dem Auto sagte Mathilde: »Fahr du, fahr zu mir – Unsinn, zu dir natürlich. Hat deine Frau deine Sachen immer noch nicht geschickt? Ich bin überzeugt, die Zwillinge werden sie jetzt anrufen, Tante Christa ist ja ihr Sorgenschlukker ... Komm, fahr los. Im Keller liegt noch Champagner, Heinrich hat ihn direkt aus Frankreich bezogen, er hat immer gesagt, von dort ist noch nie was Schlechtes gekommen, was Essen und Trinken betrifft. Der Champagner ist ein Neunundsechziger, ein seltener Jahrgang. Den haben wir uns verdient.«

Ihre Fröhlichkeit stimmte mich traurig.

»Mathilde«, sagte ich, »hattest du deinen Auftritt geplant, von Anfang an und für heute abend?«

»Ja, aber nicht für heute. Heute war ich einfach wütend darüber, daß es auf die Zwillinge so wenig Eindruck gemacht hat, was ich über Wagenfuhr erzählte und wie ihre Eltern umgekommen sind. Und natürlich war Heinrich der zärtlichste Liebhaber der Welt. Mir blieb nur keine andere Möglichkeit, als mich zu erniedrigen und ihn als Bestie hinzustellen. Heinrich wird mir verzeihen.«

Der Champagner war vorzüglich.

Nach dem zweiten Glas wurde Mathilde ausgelassen. Sie lachte viel und schlug sich dabei auf die Knie; als ich sie küssen wollte, stieß sie mich grob zurück und fauchte: »Wölffchen, damit wir uns in Zukunft auch gut verstehen: Es gibt nur einen Menschen, den ich bis an mein Lebensende lieben werde, und du kennst ihn. Daß er tot ist, spielt keine Rolle.«

Es war Dienstag, der 10. Juli. Die Sonne malte Ornamente an die Wände des Büros, das einst Gottvaters Büro gewesen war; Schneider saß, wie es seine Art ist, auf der Schreibtischkante und wippte einen Brief in den Händen. Versonnen sah er zum Fenster, als hätte er uns, Hötger, Adam und mich, vergessen. Er lächelte. Es war das Lächeln des Siegers: erleichtert und müde.

Immer noch lächelnd drehte er sich langsam um und sagte beinahe geschäftsmäßig: »Also, meine Herren, die Zwillinge verkaufen nicht an Dritte, und wenn sie verkaufen, dann nur an die Belegschaft. Sie haben keinen Termin genannt, aber sie betonen, daß sie uns ihre Anteile erst dann anbieten werden, wenn wir das Geld dafür aufbringen können. Sie wissen, daß das Jahre dauern kann – auch bei der guten Auftragslage, die wir gegenwärtig haben. Diese Sinnesänderung haben wir Herrn Wolff zu verdanken. Er hat die Zwillinge aufgesucht, natürlich mit meinem Wissen, und ihnen auseinandergesetzt, daß ein Verkauf gegenwärtig nur Nachteile bringen würde ... Nun, es scheint, wir sind erst mal über den Berg.«

Adam und Hötger nickten mir zu, ehrlichen Dank in ihren Gesichtern. Adam schien sogar gerührt, denn er schneuzte sich mehrmals. Ich war Schneider dankbar, daß er Mathilde nicht erwähnt hatte. Es war eine schmeichelhafte Lüge, mich als Anreger des Briefes zu nennen, den die Zwillinge geschrieben hatten. Allerdings hatten Mathilde und ich Schneider gegenüber kein Wort darüber verloren, daß sie die Zwillinge erpreßt hatte. Wir hatten verabredet zu schweigen, und wir konnten sicher sein, daß auch die Zwillinge nie reden würden.

»Jetzt könnten wir uns guten Gewissens besaufen«, sagte Schneider, legte den Brief auf den Schreibtisch zurück und klatschte zufrieden in die Hände. »Ich werde das Gremium in den nächsten Tagen in unser bestes Restaurant, den Lennhof, zu einem Festessen einladen. Das ist das mindeste, was wir uns schuldig sind.«

Er schwieg, als hätten wir ihn unterbrochen; dann horchte er angestrengt nach draußen.

»Hört ihr nichts?« fragte er. »Es laufen eine Menge Leute über den Hof.«

Ich trat ans Fenster und sah hinunter: Unten stand eine Menge Menschen in einem Halbkreis vor dem Büroeingang; soweit ich es abschätzen konnte, war es die Hälfte der Belegschaft. Alle starrten stumm zu mir herauf.

Während ich mich mit beiden Händen auf die Fensterbank stützte, traten Schneider, Adam und Hötger hinter mich. Ich schloß das auf Kippe stehende Fenster und öffnete es weit nach innen. Als die Leute im Hof Schneider erkannten, rief jemand: »Schneider, runterkommen!«

Gleich darauf riefen etliche im Chor: »Schneider! Komm runter!«

Mir war, als schlage ihr Rufen wie eine Welle an unsere Köpfe. Die Aufforderung, in den Hof zu kommen, schien mir bedrohlich.

Schneider war blaß geworden. Trotzdem nahm er ruhig den Brief der Zwillinge vom Tisch, faltete ihn zusammen und steckte ihn in die Innentasche seiner Jacke.

»Schließt das Fenster und folgt mir«, sagte er.

Langsam ging er aus dem Büro, langsam den Flur entlang, langsam stieg er die drei Stockwerke hinunter. Wir folgten ihm schweigend. Unten öffnete er die Flügeltüren nach innen und befestigte sie an ihren Dornen, damit sie hinter uns nicht zufielen. Dann trat er hinaus.

Die eng aneinandergedrängten Männer und Frauen umschlossen den Büroeingang wie eine Zange. Sie sahen uns nicht feindselig an, im Gegenteil, ich blickte in ausdruckslose und freundliche Gesichter. Ein etwa dreißigjähriger, selbstbewußt wirkender Mann, den ich vom Sehen kannte, löste sich aus der vordersten Reihe, schritt zielstrebig auf Schneider zu und überreichte ihm wortlos eine Zeitung. Dann drehte er sich um und kehrte auf seinen Platz zurück. Einen Augenblick lang senkte er den Kopf, als wolle er sich sammeln. Schließlich hob er den Kopf mit einem Ruck und sagte ruhig und laut: »Kollege Schneider, wir fordern Auskunft. Wir wollen wissen, was an dem Artikel in der Zeitung, die ich dir gegeben habe, wahr ist und was nicht. Wir sind der Überzeugung, daß das Gremium gerade darüber gesprochen hat. In dem Artikel steht, daß die Erben Böhmer nach Ablauf der Zweijahresfrist ihre Anteile mit Sicherheit verkaufen werden. Wir wollen wissen, an wen.«

Schneider machte eine Bewegung, als wolle er zurück in den Bürotrakt. Dann besann er sich und antwortete:

»Ich weiß nicht, was in diesem Artikel steht – nur das, was du gerade gesagt hast. Ich werde ihn aber heute abend lesen. Schließlich«, fügte er spöttisch hinzu, »hat ihn die führende Wirtschaftszeitung unseres Landes gedruckt. Trotzdem meine ich, keine Zeitung ist so wichtig, als daß man sie nicht auch einen Tag später lesen könnte. Wichtiger für mich ist, warum die halbe Belegschaft aufgrund eines Zeitungsartikels zusammenläuft. Wir haben beim Start unseres Modells doch ganz klare Erklärungen abgegeben: Viermal jährlich ist eine Belegschaftsversammlung, und dort hat jeder das Recht, nein, sogar die Pflicht, sich zu Wort zu melden, seine Zweifel, seine Unzufriedenheit oder was sonst vorzubringen, und das Gremium muß Auskunft geben. Wer sich nicht an diese Regelung hält, der bringt zum Ausdruck, daß er dem Gremium mißtraut. Viel schlimmer, er glaubt nicht an sich und an seine Arbeit im Betrieb.«

»Kollege Schneider«, sagte der Mann, der die Zeitung überreicht hatte, »in dem Artikel steht aber, daß die Erben entweder an die Konkurrenz verkaufen werden oder vielleicht an uns. Und wenn sie an uns verkaufen, würde uns kein Pfennig Gewinn mehr ausbezahlt werden, denn wir müßten die Anteile ja erst mal kaufen können. So ein angesehenes Blatt kann sich das doch nicht aus den Fingern saugen.«

»Das Gremium hat gerade getagt«, antwortete Schneider, »und ich kann euch eins versichern: Hauptpunkt der Sitzung war, daß die Söhne Böhmer nicht an Dritte verkaufen werden. Hier, ich habe es schriftlich«, sagte er und holte den Brief der Zwillinge aus seiner Jackentasche und hielt ihn über den Kopf. »Wenn sie verkaufen, dann nur an uns, und auch das erst, wenn wir das nötige Geld beisammen haben. Kein Fremder wird sich je hier einmischen können.«

»Also bekommen wir keine Gewinnausschüttung«, sagte der Mann.

»Lieber Kollege, wie wir das Geld aufbringen, darüber muß geredet werden, ganz klar. Das Gremium wird in nächster Zeit Vorschläge erarbeiten, und die müssen dann von allen diskutiert und genehmigt werden. Es wäre töricht, etwas übers Knie zu brechen. Jedenfalls beweist dieser Artikel vor allem, daß immer noch Kräfte am Werk sind, die uns die Luft abdrücken wollen. Wir müssen mit ihnen leben, bis sie von selbst einsehen, daß wir stärker sind. Und wir sind stärker, weil wir nicht Profit für andere erwirtschaften, sondern für uns selbst.«

Schneider schritt die drei Stufen hinunter und ging auf den Mann zu, der ihm die Zeitung überreicht hatte, ging ohne Zögern auf ihn zu. Der Mann trat beiseite, dann der nächste, darauf der übernächste; durch dieses Spalier ging Schneider zum Tor und weiter hinaus auf den Parkplatz zu seinem Auto.

Unterwegs nach Hause, das nicht mein Zuhause war, kaufte ich mir die führende Wirtschaftszeitung und las den Artikel. Er war auf eine widerliche Weise gehässig; ich wußte, auch wenn Wagenfuhr aufgeben sollte, würde es andere Wagenfuhrs geben, die uns nicht zur Ruhe kommen lassen würden.

Christa hatte, wenn auch mit Verspätung, Wort gehalten. Eine Spedition ließ in Mathildes Wohnung acht Kartons abladen, in denen ich meine Habe fand; zwei kräftige Männer türmten sie inmitten des Wohnzimmers auf, sahen sich staunend um, nahmen ein Trinkgeld und erklärten im Weggehen beiläufig, die leeren Kartons würden wieder abgeholt, wenn ich mit ihrer Firma Tag und Stunde der Abholung vereinbart hätte.

Als die Männer gegangen waren, ließ ich mich in einen Sessel fallen und betrachtete die Kartons. Es war herzlich wenig und doch schon wieder zu viel, was ich besaß. Viel Platz war in dieser Wohnung nicht dafür. Ich tröstete mich damit, daß sie für mich nur eine Übergangslösung war. Lange konnte ich nicht mehr in dieser Luxuswohnung bleiben; ich bezweifelte auch, daß Mathilde es bei ihrem Vater aushalten würde und tatsächlich die Stütze war, die sie sein wollte.

Christa hatte kein Stück schmutzige Wäsche mitgeschickt. Sie hatte alles gewaschen und gebügelt; ich fand in den Kartons mehr, als ich zu besitzen glaubte. In einem lagen unter Hemden und Unterwäsche drei meiner zerstörten Kameras. Es war mir gleichgültig, ob Christa sie aus Pflichtgefühl oder Bosheit eingepackt hatte.

Da stand ich nun, knapp einundfünfzig Jahre alt, vor einem Haufen Kartons in einer Wohnung, in der ich mich nur wohl fühlte, wenn sie von der zauberhaftesten Frau belebt wurde, der ich je begegnet war, und sinnierte darüber, wie ich hierher geraten war.

Leichtfertig hatte ich meiner Frau ihre uneheliche Geburt vorgeworfen, hatte ihr vorgeworfen, daß der Anfang einer Verwicklung, die uns überrollt hatte, bei ihr lag, und hätte nie zugegeben, daß ich die ganze Zeit über nur an Mathilde gedacht hatte. War mir das Leben mit Christa zu eng geworden? Jedenfalls war sie eine der Frauen, bei denen das Leben seine Ordnung haben mußte.

Plötzlich mußte ich lachen, obwohl ich mich dagegen wehrte. Ich mußte lachen und wußte nicht warum, rollte mich auf dem Fußboden und lachte, und als ich endlich aufblickte, sah ich in Mathildes große Augen.

»Fehlt dir was, Wölffchen?« fragte sie.

Ich setzte mich auf und antwortete: »Nein, mir fehlt nichts. Es geht mir gut, es ist mir noch nie so gut gegangen.«

Es war kein Traum, sie war es wirklich.

»Also dann wollen wir mal aufräumen«, sagte sie. »Steh auf und benimm dich, wie es einem Mann deines Alters ansteht.«

In wenigen Minuten schaffte sie Ordnung, verstaute meine Habe in Schränken und Schubladen. Ich fand es bewundernswert, scheute mich aber, es auszusprechen, und bemerkte nur: »Es ist zwar deine Wohnung, Mathilde, das heißt aber nicht, daß du hier einfach so aus- und eingehen kannst, solange ich da bin. Ich werde dir Miete zahlen – damit das gleich mal geklärt ist zwischen uns.«

»Hab dich nicht so. Einer muß sich schließlich um dich kümmern, und ich tue es aus purstem

Egoismus. Das Werk kann keine Leute brauchen, die verpfuschten Ehen nachtrauern ... In der Küche stehen Waschmaschine, Geschirrspüler und ein Bügelautomat. Wenn dich deine Frau nicht total verdorben hat, wirst du auch allein zurechtkommen.«

»Und wo ist die Maschine, die mir das Einlegen der Wäsche und das Einstellen des Geschirrs abnimmt?«

»Also doch verdorben. Ich sage immer: Das Ziel aller Hausfrauen ist, ihre Männer von sich abhängig zu machen. Dann nämlich können sie leichter herrschen.«

Sie legte eine Platte auf und war so rücksichtsvoll, die Kopfhörer überzustülpen, legte sich bäuchlings auf den Teppich und dirigierte beidhändig mit aufgestützten Ellenbogen. Ich hörte nichts, deshalb wirkten ihre Bewegungen komisch.

Wenn sie nicht von selbst geht, dachte ich, werde ich sie vor die Tür setzen.

Dann legte ich mich zu ihr. Sie drehte sich zur Seite und lächelte, wie nur sie lächeln kann, nahm die Kopfhörer ab und stellte sie zwischen uns. Nun konnte ich hören, was sie dirigiert hatte: Mozart.

Als Mozarts Musik verstummt war, streichelte Mathilde mit dem rechten Handrücken mein Gesicht und sagte: »Weißt du, Wölffchen, ich glaube, ich bin zweihundert Jahre zu spät geboren. Es muß eine wundervolle Zeit gewesen sein damals, als diese Musik komponiert wurde.«

»Die Menschen haben gehungert«, erwiderte ich.

»Zu spät geboren, und weil das so ist, möchte ich mit sechsunddreißig Jahren sterben«, sagte Mathilde. »Und heute bin ich nur gekommen, um dir zu sagen, daß sich heute abend die Mitglieder des Gremiums im Haus meines Vaters treffen.«

Sie erhob sich und blickte amüsiert auf mich herunter.

»Steh auf, im Liegen wirkst du komisch ... Heute abend gibt es kein warmes Essen, nur kalte Platte. Ein Firmenwagen fährt bei allen vorbei, um euch einzusammeln. Vater hat es so angeordnet, damit auch was getrunken werden kann.«

»Warum hast du mich deshalb nicht einfach angerufen?«

»Du bist wenig charmant. Ich dachte, es freut dich, wenn ich höchstpersönlich hereinschneie ... Dem Fahrer habe ich gesagt, er soll heute abend hier bei Schneider klingeln. Schließlich ist meine Wohnung kein Tabu mehr.«

»Das war unklug. Der Fahrer wird erzählen, daß er bei Schneider geklingelt hat und ein Wolff herausgekommen ist. In zwei Tagen weiß es die ganze Belegschaft.«

»Von mir aus«, sagte Mathilde.

»Ich will auch nicht ewig in deiner Wohnung bleiben. Sie ist mir zu weiblich und zu vornehm, und du wirst es nicht lange bei deinem Vater aushalten. Was willst du überhaupt in Zukunft tun?«

»Sorgen hast du. Vielleicht eröffne ich einen Schallplattenladen oder verführe einen der Zwillinge, vielleicht pflüge ich den Acker der Dummheit.«

Wir tranken Wein und löffelten eine dicke, herzhafte Gemüsesuppe, die Mathilde aus einem nahen italienischen Restaurant hatte kommen lassen. Schneider demonstrierte Ausgelassenheit, laut und gestenreich; seine Redseligkeit hätte uns denken lassen können, die Fabrik arbeite sorglos in die Zukunft. Wir unterhielten uns über Fußball, ein wenig über Politik und viel über den Sinn und den Unsinn von Streiks, über den winterlichen Sommer und über die zu erwartende schlechte Weinernte – ein unerschöpfliches Thema, weil wir alle, außer Hötger, Weintrinker waren. Die Fabrik, die jüngsten Vorgänge wurden kaum erwähnt. Eigentlich führten wir uns auf wie Leute, die sich zufällig in einem Hotel an der Bar zusammenfinden, weil sie Furcht vor Langeweile haben. Es fehlten nur die bei solchen Gelegenheiten unvermeidlichen Männerwitze.

Mathilde spielte die Hausfrau, aufmerksam und zurückhaltend. Sie beteiligte sich am Gespräch nur, wenn sie angesprochen wurde. Adam, der neben mir saß, zog auf einem Block mit einem Bleistift Kreise und Striche; er konnte ohne Arbeit nicht leben. Manchmal entschuldigte er sich, daß er einfach nicht untätig sein könne: Er müsse zeichnen, das sei bei ihm wie ein Zwang, das mache er auch zu Hause und bringe damit seine Frau zur Raserei. Während einer Sitzung hatte er einmal gesagt: Gebt mir den richtigen Motor, dann werde ich die Erde zur Sonne schießen.

Mir schräg gegenüber saß Hötger. Man sah ihm an, daß er sich fragte, was diese familiäre Einladung zu bedeuten hatte. Er saß einfach sein Pensum ab, er war unser Betriebsratsvorsitzender, ein sympathischer, etwas schwerfälliger Mann, der längst ausgelernt hatte, sein Ziel erreicht hatte: ein Produkt seiner Gewerkschaft, die in diesem Land stets für Frieden sorgt und nicht für Unruhe.

Das Gespräch plätscherte dahin, bis Schneider unvermutet ernst wurde.

»Gebhardt tut mir leid«, sagte er, »aber ich kann nicht mehr zurück, es liegt nicht mehr in meiner Macht. Er war ein verdienstvoller Mann, helfen kann ich ihm nicht. Und um noch einmal auf den Vorfall auf dem Fabrikhof zurückzukommen: Man muß die Leute in Schutz nehmen. Sie sind noch nicht so weit, wie wir es wünschen, sie leben noch in dem Bewußtsein, daß sie für einen oder mehrere Bosse arbeiten. Was in vielen Generationen als unumstößlich gepredigt wurde, das läßt sich über Nacht nicht ändern, wir fangen damit an. Das Modell gibt uns die Möglichkeit dazu. Gottvater war ein kluger Mann.«

Schneiders Glaube ängstigte mich.

Später ging er im Wohnzimmer auf und ab, die Schnapsflasche in der linken, das Pinnchen in der rechten Hand, schenkte sich aber nicht ein.

»Unser Werk wird Lawine genannt«, sagte er, »und Lawinen haben die Eigenschaft, daß sie ins Tal stürzen. So könnte es uns eines Tages auch gehen. Seien wir uns klar darüber, meine Herren, wir sind noch längst nicht über den Berg. Ein nichtiger Anlaß – wie etwa dieser gehässige Zeitungsartikel – kann alles wieder ins Wanken bringen. Wir sind gefährdet, weil unser Unternehmen in seiner Konstruktion ungewöhnlich ist und damit unbequem. Ein kleiner Fehler, und wir sind geliefert. Dann stürzen sich alle auf uns und heulen vor Freude. Manchmal, wenn ich nachts nicht schlafen kann, höre ich das Gelächter deutlich. Aber wir werden ihnen nicht den Gefallen tun und Fehler machen. Ich werde in der nächsten Zeit im Betrieb Leute in eine bestimmte Verantwortung binden. Gebt den Leuten eine Verantwortung, dann braucht man sich um ihre Zuverlässigkeit keine Gedanken mehr zu machen: Das ist auch eine der vielen Wahrheiten Heinrich Böhmers. Dabei fällt mir ein: Er trug sich jahrelang mit dem Gedanken, im Werk eine vernünftige Kantine zu bauen, mit Küche und Koch. Der alte Lagerschuppen ist abbruchreif, dort können wir die Kantine hinstellen. Wir suchen uns ein tüchtiges Ehepaar, das fähig ist, den Laden zu schmeißen, und der Belegschaft machen wir ein akzeptables Angebot, denn der Preis für das Essen und die Getränke muß so sein, daß auch ein Auszubildender mithalten kann.«

»Eine gute Idee«, antwortete Hötger, »ich bin sofort dafür. Aber wenn schon gebaut wird, dann bitte gleich so großzügig, daß die Kantine fünfhundert Leute fassen kann für Belegschaftsversammlungen.«

»Das ist meine Absicht«, sagte Schneider lächelnd.